本书是国家社科基金重大项目"弥尔顿作品集整理、翻译与研究"（19ZDA298）阶段性成果。

浙江大学文科高水平学术著作出版基金　资助

❴ 文艺复兴论丛 ❵

玛丽·罗思的
写作与自我建构

王珊珊　著

ZHEJIANG UNIVERSITY PRESS
浙江大学出版社

目　录

引 言

　　玛丽·罗思夫人（Lady Mary Wroth, 1587?—1651/1653?[①]）是英国早期现代最重要的女作家之一。她出身于英国文学史上著名的锡德尼（Sidney）家族，伯父是菲利普·锡德尼爵士（Sir Philip Sidney），父亲罗伯特·锡德尼（Robert Sidney）诗才稍逊，也有 66 首诗歌传世，姑姑彭布罗克伯爵夫人玛丽·锡德尼·赫伯特（Mary Sidney Herbert, Countess of Pembroke）不仅翻译文学作品，而且自己也创作诗歌。锡德尼家族属于有资格出入宫廷的士绅阶层（gentry），有许多显贵姻亲，包括女王的宠臣莱斯特伯爵罗伯特·达德利（Robert Dudley, Earl of Leicester）以及玛丽姑姑的婆家赫伯特家族。[②]伊丽莎白一世（Queen Elizabeth I）驾幸锡德尼的府邸彭斯赫斯特（Penshurst）时，玛丽曾在女王面前跳舞。[③]1604 年，玛丽与地方乡绅罗伯特·罗思结婚，由于两人家族背景差异较大，生活方式和兴趣爱好也大相径庭，婚后琴瑟不和，玛丽亦继续保持与娘家的密切往来，并一度活跃于安妮王后（Queen Anne）的宫廷，还曾出演本·琼生（Ben Jonson）撰写的假面剧。1614 年，玛丽·罗思生子尚未满月，罗伯特·罗

---

① Wroth 还有一个拼法是 Wroath。下文凡称罗思处即指玛丽·罗思夫人，其丈夫罗伯特·罗思（Robert Wroth）称全名。罗思去世时间可能是 1651 年或 1653 年，关于该问题的推测参见：Margaret P. Hannay, *Mary Sidney, Lady Wroth* (Farnham: Ashgate, 2010), pp. 302-305.

② 锡德尼家族虽是名门望族，但罗思的祖父和伯父却都只有骑士（Knight）头衔，她的父亲罗伯特·锡德尼直到 1605 年才被詹姆斯一世（James I）封为莱尔子爵（Viscount de L'isle），后又于 1618 年获封莱斯特伯爵（Earl of Leicester）。具体参见：Margaret P. Hannay, *Mary Sidney, Lady Wroth*, pp. xxvii-xxxi, pp. 1-21.

③ Josephine A. Roberts (ed.), *The Poems of Lady Mary Wroth* (Baton Rouge: Louisiana State University Press, 1983), p. 9.

思病逝，留下了巨额债务。两年后，玛丽·罗思的独子夭折，大部分家产转归罗思家族旁系继承。玛丽·罗思就是在这样困窘的境况下将大量精力投注到了写作上。

玛丽·罗思自幼与姑姑家关系密切，孀居后继续与其表兄，彭布罗克伯爵三世威廉·赫伯特（William Herbert, third Earl of Pembroke）①，往来频繁。赫伯特热爱文艺，亦能从事诗歌创作，加之富贵豪奢，性情风流，终于与玛丽·罗思暗通款曲，有了两个非婚生子女。在罗思的文学创作中，婚恋作为一个重要主题，与她的个人感情经历有关，带有明显的自传性质。

第一节　作品及版本流布

玛丽·罗思夫人是英国文学史上第一个创作彼特拉克体十四行组诗（Petrarchan sonnet sequence）和散文体浪漫传奇（romance）②的女作家，也是最早创作戏剧的女作家之一。她的主要创作包括十四行组诗《潘菲利亚致安菲兰瑟斯》（*Pamphilia to Amphilanthus*），浪漫传奇《蒙哥马利伯爵夫人之乌拉妮娅》（*The Countess of Montgomery's Urania*）一、二部分（下文简称《乌拉妮娅》I 和《乌拉妮娅》II），以及田园悲喜剧（pastoral tragicomedy）《爱之胜利》（*Love's Victory*）。其中，《乌拉妮娅》I 以及附在其后的《潘菲利亚致安菲兰瑟斯》于 1621 年出版印行。但出版不久后，爱德华·丹尼爵士（Sir Edward Denny）即向玛丽·罗思兴师问罪，矛头直指《乌拉妮娅》I 和罗思写作这一行为本身。③《乌拉妮娅》I 中讲述了一个小故事，塞拉琉斯（Sirelius）的妻子与人通奸，他的岳父威胁要杀掉自己的女儿。爱德华·丹尼认为这暴露了他的隐私，塞拉琉斯影射现实生活中的詹姆斯·海（James Hay）——爱德华·丹尼的女婿。此事

---

① 以下简称赫伯特，或彭布罗克。

② 对"romance"一词翻译的辨析，参见：朱秀娟、陈才宇，《关于几个欧洲文学术语的翻译》，《西南政法大学学报》2003 年第 5 卷第 4 期，第 90 页。

③ 丹尼写诗谴责罗思，罗思也回敬丹尼一首诗。两人的诗见：Roberts (ed.), *The Poems of Lady Mary Wroth*, pp. 32-35. 两人另有书信就此事进行争执，书信见同书 pp. 237-241。

一出，《乌拉妮娅》I 不得不面临被召回的命运。[①]这一打击并未妨碍她继续创作《乌拉妮娅》II，不过该书并未出版，《爱之胜利》也不曾付梓。因此，罗思的作品在她生前始终都未能获得广泛的传播。

罗思的几部作品除《乌拉妮娅》I 以外都有亲笔手稿留存于世。《潘菲利亚致安菲兰瑟斯》和《乌拉妮娅》II 各有一部亲笔手稿，《爱之胜利》有两部亲笔手稿。《潘菲利亚致安菲兰瑟斯》的手稿保存在福尔杰莎士比亚图书馆（Folger Shakespeare Library），福尔杰手稿与 1621 年版《潘菲利亚致安菲兰瑟斯》不尽相同。[②]《乌拉妮娅》II 的手稿保存在纽伯里图书馆（Newberry Library），《爱之胜利》的一部手稿保存在亨廷顿图书馆（Huntington Library），另一部更完整的手稿由私人收藏，被称为"彭斯赫斯特手稿"（Penshurst Manuscript）。1621 年版《乌拉妮娅》（包括《潘菲利亚致安菲兰瑟斯》）现存 29 个复本，其中 9 个是完整本，完整本之一的"科勒（Kohler）本"内有罗思对作品的亲笔修改。[③]

在被湮没了几个世纪后，罗思作品的现代发掘和整理于 20 世纪 70 年代开始进行。1977 年加里·F. 沃勒（Gary F. Waller）编辑出版了《潘菲利亚致安菲兰瑟斯》，这是该十四行组诗的第一个现代印刷版。[④]这个版本重印了 1621 年的印刷版，另外还加入了福尔杰手稿中的诗作。

对罗思作品整理做出卓越贡献的当属约瑟芬·A. 罗伯茨（Josephine A. Roberts）。她对罗思的手稿进行整理，于 1983 年结集出版了《玛丽·罗思夫人诗集》（The Poems of Lady Mary Wroth）。该诗集汇集了罗思的几乎全部诗歌作品，共有五部分：1621 年版《潘菲利亚致安菲兰瑟斯》，未见于 1621 年版但保存在福尔杰手稿中的诗歌，1621 年版《乌拉妮娅》中包含的诗歌，纽伯里图书馆的《乌拉妮娅》II 手稿中的诗歌，以及亨廷顿图书馆的《爱之胜利》手稿中包含的诗歌。这是罗思的诗歌第一次

---

① 具体是否召回学界并无定论。

② 具体差异参见：Roberts (ed.), *The Poems of Lady Mary Wroth*, pp. 61-69.

③ 关于 29 个复本的概况和收藏地参见：Josephine A. Roberts (ed.), *The First Part of the Countess of Montgomery's Urania* (Binghamton: State University of New York, Center for Medieval and Early Renaissance Studies, 1995), pp. 663-664. 作者还列出了 9 个完整本，见同书 p. cxviii.

④ Gary F. Waller (ed.), *Pamphilia to Amphilanthus* (Salzburg: Institut für Englische Sprache und Literatur, 1977).

以现代印刷版的形式完整地出现在研究者及普通读者面前。[①]不同于沃勒编辑的《潘菲利亚致安菲兰瑟斯》，罗伯茨编辑的罗思诗歌集显然更加全面地辑录了罗思的诗歌作品。不但如此，由于编者对诗歌的整理直接基于作者的手稿，因此最真实地保留了作者的拼写、标点、诗行划分等个性特征，避免了因出版者任意修改可能导致的误读。罗伯茨的版本尽量忠实于作者意图，除个别容易造成误解的地方，基本保留了作者的拼写方式；对拼写所做的改动，编者也在正文后的文本注释中予以标注。罗伯茨还为这部诗集撰写了长篇导言，其中包括了对作者生平与文学创作的介绍和评价、作者同时代人对她本人及作品的评价、对当前版本及编辑整理的介绍等。这篇导言颇具学术价值，为读者提供了关于玛丽·罗思夫人本人及其创作的较全面的背景资料，为此后的罗思研究奠定了坚实的基础。

此外，R. E. 普里查德（R. E. Pritchard）编辑了罗思诗歌的现代拼写版，于 1996 年出版。[②]该书对诗歌中出现的较难词汇进行了释义，方便学生读者阅读、研究。不过遗憾的是，它并未收录《爱之胜利》中出现的诗歌。

因此，到目前为止，《潘菲利亚致安菲兰瑟斯》共有 3 个现代印刷版。其中，罗伯茨的版本仍然是罗思诗歌的权威标准版，研究者参考罗伯茨版本的最多。另外，《潘菲利亚致安菲兰瑟斯》中的全部诗歌在网上也有了权威可靠版本。[③]

罗伯茨对罗思作品的整理不止于诗歌。1995 年，由她编辑的《蒙哥马利伯爵夫人之乌拉妮娅第一部》（*The First Part of the Countess of*

---

① 以前学界一直认为罗伯茨编辑的 1983 年的版本收录了罗思的全部诗歌作品，但加思·邦德（Garth Bond）认为，由于罗伯茨在整理《爱之胜利》时用的是不完整的亨廷顿手稿，所以遗漏了一些诗歌（当时彭斯赫斯特手稿还不能获得），这是造成 1983 年版本收录罗思诗歌不全的主要原因。他对罗思诗歌正典做了补充，提出将《爱之胜利》中的另外 8 首诗、罗思回敬爱德华·丹尼的 1 首诗等纳入罗思的诗歌正典中。见：Garth Bond, "Expanding the Canon of Lady Mary Wroth's Poetry," *Notes and Queries* 55.3 (June 2008): 283-286.

② R. E. Pritchard (ed.), *Lady Mary Wroth Poems: A Modernized Edition* (Bodmin, Staffordshire: Keele University Press, 1996).

③ 具体参见：Paul Salzman (ed.), *Mary Wroth's Poetry: An Electronic Edition*, last modified June 15, 2012, La Trobe University, accessed May 12, 2014, http://wroth.latrobe.edu.au/.

Montgomery's Urania）出版，这是《乌拉妮娅》I 自 1621 年初版后首次面世。罗伯茨汇集了现存的 1621 年版《乌拉妮娅》的全部 9 个完整复本和 18 个残本。[①]她将 9 个完整本进行比对校勘，再与残本核对，此外还加入了"科勒本"中罗思的亲笔修改，因此罗伯茨整理版成为公认的权威版本，同时也是《乌拉妮娅》I 唯一的现代印刷版。[②]在导言中，罗伯茨对这部浪漫传奇诞生时的文学、政治、社会背景以及罗思的个人语境都做了全面的分析，同时也体现出了不同于 1983 年编辑《玛丽・罗思夫人诗集》时的批评兴趣，如增加了对作品体现出的政治因素的关注等。这也是学界在对罗思的研究中视野不断开阔、思维不断深化的表现。

而后，罗伯茨辛勤投入于编辑整理《乌拉妮娅》II 纽伯里手稿的工作中，却不幸于 1996 年因车祸去世。《乌拉妮娅》II 的编辑工作由苏珊・戈塞特（Suzanne Gossett）和雅内尔・米勒（Janel Mueller）接手完成，并于 1999 年出版。[③]由于该书并未出版过，所以编辑整理主要基于手稿，这个版本也是《乌拉妮娅》II 目前唯一的现代印刷版。

罗思的戏剧《爱之胜利》，由迈克尔・布伦南（Michael Brennan）整理自彭斯赫斯特手稿，于 1988 年出版。[④]后来 S. P. 切拉萨诺（S. P. Cerasano）和马里恩・温-戴维斯（Marion Wynne-Davies）选编《文艺复兴时期女作家戏剧》（*Renaissance Drama by Women*）时收录了《爱之胜利》，这个版本是以布伦南的版本为基础，参照了彭斯赫斯特手稿、亨廷顿手稿以及其他学者的研究，最终整理完成的。[⑤]前者发行量较小，后者更易获得。

[①] 另有 2 个由私人收藏的复本，罗伯茨未能得到，具体参见：Roberts (ed.), *The First Part of the Countess of Montgomery's Urania*, p. cxviii, n30.

[②] 对《乌拉妮娅》I 的编辑情况的介绍参见：Roberts (ed.), *The First Part of the Countess of Montgomery's Urania*, pp. cxviii-cxx.

[③] Josephine A. Roberts, Suzanne Gossett, and Janel Mueller (eds.), *The Second Part of the Countess of Montgomery's Urania* (Tempe: Arizona Center for Medieval and Renaissance Studies, 1999).

[④] Michael G. Brennan (ed.), *Lady Mary Wroth's* Love's Victory (London: The Roxburghe Club, 1988).

[⑤] S. P. Cerasano and Marion Wynne-Davies (eds.), *Renaissance Drama by Women: Texts and Documents* (London: Routledge, 1996).

在学者的共同努力下，截至90年代末，罗思的全部作品都有了现代印刷版。无疑，罗思手稿的系统整理与出版，极大地推动了对于她本人及其创作的相关研究。在罗思及其作品被重新挖掘整理之后，锡德尼家族作家的研究、早期现代女作家的研究以及早期现代文学的整体研究等领域，都获得了更加丰富的资料，我们对上述研究领域的认识和理解也得以进一步深化。

　　笔者在研究及本书写作中依据和引用的版本分别是：约瑟芬·A. 罗伯茨编《玛丽·罗思夫人诗集》、罗伯茨编《蒙哥马利伯爵夫人之乌拉妮娅第一部》、罗伯茨等人编《蒙哥马利伯爵夫人之乌拉妮娅第二部》。

第二节　研究概况

　　虽然《乌拉妮娅》I 和《潘菲利亚致安菲兰瑟斯》在1621年出版，但学者普遍认为，罗思的诗作最晚于1613年就已经在小圈子中传播。[①]她的文学创作在生前就受到了同时代人的关注，本·琼生、威廉·德拉蒙德（William Drummond）和乔舒亚·西尔维斯特（Joshua Sylvester）等人都曾写诗赞美罗思的诗歌。[②]

　　罗思也出现在后来的文学史、诗歌史及文学研究等著作中。18世纪著名的桂冠诗人托马斯·沃顿（Thomas Warton）所著《英国诗歌史：自十一至十七世纪》（*The History of English Poetry: From the Eleventh to the Seventeenth Century*）中就提到了罗思。出版于1856年的《大不列颠女诗人》（*The Female Poets of Great Britain*）为罗思写了专章，并从《乌拉妮娅》I中选了两首诗，其中之一为十四行诗，并加以评论。1861年的《英国的文学女性》（*The Literary Women of England*）中有单节"玛丽·罗思

---

① 见：Roberts (ed.), *The Poems of Lady Mary Wroth*, p. 19; Barbara Kiefer Lewalski, *Writing Women in Jacobean England* (Cambridge, MA: Harvard University Press, 1993), p. 247. 保罗·萨尔兹曼（Paul Salzman）则认为，1610年时罗思的诗作已经在手稿媒介中传播，具体参见：David Scott Kastan (ed.), *The Oxford Encyclopedia of British Literature*, vol. 5 (Oxford: Oxford University Press, 2006), pp. 343-345.

② 罗伯茨对此有详细介绍，参见：Roberts (ed.), *The Poems of Lady Mary Wroth*, pp. 15-22.

夫人"（"The Lady Mary Wroth"）。1871 年出版的《英国文学及不列颠和美国作家批评辞典》（*A Critical Dictionary of English Literature and British and American Authors*）为罗思建有单独词条，并且注明了罗思姓氏的两种拼写："Wroath"和"Wroth"。《1650 年至 1760 年英国的知识女性》（*The Learned Lady in England: 1650—1760*）中也提到了罗思和《乌拉妮娅》。①J. J. 朱瑟朗（J. J. Jusserand）撰写的《莎士比亚时代的英国小说》（*The English Novel in the Time of Shakespeare*）和欧内斯特·贝克（Ernest Baker）对英国小说的研究中都提到了罗思。此外，布里奇特·麦卡锡（Bridget MacCarthy）等学者对女性作家的研究中也对罗思有所论及。总体而言，起初学者对罗思的创作未加青眼。②克莱尔·R. 金尼（Clare R. Kinney）也举例证明这些批评者本身对罗思作品的阅读和了解并不深入。③而这可能直接导致他们的评判有失公允，进而降低了他们研究的价值。夏洛特·科勒（Charlotte Kohler）在其 1936 年的博士论文《伊丽莎白时代女作家：她的文学活动的范围》（"The Elizabethan Woman of Letters: The Extent of Her Literary Activities"）中对《乌拉妮娅》有专门

---

① Thomas Warton, *The History of English Poetry: From the Eleventh to the Seventeenth Century* (New York: G. P. Putnam & Sons, 1870); Frederic Rowton, *The Female Poets of Great Britain* (Philadelphia: Henry C. Baird, 1856); Jane Williams, *The Literary Women of England: Including a Biographical Epitome of the Most Eminent to the Year 1700* (London: Saunders, Otley, and Co., 1861); Samuel Austin Allibone, *A Critical Dictionary of English Literature and British and American Authors*, vol. VIII (Philadelphia: J. B. Lippincott & Co., 1871); Myra Reynolds, *The Learned Lady in England: 1650—1760* (Boston: Houghton Mifflin Co., 1920). 以上关于罗思的研究由中国社会科学院外国文学研究所研究员程巍老师告知笔者。

② Naomi J. Miller 和 Gary Waller 在 *Reading Mary Wroth* 的前言中，Clare R. Kinney 在 *Mary Wroth* 的前言中共同提到了这三种对罗思的早期研究，后者对此三位学者的研究有更详细的介绍，见：Naomi J. Miller and Gary Waller (eds.), *Reading Mary Wroth: Representing Alternatives in Early Modern England* (Knoxville: University of Tennessee Press, 1991), p. 7; Clare R. Kinney (ed.), *Mary Wroth* (Farnham: Ashgate, 2009), pp. xv-xvi. 这三位学者的研究著作分别是：J. J. Jusserand, *The English Novel in the Time of Shakespeare*, trans. Elizabeth Lee (London: T. F. Unwin, 1890); Ernest A. Baker, *The History of the English Novel* (New York: Barnes & Noble, 1929); Bridget G. MacCarthy, *The Female Pen,* 2 vols. (Cork: Cork University Press, 1944, 1947).

③ Kinney (ed.), *Mary Wroth*, p. xvi.

讨论。①将近 20 年后，约翰·奥康纳（John O'Conner）发表了一篇短文《詹姆斯·海与〈蒙哥马利伯爵夫人之乌拉妮娅〉》（"James Hay and 'The Countess of Montgomerie's Urania'"），讨论了 1621 年版《乌拉妮娅》对詹姆斯·海和爱德华·丹尼的影射。②不过这些零星的研究并没能引起学界对罗思的广泛兴趣。

　　对罗思真正有价值的、成规模的研究开始于 20 世纪 70 年代后期，③一方面是文本的系统发掘与整理，另一方面也出现了一些有分量的专题研究。在 70 年代末、80 年代初这几年间，有两篇博士论文分别专门研究《潘菲利亚致安菲兰瑟斯》和《乌拉妮娅》，作者分别是梅·保利森（May Paulissen）和玛格丽特·威腾-汉纳（Margaret Witten-Hannah）。④较之以前的研究，这两篇博士论文有如下特点：首先，他们都是对罗思的专门研究；其次，作者对作品进行了更有深度的发掘，提供了独到的见解和发现，一些观点至今仍然被研究界认可并在进一步的研究中得到了发展。⑤此外，在这一时期，格雷厄姆·帕里（Graham Parry）、约瑟芬·A. 罗伯茨、保罗·萨尔兹曼（Paul Salzman）、伊莱恩·贝兰（Elaine Beilin）等也相继撰写和发表关于罗思作品的研究文章，提请学界关注罗思。这些文章不仅涉及《潘菲利亚致安菲兰瑟斯》和《乌拉妮娅》，还有一篇讨论

① Charlotte Kohler, "The Elizabethan Woman of Letters: The Extent of Her Literary Activities" (Diss., University of Virginia, 1936). 见：Miller and Waller (eds.), *Reading Mary Wroth*, p. 7; Kinney (ed.), *Mary Wroth*, p. xix.

② John J. O'Conner, "James Hay and 'The Countess of Montgomerie's Urania'," *Notes and Queries* 2 (1955): 150-152.

③ 可能是受到 20 世纪 70 年代妇女解放运动的推动。关于妇女解放运动的研究可参见：Kathleen C. Berkeley, *The Women's Liberation Movement in America* (Westport, Conn.: Greenwood Press, 1999).

④ May Nelson Paulissen, "The Love Sonnets of Lady Mary Wroth: A Critical Introduction" (Diss., University of Houston, 1976); Margaret Anne Witten-Hannah, "Lady Mary Wroth's *Urania*: The Work and the Tradition" (Diss., University of Auckland, 1978). 保利森的论文于 1982 年出版，见：May Nelson Paulissen, *The Love Sonnets of Lady Mary Wroth: A Critical Introduction* (Salzburg: Institut für Anglistik und Amerikanistik, 1982).

⑤ Kinney (ed.), *Mary Wroth*, p. xix.

了《爱之胜利》。①这些工作为日后更大规模的罗思研究开辟了道路。

80 年代对罗思作品的整理取得了重要成果，更多的学者对罗思产生了兴趣，一些学者的相关研究也渐趋深化，具有代表性的是伊莱恩·贝兰，在其对英国文艺复兴女作家的研究中，她拓展了旧作，加入了对《乌拉妮娅》的分析，集中探讨了《潘菲利亚致安菲兰瑟斯》和《乌拉妮娅》中的"忠贞"（"constancy"）②问题，认为罗思以颂扬女性的美德来回应社会对女性的负面定义。③

到了 90 年代，几部研究罗思的重要著作相继出版。《阅读玛丽·罗思》（Reading Mary Wroth）是一部有较大影响的研究论文集，收录的 10 篇文章都是首次发表。这些文章从诸多侧面探讨了罗思及其创作：既有对她所受家庭影响的探究，也有对文本本身的分析；不仅有对时代背景、文物风俗的考察，也有在补入女作家之后对文学史的重新鸟瞰；此外还有将之与其他作家进行比较研究的，亦有文章侧重于厘清性别④差异等因素造成的罗思创作的独特性。文集中的文章观点新颖、考证翔实，和

---

① Graham Parry, "Lady Mary Wroth's *Urania*," *Proceedings of the Leeds Philosophical and Literary Society, Literary & Historical Section* 16 (1975): 51-60; Josephine A. Roberts, "The Biographical Problem of *Pamphilia to Amphilanthus*," *Tulsa Studies in Women's Literature* 1.1 (Spring 1982): 43-53; Josephine A. Roberts, "Lady Mary Wroth's Sonnets: A Labyrinth of the Mind," *Journal of Women's Studies in Literature* 1 (1979): 319-329; Josephine A. Roberts, "An Unpublished Literary Quarrel Concerning the Suppression of Mary Wroth's *Urania* (1621)," *Notes and Queries* 24 (1977): 532-535; Josephine A. Roberts, "The Huntington Manuscript of Lady Mary Wroth's Play, *Loves Victorie*," *Huntington Library Quarterly: Studies in English and American History and Literature* 46.2 (Spring 1983): 156-174; Paul Salzman, "Contemporary References in Mary Wroth's *Urania*," *Review of English Studies: A Quarterly Journal of English Literature and the English Language* 29.114 (May 1978): 178-181; Elaine V. Beilin, "'The Onely Perfect Vertue': Constancy in Mary Wroth's *Pamphilia to Amphilanthus*," *Spenser Studies: A Renaissance Poetry Annual* 2 (1981): 229-245.

② "忠贞"是罗思作品中反复出现的词语，是罗思极力推崇的女性美德。

③ Elaine V. Beilin, *Redeeming Eve: Women Writers of the English Renaissance* (Princeton: Princeton University Press, 1987), pp. 208-243.

④ 在本书以及书中所涉及的其他学者的研究中，"性别"一词对应的英文是"gender"，与"sex"有所区分，后者侧重于生理概念，前者更强调社会因素。两者有所联系但基本指涉不同。对两者的分辨可参见：Hilary M. Lips, *Sex & Gender: An Introduction*, 5th ed. (Boston: McGrow-Hill, 2005), pp. 5-6.

早期研究相比，在研究的深度和广度上都有了很大进步，罗思研究的几个主要方面自此都初见端倪。正像编者在前言中所说的，该文集就是想通过各个角度的研究激起人们对罗思的更大关注，进而借此实现对文艺复兴时期文学批评的修正。[1]这是研究罗思的重要意义之一。

玛丽·阿兰·兰姆（Mary Allen Lamb）的《锡德尼圈子中的性别与写作》（*Gender and Authorship in the Sidney Circle*），[2]在锡德尼家族的语境下讨论了《乌拉妮娅》，探讨了作品中表现出的女性的"忠贞的英雄行为"（"Heroics of Constancy"）[3]，对忠贞的看法与贝兰相近。该书的女性主义关照显而易见，正如作者所言，该书的首要目标是探求文艺复兴时期女作家面临的各种问题，[4]因此作者对罗思颇为偏重，专门为罗思撰写了篇幅较长的一章，与菲利普·锡德尼爵士及玛丽·锡德尼·赫伯特进行关联研究，分析她对两位前辈作品中的女性作者和女性能动作用的改写。作者对罗思写作的条件和原因、《乌拉妮娅》的内容及出版后的遭际等问题进行了独特的解读，自始至终采用女性主义的角度，令我们对罗思这位早期现代女作家的处境感同身受。这一研究不仅立足于锡德尼家族内部，其目光和笔触所及已经上升到对英国女作家整体研究的一部分。这是罗思研究的另一个重要意义。

加里·F. 沃勒的《锡德尼家族的浪漫传奇》（*The Sidney Family Romance*）同样聚焦于性别问题，[5]运用心理分析理论研究罗思与其表兄威廉·赫伯特作为诗人及欲望主体的心理状态和行为，以及由于性别差异造成的不同经验。与兰姆一样，沃勒也将罗思放置在家族圈子中考察，不同的是他选择的参照不是菲利普·锡德尼及玛丽·锡德尼·赫伯特，而是在生活中与罗思关系更深的威廉·赫伯特。对诗人内心世界的探究是该书的侧重点，作者在深层次的心理探寻中展现了"家庭"这一欲望

---

① Miller and Waller (eds.), *Reading Mary Wroth*, p. 10.

② Mary Allen Lamb, *Gender and Authorship in the Sidney Circle* (Madison, WI: University of Wisconsin Press, 1990).

③ 引自该书第四章的标题，见：Lamb, *Gender and Authorship in the Sidney Circle*, p. 142.

④ Lamb, *Gender and Authorship in the Sidney Circle*, p. 20.

⑤ Gary F. Waller, *The Sidney Family Romance: Mary Wroth, William Herbert, and the Early Modern Construction of Gender* (Detroit: Wayne State University Press, 1993).

斗争场所在罗思和赫伯特的生命中的重要影响，进而解释了在此作用下他们各自的行为。较之传统的英美派女性主义文学批评，该书在扎实的理论依据上立论，分析的层次和角度令人耳目一新，对罗思的理解也更深一层。

内奥米·米勒（Naomi Miller）的《改变主体》（*Changing the Subject*）①，主要考察的是罗思与早期现代英国社会中性别塑造的关系。在前人的研究主要聚焦在罗思的家族圈子的情况下，作者将对罗思的研究放在了一个更广阔的背景之下，将其与同时期的多重文学话语、社会话语和文化话语相联系，不但使作家及作品有了更加清晰的呈现，也通过个案研究，拓展了人们对这一历史时期的认知。作者将罗思放在与性别相关的多重话语语境中，探寻了罗思的多重身份，试图揭示她与当时正在进行的性别差异化的主体建构之间的复杂关系。

在众多专著涌现的同时，各种研究文章也层出不穷。②也是从 90 年代开始，不断有博士论文研究罗思或以罗思为研究材料，研究题目涉及文学研究的诸多方面，从早期女性作家的平行研究③到罗思对同时期及后世女作家的影响研究，④既有锡德尼的家族研究，⑤也有文类研究。⑥截至目前，罗思研究在海外依然方兴未艾。在 2012 年 6 月举行的"南加州文艺复兴协会"（Renaissance Conference of Southern California）第 56 届

① Naomi J. Miller, *Changing the Subject: Mary Wroth and Figurations of Gender in Early Modern England* (Lexington: University Press of Kentucky, 1996).

② Thomas J. Schoenberg and Lawrence J. Trudeau (eds.), *Literature Criticism from 1400 to 1800,* vol. 139 (Farmington Hillis, MI: Gale, 2007) 和 Kinney (ed.), *Mary Wroth* 中收录了大部分文章。

③ 如：Gwynne Aylesworth Kennedy, "Feminine Subjectivity in the Renaissance: The Writings of Elizabeth Cary, Lady Falkland, and Lady Mary Wroth" (Diss., University of Pennsylvania, 1989).

④ 如：Lynn Moorhead Morton, "'Vertue Cladde in Constant Love's Attire': The Countess of Pembroke as a Model for Renaissance Women Writers" (Diss., University of South Carolina, 1993); Melanie Jolynn McGurr, "Falling into Place: Lady Mary Wroth's 'Urania' and the History of the Female Novel" (Diss., Kent State University, 2002).

⑤ 如：Irene Stephanie Burgess, "The Sidneys: Family, Writing, and Subjectivity" (Diss., State University of New York at Binghamton, 1994).

⑥ 如：Scott Wilson, "Elizabethan Subjectivity and Sonnet Sequences" [Diss., The University of Wales (United Kingdom), 1990].

年会上专门有分组会议讨论罗思。①可见罗思在早期现代英国文学研究中已经占有一席之地。2010 年由玛格丽特·汉内（Margaret Hannay）撰写的罗思的传记问世，②该书对罗思的生平和创作做了较详细的梳理。至此罗思研究已经蔚为大观。

综观罗思研究的整体状况，从最初的文本发掘整理、生平研究及影响考察，到后来的将罗思置于更广阔的文学、文化和社会语境下的探讨，范围不断扩大，思考愈加深入。大体变化特征如下：

（1）从单部作品的介绍性研究到作家研究。对单部作品的介绍性研究伴随着对文本的发掘整理过程，主要出现在 20 世纪 90 年代以前。③ 90 年代以后，尤其是罗思的全部作品都有了现代印刷版以后，越来越多的研究不再局限于单部作品，作家研究成为可能。除上文提到的几部专著外，巴巴拉·莱瓦尔斯基（Barbara Lewalski）在《詹姆斯一世时代英国女作家》（*Writing Women in Jacobean England*）中详细分析了罗思的全部作品，认为罗思通过对文类的改写，突出了女性对文学的参与。④罗思研究中核心的问题包括生平、家庭、性别、主体性等，这些问题错综复杂、相互关联，共同构成了罗思研究的主要部分。

（2）从家族语境下的影响研究和比较研究到更广阔语境下的研究，如文类研究、女作家及早期现代作家群像研究、社会和文化现象研究等。在家族语境的研究中，除了兰姆和沃勒的专著外，其他学者也有不同程度的贡献。在《玛丽·罗思夫人诗集》中，罗伯茨注释诗歌的方法主要是与菲利普·锡德尼和罗伯特·锡德尼的创作相对照。玛格丽特·汉内在研究中则认为玛丽·锡德尼·赫伯特对罗思的写作起到重要的示范和引导作用。⑤而后来的研究则跳脱了家族语境的范畴。罗杰·库因（Roger Kuin）将罗思与法国女作家路易斯·拉贝（Louise Labé）一起研究，分

---

① 此信息由浙江大学郝田虎老师告知笔者。

② Hannay, *Mary Sidney, Lady Wroth*.

③ 见前文对 20 世纪七八十年代研究的介绍。

④ Lewalski, *Writing Women in Jacobean England*, pp. 243-307.

⑤ Margaret P. Hannay, "'Your Vertuous and Learned Aunt': The Countess of Pembroke as a Mentor to Mary Wroth," in *Reading Mary Wroth*, ed. Miller and Waller, pp. 15-34.

析她的创作如何进入彼特拉克式话语。①同样研究十四行诗的希瑟·杜布罗（Heather Dubrow）则看出罗思诗中的反彼特拉克式话语。②希拉·T.卡瓦纳（Sheila T. Cavanagh）的文章揭示了《乌拉妮娅》中展示的广阔的世界图景。③安妮·谢弗（Anne Shaver）研究了罗思和玛格丽特·卡文迪什（Margaret Cavendish）作品中共同关注的婚姻问题。④梅拉尼·乔林·麦格（Melanie Jolynn McGurr）则试图将《乌拉妮娅》嵌入英国女性小说的历史中，认为罗思对后世的女性小说家有所影响。⑤

随着研究的推进，学界对罗思的认识也日趋深入，枝蔓丛生。最初的研究者认为她的创作主要是对菲利普·锡德尼等前辈的模仿，后来学界普遍认为罗思的创作有其自身的独特性和主体性。起初学者更关注罗思写作中的私人性，后来的研究则更倾向于发掘其社会性的方方面面。杰夫·马斯顿（Jeff Masten）认为潘菲利亚有"反表演性"，⑥而收录在同一部文集中的安·罗莎琳德·琼斯（Ann Rosalind Jones）的文章则写出了潘菲利亚表演性的一面。⑦巴巴拉·莱瓦尔斯基对《潘菲利亚致安菲兰瑟斯》不做政治解读，⑧而罗莎琳德·史密斯（Rosalind Smith）则看出了其中的政治性。⑨即便是同一学者的研究，在不同时期也有不同的侧重和转向。除上文提到的罗伯茨在罗思诗集和《乌拉妮娅》I不同的

---

① Roger Kuin, "More I Still Undoe: Louise Labé, Mary Wroth, and the Petrarchan Discourse," in *Mary Wroth*, ed. Kinney, pp. 437-452.

② Heather Dubrow, *Echoes of Desire: English Petrarchism and Its Counterdiscourses* (Ithaca: Cornell University Press, 1995).

③ Sheila T. Cavanagh, "'The Great Cham': East Meets West in Lady Mary Wroth's *Urania*," in *Mary Wroth*, ed. Kinney, pp. 136-151.

④ Anne Shaver, "Agency and Marriage in the Fictions of Lady Mary Wroth and Margaret Cavendish, Duchess of Newcastle," in *Mary Wroth*, ed. Kinney, pp. 493-506.

⑤ McGurr, "Falling into Place: Lady Mary Wroth's 'Urania' and the History of the Female Novel."

⑥ Jeff Masten, "'Shall I turne blabb?': Circulation, Gender and Subjectivity in Mary Wroth's Sonnets," in *Reading Mary Wroth*, ed. Miller and Waller, pp. 67-87. "反表演性"原文是"anti-theatricality"。

⑦ Ann Rosalind Jones, "The Self as Spectacle in Mary Wroth and Veronica France," in *Reading Mary Wroth*, ed. Miller and Waller, pp. 136-153.

⑧ Lewalski, *Writing Women in Jacobean England*, pp. 251-263.

⑨ Rosalind Smith, "Lady Mary Wroth's *Pamphilia to Amphilanthus*: The Politics of Withdrawal," in *Mary Wroth*, ed. Kinney, pp. 79-102.

编辑时期体现的不同兴趣外，在加里·F. 沃勒、诺娜·菲恩伯格（Nona Fienberg）等学者对罗思的持续关注中都体现了这一变化。①

随着罗思获得学术界越来越多的关注，她的作品也逐渐被经典化。罗思已经出现在文学史中，最新版《剑桥早期现代英国文学史》（*The Cambridge History of Early Modern English Literature*）对早期现代英国文学中许多问题的讨论都涉及罗思。②《诺顿英国文学选集》（*Norton Anthology of English Literature*）③第 5 版首次收录了罗思的作品。在此后的第 6 版至第 9 版中，收录的作品数量呈逐渐增加的趋势。④《诺顿女作家文选》（*Norton Anthology of Literature by Women*）第 2 版也开始收录了《潘菲利亚致安菲兰瑟斯》中的诗歌。⑤《十七世纪虚构作品选集》（*An Anthology of Seventeenth-Century Fiction*）⑥、《十七世纪英国主要女作家》（*Major Women Writers of Seventeenth-Century England*）⑦等文学选集也都收录了罗思的作品。戴维·斯科特·卡斯顿（David Scott Kastan）

---

① 沃勒编辑 1977 年版《潘菲利亚致安菲兰瑟斯》时关注的问题与后来的研究《锡德尼家族的浪漫传奇》关注的问题不同；诺娜·菲恩伯格不同时期的文章观点也有变化，具体见：Nona Fienberg, "Mary Wroth and the Invention of Female Poetic Subjectivity," in *Reading Mary Wroth*, ed. Miller and Waller, pp. 175-190; Fienberg, "Mary Wroth's Poetics of the Self," in *Literature Criticism from 1400 to 1800,* ed. Schoenberg and Trudeau, pp. 350-357.

② 这些问题包括手稿传播、文学资助、文学与宫廷、文学与家庭等，涉及罗思的具体章节参见：David Loewenstein and Janel Mueller (eds.), *The Cambridge History of Early Modern English Literature* (Cambridge: Cambridge University Press, 2002), p. 1037.

③ M. H. Abrams (gen. ed.), *The Norton Anthology of English Literature*, 5th ed. (New York: Norton, 1986).

④ M. H. Abrams (gen. ed.), *The Norton Anthology of English Literature*, 6th ed. (New York: Norton, 1993); M. H. Abrams (gen. ed.), *The Norton Anthology of English Literature*, 7th ed. (New York: Norton, 2000); Stephen Greenblatt (gen. ed.), *The Norton Anthology of English Literature*, 8th ed. (New York: Norton, 2006); Stephen Greenblatt (gen. ed.), *The Norton Anthology of English Literature*, 9th ed. (New York: Norton, 2012).

⑤ Sandra M. Gilbert and Susan Gubar (eds.), *The Norton Anthology of Literature by Women: The Traditions in English*, 2nd ed. (New York: Norton, 1996).

⑥ Paul Salzman (ed.), *An Anthology of Seventeenth-Century Fiction* (Oxford: Oxford University Press, 1991).

⑦ James Fitzmaurice et al. (eds.), *Major Women Writers of Seventeenth-Century England* (Ann Arbor: University of Michigan Press, 1997).

主编的《牛津英国文学百科全书》（*The Oxford Encyclopedia of British Literature*）收录了玛丽·罗思词条，由保罗·萨尔兹曼撰写。[①]此外，罗思还进入了西方大学英文系的课堂。[②]兰姆专门编纂了删节版的《乌拉妮娅》，供教学使用。[③]90年代以后，在英国早期现代文学研究领域，已经不可能再对罗思漠然置之。作为英国早期现代的主要女作家之一，罗思已经步入了经典作家的行列。

　　在海外对罗思的研究规模和热情与日俱增的情况下，国内的研究相形见绌。在国内罗思研究中开风气之先的是台湾学者。早在 1995 年，《文山评论》就刊登了周美丽的研究成果《有关玛丽·罗思夫人之书目研究》（"A Complete Bibliography of Lady Mary Wroth (1586—1640)"）[④]，这为有志研究罗思的学者提供了有益的参考，也是已知的台湾最早的关于罗思的专门文章。2003 年，辅仁大学的吴建毅撰写了题为《变奏的传统商赖：论潘菲莉雅致安菲蓝塞斯书中的模仿、拟态与变异》的硕士论文。[⑤]时隔 6 年后，郭慧珍发表了英文论文《男性文体中之女性缝隙——论玛丽·洛斯之〈潘菲莉亚致俺菲蓝瑟斯〉与非立浦·西尼之〈艾斯特非与斯黛拉〉》（"A Feminine Crevice in the Male Genre: Lady Mary Wroth's *Pamphilia to Amphilanthus* vs. Sir Philip Sidney's *Astrophil and Stella*"）[⑥]，对这组十四

---

① David Scott Kastan (ed.), *The Oxford Encyclopedia of British Literature* (Oxford: Oxford University Press, 2006).
② 笔者的博士论文导师郝田虎教授在哥伦比亚大学（Columbia University）攻读博士学位期间，1999 年在"文艺复兴女作家"（"Renaissance Women Writers"）的课上就专门读过罗思，授课教师是朱莉·克劳福德（Julie Crawford）。
③ Mary Allen Lamb (ed.), *The Countess of Montgomery's Urania (Abridged)* (Tempe: Arizona Center for Medieval and Renaissance Studies, 2011).
④ 周美丽，《有关玛丽·罗思夫人之书目研究》，《文山评论》1995 年第 1 卷第 1 期（页码不详）。
⑤ 吴建毅，《变奏的传统商赖：论潘菲莉雅致安菲蓝塞斯书中的模仿、拟态与变异》，硕士学位论文，辅仁大学，2003 年。该论文指导教师是萧笛雷。台湾与大陆在译名上不尽相同，"潘菲莉雅致安菲蓝塞斯书"即《潘菲利亚致安菲兰瑟斯》。
⑥ 郭慧珍，"A Feminine Crevice in the Male Genre: Lady Mary Wroth's *Pamphilia to Amphilanthus* vs. Sir Philip Sidney's *Astrophil and Stella*,"《东华人文学报》2009 年第 15 期，第 261—301 页。玛丽·洛斯即玛丽·罗思，"潘菲莉亚致俺菲蓝瑟斯"即《潘菲利亚致安菲兰瑟斯》，非立浦·西尼即菲利普·锡德尼，"艾斯特非与斯黛拉"即《爱星人与星》（*Astrophil and Stella*）。

行诗再做探讨。就内容而言，这两篇文章都是对《潘菲利亚致安菲兰瑟斯》的研究；在研究方法和角度上，两者都以吕西·伊里加雷（Luce Irigaray）的女性主义理论作为理论背景，以男性十四行诗人及其创作做对照，研究的目的均在于发掘罗思作为女性十四行诗人的独特创作手法和特征。因此，上述研究在主要方面存在一定的相似性。总体而言，台湾对罗思的研究刚刚起步，远未形成规模，且研究主要集中在《潘菲利亚致安菲兰瑟斯》上，对罗思的其他作品缺少关注，这说明台湾学界对罗思的研究还有待完善和提高。

相对于台湾，大陆在此领域的研究就更显不足。2011 年，上海外语教育出版社出版了由李维屏等编写的《英国女性小说史》，书中对罗思有所论及。该书中，作者将罗思放在第一章"英国早期的女性小说"中的第二节"英国女性小说的起源"里进行讨论，并将其与凯瑟琳·菲利普斯（Katherine Philips）及玛格丽特·卡文迪什并置，将三者的创作视为英国女性小说的源头，而罗思更是被作者誉为"英国小说第一人和英国小说之母"[①]。书中对罗思的家族背景、个人经历等做了简要介绍，在女性主义的观照之下，对罗思个人处境及其写作行为之间的关系进行了考察，并开宗明义地指出罗思写作及出版《乌拉妮娅》的目的就是获得经济利益以摆脱债务危机及可能因此带来的牢狱之灾。[②]作者还将《乌拉妮娅》与菲利普·锡德尼爵士的《阿卡迪亚》（Arcadia）在写作方法、出版后的接受等方面进行对比。作者采取伊恩·瓦特（Ian Watt）对小说的定义，认为"现实性"是小说区别于其他文类的本质特征，并称《乌拉妮娅》区别于《阿卡迪亚》，明显地更有现实主义的侧重，从而"从故事演化成了小说"[③]。作者特别指出《阿卡迪亚》和《乌拉妮娅》在出版后命运有天渊之别，以此说明性别因素在女性作家的创作和接受方面所起到的阻碍作用及早期女性作家所面临的艰难创作环境。值得肯定的是，《英国女性小说史》是中国大陆最早关注罗思的研究著作，它将英国女性小说史的研究拓展到罗思，扩展了读者对这一文学脉络的认识。遗憾的是，该书未能向读者提供关于罗思的详尽、正确的介绍，对《乌拉妮娅》的内

---

① 李维屏等，《英国女性小说史》，上海外语教育出版社，2011，第 15 页。

② 李维屏等，《英国女性小说史》，第 12 页。

③ 李维屏等，《英国女性小说史》，第 15 页。

容也很少涉及（由于该书研究题目是小说，罗思的其他作品更没有被提及），解读基本是谬误的。罗思绝非为债务所迫才进行写作，《乌拉妮娅》也不比《阿卡迪亚》更有现实感，其不被接受的主要原因不是作者是女性。截至目前，大陆学界对罗思还不熟悉。

第三节　关于自我建构的研究

在前人的研究中，有一些涉及或侧重于女性的性别和主体性问题。这一视角引发了笔者的兴趣和思考，对于本书主旨的确立有一定的启发作用，此外，对这些研究的考辨和补充也是本书的重要组成部分。罗思自我建构的目的，就在于确立其自身的主体性，而基于女性性别的主体性建构是其核心内容之一。因此，有必要对这些相关研究加以详细的介绍和讨论。有些著作在上节已经介绍过，本节仅针对相关部分详加论述。

玛丽·阿兰·兰姆在《锡德尼圈子中的性别与写作》中有对罗思写作行为的研究。在早期现代英国社会性别差异的话语之下，女性被"贞洁—沉默—驯顺"（chaste–silent–obedient）[1]的标准束缚，其语言和行为都需要符合这一标准。写作被认为是男性特有的行为，也带有性别特征，而女性则不应僭越男性特权，更不应该在写作中涉及性（sexuality）。事实上，女性由于在大多数男性作品中缺乏主体性，当她们开始写作时无法找到确立主体的来源。[2]因此，写作对于女作家而言比男作家更加复杂，女性创作也必然呈现出有异于男性创作的特征。作者试图通过对锡德尼家族中女作家各自的写作形式及其与当时性别意识形态的关系的研究，揭示出早期女作家所面临的问题。作者对罗思的写作条件进行了梳理，认为"愤怒"（anger）是罗思写作的主要动机，而她身份地位的变化（与威廉·赫伯特越礼及淡出宫廷生活）也使"写作"这一僭越行为在社会及心理层面上可以被容忍。此外，锡德尼家族的文学传统也是罗思写作的一个通行证，而以手稿为主要载体令罗思作品的流通局限在一个较小的文学圈子之内，为其提供了某种安全保障。作者还就《乌拉妮

---

① Lamb, *Gender and Authorship in the Sidney Circle*, p. 5.
② Lamb, *Gender and Authorship in the Sidney Circle*, p. 9.

娅》出版后爱德华·丹尼写给罗思的诗进行分析，指出其中带有明显的性别意识形态的攻击，暗示罗思的写作逾越了性别界限。而罗思自己在作品中将女诗人安提西亚（Antissia）塑造为反面形象，也可看作当时文化对女人写作的负面观点的体现。安提西亚的愤怒正好与《乌拉妮娅》中众多其他女诗人的隐忍沉默相对照，后者用忠贞的行为战胜愤怒，是一种英雄行为。兰姆指出，《乌拉妮娅》中的写作与忠贞密不可分；[①]她还敏锐地发现，《乌拉妮娅》中看似性别中立的写作却旨在性诱惑，《乌拉妮娅》通过褒扬忠贞，成为一个"愤怒的文本"[②]。这也为罗思写作中对时事的指涉提供了解释：除了报复的动机以外，暴露时人私生活，尤其是不体面的私生活，更反衬出作者为自身树立的忠贞形象。

兰姆的研究紧紧围绕性别与写作的关系讨论《乌拉妮娅》，从罗思写作的动机、条件、内容、文本内的写作行为及其特征等方面考察，呈现了性别差异化背景下罗思写作的整体概观。作者明确指出罗思写作与爱情相互缠绕的特征，并以罗思的个案研究探讨性别与写作的复杂关系，由此启迪对早期现代女性写作总体状况的研究。兰姆的研究中不乏独到的见解，但有些观点也尚待商榷。比如书中的核心观点之一，即愤怒是罗思写作的主要动机，缺乏有力的证据支持。而对于同样关键的忠贞问题，作者也欠缺考辨，未能进一步剖析其文本内外的目的、意义和作用。兰姆在 2001 年发表的论文中，[③]从家族谱系的角度进一步考察了罗思的作者身份及创作，包括忠贞问题，认为家族传统在罗思写作中扮演了重要角色，在《乌拉妮娅》中家族谱系也是一个重要主题。这篇文章是对《锡德尼圈子中的性别与写作》的补充和完善。

加里·F. 沃勒的《锡德尼家族的浪漫传奇》对罗思的研究聚焦在罗思的家庭、性别等问题上，属于传统的核心问题的研究范畴。作者运用西格蒙德·弗洛伊德（Sigmund Freud）等人的心理分析理论，强调家庭在个人性别观念及角色的塑造中的重要作用。社会意识形态通过家庭这一最基本的社会细胞向个人渗透了基本社会规范，罗思通过与罗伯特·锡

---

① Lamb, *Gender and Authorship in the Sidney Circle*, p. 166.
② Lamb, *Gender and Authorship in the Sidney Circle,* p. 187.
③ Mary Allen Lamb, "The Biopolitics of Romance in Mary Wroth's *The Countess of Montgomery's Urania*," in *Mary Wroth*, ed. Kinney, pp. 165-188.

德尼、罗伯特·罗思、威廉·赫伯特等男性家庭成员的互动，认识并接受了社会主流意识形态的性别分配（gender assignment）原则。像任何社会规范一样，性别与性别分配观念在个体接受层面也会遇到反抗和挑战，作者以罗思的个人经验为例，探索社会主流的性别观念被内化和抵制以及罗思借此进行的主体建构。作者在研究中关注个人的心理层面，将作品看作作者愿望（wish）、幻想（fantasy）和欲望（desire）的投射，而这些愿望、幻想和欲望正是在家庭中、在与家庭成员的相互关系中萌芽及成长起来的。这样，沃勒将罗思的家庭、她的创作以性别为纽带联系起来，透视了早期现代个人与社会、女作家与男性意识形态的复杂关系。对于早期现代女性而言，家庭是其生活的重心，几乎是其建立所有社会关系、展开社会生活的基点。从女性主义角度考虑，性别建构问题也是女性面临的主要问题，围绕这一问题探讨罗思如何进行自我建构是恰当而有益的。以男女两性关系下的性别建构为主的主体建构是罗思自我建构的核心之一，作者抓住这一核心也就抓住了罗思自我建构的主要障碍和斗争场所。这是这部论著的长处。

《改变主体》是罗思研究从以两性关系为主的中心话题移向边缘话题的最好例证。内奥米·米勒在这部著作中打破了男性与女性的二元关系，在两性关系的框架之外进行观察，将视线对准罗思作品中的其他形式的主体建构，即女性在多重关系中建构主体，除两性关系外，还包括母亲与女儿的关系、英国宫廷社会中女性的地位、女性作为读者和作者、女性朋友之间的关系等。在米勒看来，以罗思为代表的早期女性的主体建构是多重而非单一的。米勒的研究着眼于此前未受关注的边缘话题，通过打破常规的观察视角，就自我建构这一问题提出了不同于以往的解读。然而就像许多对边缘话题的研究一样，在填补空白的同时，它也暗示着与中心的对立关系。这是因为先有了中心，才有了边缘。打破常规这一行为本身恰恰说明了常规的核心地位。所以米勒的研究首先肯定了有一个罗思研究的中心话题存在，即从两性之间的二元对立出发，探寻自我建构的方式和可能性。如果罗思研究是一片玫瑰花圃，米勒的研究则提醒我们在花圃周围还开放着一圈小苍兰，它们即使不能让花圃更美丽，但至少更完整。可以说，《改变主体》是秉承了文化唯物主义（Cultural Materialism）的研究方法，试图在文化内部寻求潜在的、正在萌生的力量及可能性，最终或许能在未来颠覆主流，它立足于一时一地，着眼于未来的可能变革。这部著作最有益的贡献也在于给我们揭示了某种可能性，即"另一个真相的可能存在"①。值得肯定的是，作者并不否定罗思研究中的主流，即两性关系的研究，而视角的转换打破了单一的研究氛围，令人耳目一新。

诺娜·菲恩伯格在《玛丽·罗思与女性诗学主体性的创造》（"Mary Wroth and the Invention of Female Poetic Subjectivity"）中认为，《潘菲利亚致安菲兰瑟斯》里罗思在从客体到主体的转变过程中，通过言说自己的"快乐"（"pleasures"）②，创造了自我。无论是在《潘菲利亚致安菲兰瑟斯》还是在《乌拉妮娅》中，阅读和写作是罗思建立女性主体性的中心，她借助阅读和写作行为将读者带到她的内心世界。菲恩伯格的文章点出了罗思的主体性与写作存在密切关系，即写作是其主体性的体现，这一观点是正确的。作者主要进行的是文本内分析，较少联系文本外的语境，对写作之于罗思主体建构的意义未见深刻剖析。十余年后她在《玛丽·罗思的自我诗学》（"Mary Wroth's Poetics of the Self"）里发展了此前的观点，认为罗思的写作不仅具备私人性的特征，其女性文学主体性的建构是在她所处的社会条件下进行的，并受彼特拉克传统的启发，且与两者都有辩证关系。这篇文章较之以前的文章视角更广阔，但此前同样的局限（缺乏对主体建构的意义的探讨）并未得到突破。

研究罗思主体性的早期重要文章之一是杰夫·马斯顿的《"我要胡言乱语吗？"：玛丽·罗思十四行诗中的流通、性别和主体性》（"'Shall I turne blabb?': Circulation, Gender, and Subjectivity in Mary Wroth's Sonnets"）。他认为罗思通过拒绝流通的方式确立其自身主体性。这里的拒绝流通包括在诗中将爱情私人化，而不是采取公开的彼特拉克式话语，也包括将作品收藏起来而非公开示人或在市场上流通。如此的主体建构在作者看来与性别因素密不可分，忠贞也被作者解释为拒绝流通以确立主体的表现。该文的长处是注意到了罗思创作及作品中的私人化的特征，但在划清私人与公众的界线时，未能进一步探明某种形式越界的存在，

① Naomi J. Miller, *Changing the Subject*, p. 5.

② Fienberg, "Mary Wroth and the Invention," in *Reading Mary Wroth,* ed. Miller and Waller, p. 177.

而后者正包含了罗思私人化写作的真正内涵。

与马斯顿不同，希瑟·L. 魏德曼（Heather L. Weidemann）更关注表演性与女性身份在罗思作品中的呈现。①她认为，罗思创造了戏剧化的女人这一形象，在外部世界与人物的内心世界之间存在对立，而女性的主体性恰恰在这种戏剧性中得以体现。马斯顿认为女性的与世隔绝为其主体建构的内容，在魏德曼看来只是女性身份的一部分，因为除了对社会的疏离，还要在表面上表演，两者加在一起构成了戏剧化的女性身份。当然，见解的不同与他们各自分析的文本不同有较大关系（马斯顿分析的是十四行诗，魏德曼分析的是浪漫传奇），但魏德曼启迪我们注意到罗思写作行为的公共性的一面，这对研究她的自我建构很有贡献。

做类似解读的还有安·罗莎琳德·琼斯。②她认为，罗思借鉴詹姆斯一世时代的假面剧及舞台表演，通过潘菲利亚将自己建构成一个公众人物。潘菲利亚与世隔绝的忠贞成了一场公开表演，对失去爱情的哀叹也是对失去社会地位的控诉，受害者的殉难形象是对迫害者的谴责。琼斯的见解侧重于罗思主体建构的社会层面，这一点非常重要，但社会性之于罗思本人及在其作品中占多大比重、社会性的特点如何体现，还值得商榷。

综观目前关于罗思自我建构的研究，已经达成了以下几个方面的基本共识：（1）罗思通过写作建构其主体性；（2）罗思的写作既有私人性也有社会性的一面；（3）罗思的写作深受家庭写作传统的影响，也与其社会地位的变化相关；（4）两性关系中的性别建构是罗思自我建构的重要内容；（5）罗思作品中蕴含着除男女两性关系范式外的其他形式的自我建构的可能。

尽管目前的研究堪称成果丰硕，但有几个问题依然没有得到充分研讨：（1）罗思自我建构的主体性的内容和意义；（2）罗思进行自我建构的方法和技巧。

围绕这两个问题，如下问题不可避免地将被涉及：（1）罗思在何种

---

① Heather L. Weidemann, "Theatricality and Female Identity in Mary Wroth's *Urania*," in *Reading Mary Wroth,* ed. Miller and Waller, pp. 191-209.

② Jones, "The Self as Spectacle in Mary Wroth and Veronica France," in *Reading Mary Wroth*, ed. Miller and Waller, pp. 136-153.

条件下开始写作，写作的目的、内容和意义分别是什么；（2）家族背景
和家庭生活在罗思的写作中扮演何种角色；（3）性别因素在罗思创作及
生活中的重要性；（4）文学文类对罗思创作的影响。

第四节　研究思路、选题意义及各章概要

本书整体的研究思路借鉴斯蒂芬·格林布拉特（Stephen Greenblatt）
的著名研究《文艺复兴时期的自我塑造》（*Renaissance Self-Fashioning*），
该书对文艺复兴时期几位文学主要人物——莫尔（Sir Thomas More）、廷
代尔（William Tyndale）、怀亚特（Sir Thomas Wyatt）、斯宾塞（Edmund
Spenser）、马洛（Christopher Marlowe）、莎士比亚（William Shakespeare）——
如何在文学中建构自我进行了探讨。围绕自我这一核心概念，以自我建
构与社会的相互作用为理论前提，该书讨论了这几位作家如何以不同的
方式应对身处其间的社会，以及如何在社会中创造和展现自我的形
象。通过对这几位作家的研究，格林布拉特表达的核心观点是，在16
世纪的英国，个人自我建构的方式是通过在自身之外树立一个绝对的权
威，以及拒绝外来的他者。具体到书中的几位作家，他们树立的权威包
括天主教会、国王、《圣经》等。①罗思的自我建构在具体内容上与同
时代男作家不同，但自我建构于社会文化之中这一理论前提是一致的，
自我建构的方式也表现出许多相似之处。因此，格林布拉特的研究方法
同样适用于对罗思的自我建构研究，其结论也同样在罗思的自我建构中
得到了验证。

从另一个角度看，女作家有异于男作家的处境，特别是在早期现代
这样一个女性写作不被提倡，也较少有女性从事写作的历史时期。那么，
对罗思的自我建构的研究也属于女性文学研究的一部分。肖瓦尔特在《她
们自己的文学》中研究了19世纪40年代至20世纪70年代的女作家，
包括许许多多次要女小说家，梳理和定义了女性写作的三个阶段，即女

---

① Stephen Greenblatt, *Renaissance Self-Fashioning: From More to Shakespeare*
(Chicago: The University of Chicago Press, 1980).

性阶段（Feminine）、女权阶段（Feminist）和女人阶段（Female）。①作者特别强调了次要女作家在女性文学史中的重要作用，但她的研究并没有包括19世纪以前的女作家，据她本人所言是为了"强调职业精神、市场运营和团体意识"②。的确，女性写作渐成气候，女作家真正跻身一流作家行列就是从19世纪开始的，但对于更早时期的女作家的研究也并非无足重轻，肖瓦尔特本人的研究也包括了少有人知的小作家，并以此精心构筑了女性文学传统。所以，对罗思的研究恰恰符合肖瓦尔特的研究思路，只是在年代上对肖氏的研究做了扩展，也因此可能有助于展现女性文学史更加全面的图景。

本书对玛丽·罗思夫人的考察，主要从女性写作中的自我建构入手，首先阐明罗思夫人自我建构的目的，然后结合具体的作品详细考察她进行自我建构的方法和技巧，以及她采取这些方法和技巧的原因所在。罗思夫人进行自我建构的目的，就是确立她的主体性。这其中主要包含两个方面的内容：一个是基于女性身份的自我建构，一个是基于家族身份的自我建构。女性的性别主体就是在家庭关系、法律地位、社会风俗伦理中被制造和定义的，因而使得女人沦为依附者，只能通过女性自己的努力和曲折的书写来艰辛地、一点一滴地重新塑造。宗教、法律和伦理道德共同编织了规训和统治女性的基本权力网络，并且不是通过某个单一硬性规则来决定，而是在广泛、细密，有时是隐形的，又同时不断地自我强化的规范过程中重复编织形成的。但在这一过程中，女性的隐性反抗下的自我建构过程也得以启动，在对意识形态规则的重复演练中，女性得以将由多领域规则构成的主流意识形态话语拆分、解构，在多领域规则的缝隙中颠覆、削弱某些规则，借助不同领域的规则的某些矛盾为自己谋得话语空间；就在这一不断重复的过程中，女性重新建造了规则的形貌以及援引规则的新可能。玛丽·罗思夫人的女性主体地位，也是在写作过程中，与既有权力关系做各种不同形式的接触和柔化、抵抗中，不断地寻找、建构与重新建构而形成的。对于她所使用的多样化、不易被既有的权力关系收编统摄的抵抗策略，我们将会在以后的章节中

---

① 肖瓦尔特，《她们自己的文学：英国女小说家：从勃朗特到莱辛》，韩敏中译，浙江大学出版社，2012，第10—12页。

② 肖瓦尔特，《她们自己的文学》，序言第12页。

做具体分析。

笔者认为，以往的一些研究对罗思本人的关注不够，对罗思的写作状况关注不够，在解读上虽然与其他语境结合，呈现出更宽阔的视野，但如果没有对作者本人的深度挖掘，研究范围的扩大也容易造成意义的表面化。此外，不深入了解作者，一些研究的前提就很有可能被质疑。比如，我们在谈到罗思对文学的贡献时，经常会强调她对文类规约的创新，但可能忘了问一个基本问题，即罗思在创作时的目的是否如此，或者说，罗思是否为现代意义上的作者，她写作是否是为了文学本身。这些问题不好回答，但对研究罗思本人，甚至研究早期现代女作家的写作状况都很重要。这些问题没有解决，很多研究结论可能只是学者的一厢情愿罢了。

因此，本书在总结前人研究的基础上，结合罗思的个人经历，考察她的写作行为、写作策略及文本内外的自我建构形式。与以往的研究不同，笔者更注重的是罗思在各种话语的交互作用下的自我建构策略。罗思巧妙地利用了各种话语，包括政治话语、宗教话语、家庭话语、社会话语、文学话语、性别话语等，利用它们在现实生活和文学虚构中不同程度的相互覆盖和独立，寻觅到发出自己声音的机会和空间。她混淆现实与虚构的界限，模糊不同话语的作用范围，利用一种话语的合法性掩盖另一种话语的非法性，通过偷换概念、避重就轻等技巧，完成了她的写作，实现了自我建构，通过虚构（写作）达到了现实目的。所以，她的迷宫式的写作风格是由于她打破了各种话语界限，利用一种有利于自己的权力关系去制约另一种不利于自己的权力关系，人为地将各种权力关系混用，从而形成有利于自己的建构空间。这样的建构方式及策略与她的阶级身份和男权社会中女性的从属地位都密不可分。文本内外边界的模糊，让忠贞这一自我建构的内容有了重要的现实意义。从这一角度解读罗思，许多以往的问题也获得了新的解释。除忠贞问题外，文类的选择与创新、《乌拉妮娅》I 的时事性与丹尼的指责、《乌拉妮娅》I 和 II 主题的转变、罗思对女性写作的观点等，在本书中都将得到讨论。

本书围绕罗思的自我建构与其写作的关系这一核心问题，在女性写作的整体视角之下，对罗思这一作家做个案研究，以期对女性作家的整体研究有所贡献。罗思并不是福柯所说的创造了一系列话语的作者，[①]所以研究她的适宜方式并不是抛开作者不顾而单纯研究文本，对作者生平的研究无疑也是必要的。尤其是，罗思的锡德尼家族身份也是她极力建构的主体性的一个部分，并且这一身份还赋予了罗思写作的合法性，罗思的女性身份正是借助于家族身份，才获得了足够的自由空间，否则罗思是难以通过写作来完成自我建构的。早期现代女性的文学创作还难以达到福柯设为悬鹄的艺术造诣，也没有形成那么大的影响。考虑到时代背景及女性的社会地位，女性如何开始写作、能够如何写作、写什么、怎么写，显得更加重要。而这些问题与女作家如何看待自己、看待自己的写作、看待他人及社会是密不可分的，这本身就是作者自我建构的尝试和过程。以单个作家就上述问题进行研究将有助于我们了解女性写作的历史。不可否认，罗思并不是文学大家，然而肖瓦尔特指出，"次要小说家是将一代代人联系起来的链条上的链环，没了她们的踪影，我们对女性写作中的连续性也就没有明晰的理解"[②]。不仅如此，罗思还是这"链条"上比较靠前的一个环节，通过对她的研究或可包含对未来女性写作的启示。必须指出的是，罗思并不是职业作家，然而她自觉写作的特征是她与职业女作家的共同点，也使她作为女性写作研究的起点成为可能。在女性写作传统的悠悠长河中，我们溯源而上，或许能于源头的清流中照见自己的倒影。

　　本书共分为六个部分，除引言和结论外，主体共有四章。

　　第一章主要探讨罗思的家世、婚姻和写作。贵族家庭文学传统的影响和个人生活从中心走向边缘的遭际都是罗思写作的重要因素。而罗思也企图通过写作建构自我，即成为锡德尼及锡德尼家族的文学继承人。而对锡德尼家族的认同意味着乡村对宫廷、边缘对中心的渴望，也意味着与锡德尼-赫伯特圈子重要成员威廉·赫伯特的关联。对罗思来说，写作从一开始就是对锡德尼家族及其社会身份的认同，承载了重要的个人生存意义。

---

① 福柯对作者的论述见：Michel Foucault, "What Is an Author?" in *Critical Theory since Plato*, 3rd ed., ed. Hazard Adams and Leroy Searle (Beijing: Peking University Press, 2006), pp. 1260-1269.

② 肖瓦尔特，《她们自己的文学》，第 5 页。

第二章以《潘菲利亚致安菲兰瑟斯》为主要研究文本，由于这部组诗抽离了社会背景，因此我们侧重于分析罗思基于女性主体身份的自我建构，以女诗人从彼特拉克体十四行诗的客体转变为主体的破冰过程及特征为重点讨论对象，通过与男性十四行诗诗人对相同规约的不同处理的比较，探寻罗思的自我主体性建构的途径和困难。不同于男诗人征服客体以确立主体，罗思通过自我塑造确立主体性，她的自我建构是内向式的，她的主体有主—客体的双重性质。对自己忠贞的定义，与其自我建构的形式一样，是符合男性意识形态的。忠贞同时也是文学话语中一个男性关心的重要主题，罗思对其主动迎合，本身就是被性别话语塑造的表现。另外，彼特拉克体十四行诗以爱情为主题，爱情在男、女诗人作品中有不同作用，这对理解罗思的自我建构也有重要意义。

内向式自我建构不仅表现在《潘菲利亚致安菲兰瑟斯》中，在《乌拉妮娅》中也是如此，但由于体裁不同，表现形式也不尽相同。本书第三章将主要探讨《乌拉妮娅》I中的自我建构方式。在这部作品中，罗思以书写潘菲利亚的故事为主线，同时让书中人物讲述相似主题的故事为呼应，以这种多重叙事的复杂结构，来突破女性面临的自我表达的困境，进而实现作者对自我的定义，而她自我定义的范畴仍然局限在男女爱情中，自我定义的内容依旧是忠贞。《乌拉妮娅》I中的众多人物都映射了罗思本人，这使得她的自我建构呈现出错综纷乱的特征。此外，罗思在书中的代言人潘菲利亚也从事爱情诗创作，通过她的写作特征和诗作的流布途径，我们也可以看出女性作家突破社会强加的沉默禁忌，建立自身主体性地位的努力和策略。这两种方式都反映出作者自我塑造的艰难过程，其中蕴含了对各种意识形态下的试探性的自我解读。

第四章主要基于《乌拉妮娅》II探讨罗思的自我建构。《乌拉妮娅》II在主题上从爱情转移到私生子问题。这是罗思自我建构重点的转移，但仍不脱离由两性关系带来的家庭关系的范畴。联系到罗思与威廉·赫伯特所生的两个非婚生子女，罗思通过创作以达到母为子谋的解释并不为过，而母凭子贵是间接的自我建构。至此，罗思的主体性的两个方面，即女性身份和家族身份的自我建构得到了统一。此外，爱德华·丹尼对罗思的讨伐对罗思的写作产生了重大影响，罗思采用的策略是制造一

个"他者"来保护自己，借此减轻自己写作的负罪感，也巧妙地划清了
与他者的界限。《乌拉妮娅》II 将安提西亚塑造成一个疯癫诗人，这个角
色事实上是罗思本人的一个扭曲的镜像，她在成为作者的替罪羊的同时，
也宣示着女作家在社会规范的压迫之下被迫进行了自我分裂。这也反
映出在男权社会的重压下，女性作家的主体性始终未能充分而完整地建
构起来。

第一章　家世、婚姻与写作

　　玛丽·锡德尼（这是玛丽·罗思的闺名）是罗伯特·锡德尼与芭芭拉·加米奇（Barbara Gamage）的第一个孩子。由于文献资料的匮乏，我们对于玛丽早年的生活和受教育经历所知甚少。其父的朋友和仆人罗兰·怀特（Rowland Whyte）在罗伯特·锡德尼任弗拉辛（Flushing）长官期间曾经长期跟他通信，汇报家中及宫廷诸事，其中一封信提到，"玛丽在学习、写作及其他活动如跳舞和弹维金纳琴（virginals）方面进步很快"[①]。罗伯特·锡德尼也曾在家书中夸奖 8 岁女儿的信写得很好。[②]玛丽数次随母亲前往尼德兰看望父亲，并且有可能在欧洲大陆居留期间学习和巩固法语。[③]因此，我们大致可以推测，玛丽·罗思接受过与其阶层相适应的教育，并在写作上表现出一定的才能。

　　据记载，1580 年至 1640 年期间，英国伦敦有 90%的女性不会写自己的名字。[④]而玛丽·锡德尼由于出身于贵族阶层，其所受的教育不但包括唱歌、跳舞、演奏乐器，[⑤]还包括阅读和写作，这些都是标准的贵族小姐的教育。音乐、舞蹈等技能的训练是为了使贵族小姐们能够更好

①　Hannay, *Mary Sidney, Lady Wroth*, p. 43.

②　Robert Sidney, "To Lady Sidney," 6 October 1595, Letter 87, in *Domestic Politics and Family Absence: The Correspondence (1588—1621) of Robert Sidney, First Earl of Leicester, and Barbara Gamage Sidney, Countess of Leicester*, ed. Margaret P. Hannay, Noel J. Kinnamon, and Michael G. Brennan (Aldershot: Ashgate, 2005), pp. 75-76.

③　关于罗思的教育可参考：Hannay, *Mary Sidney, Lady Wroth*, ch. 1.

④　Katherine Usher Henderson and Barbara F. McManus (eds.), *Half Humankind: Contexts and Texts of the Controversy about Women in England, 1540—1640* (Urbana: University of Illinois Press, 1985), p. 88.

⑤　这些教育内容被认为可以增加贵族女性的社交优雅，见：Henderson and McManus (eds.), *Half Humankind*, p. 82.

地适应宫廷生活。在玛丽的早年生活中，这些技能的重要性甚至优先于她的写作能力，更早地成为她的身份特征，在她的身份建构中扮演了重要角色。少女时代的玛丽耳濡目染了锡德尼家族出入宫廷的贵族生活方式，虽然锡德尼并非实力强大的大贵族，但幼年的经历以及与彭布罗克伯爵夫人等显贵姻亲的往来使得玛丽心中根深蒂固地确立了宫廷贵族的心理意识。曾经有着巨大政治潜力并仍然拥有强烈政治渴望的锡德尼家族的大小姐，这就是玛丽的身份。这一身份蕴含着两个显著标识，其一是政治，其二是文学。

玛丽嫁给罗伯特·罗思之后，个人身份有了重大变化，成了玛丽·罗思夫人。但她似乎始终未能适应身份的转变，由于与丈夫在思想方面的差异较大，罗思仍然保持着与娘家的密切来往。在丈夫和儿子逝世之前，罗思大致能在政治方面，即社会地位层面来表现其锡德尼家族的身份。但在家庭变故之后，她的身份面临巨大的危机，她由此诉诸文学，企图借助文化传统来继续维持其锡德尼身份。当然，除了文学之外，还有与锡德尼家族圈的要人、表兄彭布罗克伯爵威廉·赫伯特的私情。

罗思不是普通的贵族家庭的小姐，而是出身于以文艺擅名的锡德尼家族，这就让她与写作有了某种天然的联系。写作成为锡德尼这个贵族姓氏之外的又一个重要的家族身份标识。在罗思社会地位一落千丈、对前途无望之时，写作起到了更加重要的作用。因为罗思始终将她的个人身份与锡德尼家族身份紧紧地捆绑在一起，所以写作成为她建构自我的一个重要方式，而这种方式又受到了锡德尼家族的文学传统的支撑。尽管早期现代的英国社会并不鼓励女性从事写作，但罗思出身的锡德尼家族却以文艺之道享誉伊丽莎白的宫廷。家族传统不但大幅度减轻了罗思从事写作所面临的社会压力，而且在罗思面临身份危机之时，也为罗思努力地建构和巩固锡德尼身份提供了可能性，进而，也使得罗思有可能借助写作确立家族身份、博取社会认同。直到1621年《乌拉妮娅》I 出版后引起轩然大波，令其颜面扫地之后，才最终证实了即使拥有锡德尼家族的政治和文化庇佑，也难以抵挡早期现代女性创作所面临的社会压力。

在借助"写作"这一手段巩固锡德尼身份的同时，罗思也重新审视了自己与丈夫的关系，并在"罗伯特·罗思的遗孀"和"罗伯特·锡德尼的长女"两个身份之间做了选择，在回归后者的同时，把以已故丈夫为代表的罗思家族塑造为锡德尼家族的"他者",并借助这个"他者"来建构自我。

罗思将个人身份隐匿于家族身份之中,并利用家世作为强大的后盾,来减轻个人写作所面临的风险,由此可见早期现代女性独立性的不足,以及她们从事写作时所面临的巨大阻碍。在罗思作品的背后,我们看到的不是玛丽·罗思夫人这一个作者,而是整个锡德尼家族的传承。家族身份保护了罗思的创作,创作又进一步巩固了她的家族身份。本章将从罗思的锡德尼家世、婚姻及写作与出版三个方面探讨罗思是如何进行个人身份建构的。

第一节 家 世

锡德尼家族的鼎盛繁荣很大程度上依赖于杰出的菲利普·锡德尼,而他人生最辉煌的时刻却是在尼德兰阵亡之后。尽管生前被家族寄予厚望,但他并不受女王倚重,仕途坎坷艰辛。1586 年菲利普战死沙场,不料此后却作为新教殉教士和廷臣(Courtier)典范广受世人嘉许,连当时的苏格兰国王詹姆斯六世(James VI)都写挽歌悼念他。[1]且不说圣保罗大教堂的葬礼多大程度上是当权者出于政治因素而安排的盛大表演,菲利普·锡德尼确实因此声誉日隆,泽被族人。加文·亚历山大(Gavin Alexander)指出,菲利普·锡德尼的名声赖以建立的基础在 1587 年时和从 1590 年开始他的文学作品陆续出版后有重大变化。在他死后的最初几年,他的诗人身份并不广为人知,作品也只在小圈子内流传。[2]诗人作为整体在当时名声不佳,锡德尼本人生前对这一称号也态度暧昧,[3]但诗

---

① 锡德尼死后悼念他的挽歌出版了四卷,其中有詹姆斯六世的作品,见: Hannay, *Mary Sidney, Lady Wroth*, p. 18.

② 加文·亚历山大认为,锡德尼的文学贡献是在 16 世纪 90 年代获得承认的,而不是在他死后的最初几年,那时即便写诗悼念他的人也少有知道他是诗人的,见: Gavin Alexander, *Writing after Sidney: The Literary Response to Sir Philip Sidney, 1586—1640* (New York: Oxford University Press, 2006), p. 57.

③ 锡德尼在《为诗辩护》(*The Defence of Poesy*)开头称自己"在最无聊的时候逐渐陷入诗人的称号下",见: Philip Sidney, *Sir Philip Sidney: Selected Prose and Poetry*, ed. Robert Kimbrough (New York: Holt, Rinehart and Winston, 1969), p. 103.

人的声名显然比高爵厚禄更能长久，成了菲利普·锡德尼留下的最大遗产。锡德尼家族世代为士绅，受封贵族是几代人的梦想。[①]菲利普·锡德尼死后，族人在感叹其壮志未酬的同时，恐怕更加怀念这个家族英雄，并在他留下的文学遗产中想象其可能实现的家族振兴。罗思虽与伯父未曾谋面，但她成长时期正是菲利普·锡德尼的文学名声确立的时候。[②]文学也构筑了罗思对伯父的想象，并在最初便与家族使命紧紧绑缚在一起。

1587 年起，罗伯特·锡德尼便接任弗拉辛行政长官，大部分时间驻守尼德兰，直至弗拉辛于 1616 年复归尼德兰，长达 30 年之久，因此罗思的成长过程中父亲是缺席的。[③]菲利普·锡德尼生前，锡德尼家族本来就与莱斯特伯爵（Earl of Leicester）、彭布罗克伯爵（Earl of Pembroke）、亨廷顿伯爵（Earl of Huntington）等贵族亲戚往来密切，他们经常在彭布罗克伯爵在伦敦的府邸贝纳兹堡（Baynards Castle）和乡间别墅威尔顿（Wilton）聚会。[④]菲利普·锡德尼死后，家族振兴的重担便落在了罗伯特·锡德尼的肩上。因为他离京外任，难以恪尽一家之主的职责，芭芭拉·锡德尼及子女受彭布罗克伯爵夫人的照顾颇多，在一年的时间里她们经常是半年住在贝纳兹堡，半年住在彭思赫斯特。[⑤]玛丽作为家里的第一个孩子，身份更加重要，汉内几乎断定她就出生在贝纳兹堡。[⑥]她的姑姑同时也是她的教母，[⑦]这样她一出生便与姑姑又多了一层关系。

彭布罗克伯爵夫人承袭了兄长开创的家族文化事业，监督 1693 年《阿卡迪亚》的出版，翻译欧洲名家文学作品，并进行文学创作。汉内推测，罗思与姑姑家频繁往来，很可能得以耳闻目睹姑姑的许多文艺活动，并受到文化熏陶。[⑧]更为重要的是，玛丽·锡德尼·赫伯特与罗思同为女性，有姑姑的先例，罗思写作在性别角度上获得了许可，即汉内

① 对锡德尼家族历史的叙述见：Michael G. Brennan, *The Sidneys of Penshurst and the Monarchy, 1500—1700* (Aldershot: Ashgate, 2006), chs. 1—4.

② Alexander, *Writing After Sidney*, p. 57.

③ Hannay, *Mary Sidney, Lady Wroth*, p. 29.

④ Brennan, *The Sidneys of Penshurst and the Monarchy*, p. 72.

⑤ Hannay, *Mary Sidney, Lady Wroth*, p. 66.

⑥ Hannay, *Mary Sidney, Lady Wroth*, pp. 20-21.

⑦ Hannay, *Mary Sidney, Lady Wroth*, p. 24.

⑧ Hannay, *Mary Sidney, Lady Wroth*, p. 56.

所说的"能写"的问题。[1]而当这个女人还是家族前辈的时候，更可以与家族继承结合在一起，从而被赋予更加强大的力量。汉内考虑到了早期现代写作的性别因素的重要性。的确，如果没有彭布罗克伯爵夫人的文化活动，罗思想要效法伯父从事创作，所面对的阻碍会更大。在锡德尼家族的语境中，写作，甚至是女性的写作，不但是合法的，而且是家族身份的标识。罗思主动认同这一家族身份，并以此对抗女性写作禁忌的社会大环境。

据汉内推测，小玛丽最早开始阅读《阿卡迪亚》大约是在其 10 岁左右。[2]罗思对伯父和姑姑的态度以及她与两者的关系只能从她的创作中发现端倪。在《乌拉妮娅》中，罗思是这样再现她与菲利普·锡德尼的关系的：锡德尼化身成潘菲利亚的伯父（与现实中罗思与他的关系一样）老潘菲利亚国王（King of Pamphilia）。罗思写道，潘菲利亚"因为他的馈赠（'gift'），在他死后将享有那个王国，因此也叫那个同样由他赐予的名字"[3]。潘菲利亚王国是潘菲利亚国王一手经营的事业，他将其作为礼物送给侄女，并给侄女取与王国相同的名字，可见其对她的认同。"馈赠"一词不仅有礼物的意思，还有"天分"的意思，不免让人想到锡德尼本人以文著称，那么潘菲利亚从潘菲利亚国王处继承王国，也好像罗思从伯父处继承诗歌天赋。后来潘菲利亚又追述了潘菲利亚国王是如何获得王位以及如何选中她做王位继承人的：他因为年轻时勇敢制服暴君而被人民选为国王，并深受爱戴而被允许指定继承人，他没有结婚，而是"早早就选中了我"[4]。后来潘菲利亚国王年事已高，想要过隐居生活，就安排潘菲利亚加冕登基，作者再次强调他"早就决定这样做"[5]。作者提到潘菲利亚国王没有结婚，意即他没有继承人。罗思创作《乌拉妮娅》时，菲利普·锡德尼唯一的女儿已经死去，[6]罗思是后

---

① Hannay, *Mary Sidney, Lady Wroth*, p. 57.

② Hannay, *Mary Sidney, Lady Wroth*, p. 10.

③ Roberts (ed.), *The First Part of the Countess of Montgomery's Urania*, p. 100. 在不影响讨论的情况下，本文在引用散文时不提供原文，译文为笔者所译。

④ Roberts (ed.), *The First Part of the Countess of Montgomery's Urania*, p. 145.

⑤ Roberts (ed.), *The First Part of the Countess of Montgomery's Urania*, p. 168.

⑥ 菲利普·锡德尼的女儿伊丽莎白·锡德尼·曼纳斯（Elizabeth Sidney Manners）死于 1612 年，见：Hannay, *Mary Sidney, Lady Wroth*, p. 164.

辈中与伯父血缘关系最近的人之一，因此我们可以认为，罗思在写作中安排这一情节，事实上是在暗示她是菲利普·锡德尼文学事业的唯一继承人。强调潘菲利亚被伯父早早选中，旨在表明她作为继承人毋庸置疑的合法性，尽管在现实中，锡德尼阵亡时罗思尚未出生。

罗思对潘菲利亚国王的描写笔墨不多，对伯父的再现，也像伯父对罗思的影响一样，没有生动的音容笑貌，只有可供继承的文化家产。对于锡德尼的诗才，我们看不到罗思的评论，但前者对后者的影响在后者的创作中俯拾即是。在写作体裁的选择上，罗思对伯父萧规曹随，甚至连标题也模仿他。[①]从罗思的创作中可以看出，她对锡德尼的作品非常熟悉，在情节设计、意象选择，甚至用词上都受到锡德尼的影响。单从书名上看，罗思对伯父的效仿，反映了福柯提出的理论：相似性（resemblance）为文艺复兴时期的认识型（l'episteme）。[②]罗思如此做，正是给世界一个符号，证明她与菲利普·锡德尼的相似性。[③]而"仿效"（l'aemulatio）作为相似性的一种形式，可能是在另一种形式"适合"（la convenientia）的效力越来越不明显的情况下被付诸实施的。毕竟罗思写作之时，她作为锡德尼的身份已经越来越被遗忘，即她与锡德尼的物理距离越来越远。相似性也许在社会生活中的一个呈现是对以家族为社会组织基础的依赖，家族的同一性和继承性为人所重视。那么对锡德尼的模仿不仅符合当时的认知形态，因此拥有认知的合理性，而且家族继承的因素也促使罗思更加主动地认同父辈。因此，整体认知结构类型的合法性，加上家族延续的要求，以及个人生存的需要，促使罗思不仅自觉地认同锡德尼，而且对锡德尼的继承具备形式上的亦步亦趋的特征。

罗思的姑姑，彭布罗克伯爵夫人，也是罗思所追随效法的家族尊长和文学前辈。在《乌拉妮娅》中，彭布罗克伯爵夫人化身为安菲兰瑟斯的母亲那不勒斯王后（Queen of Naples）。那不勒斯王后被罗思形容为"诗

---

① 《乌拉妮娅》是模仿《阿卡迪亚》，《潘菲利亚致安菲兰瑟斯》是模仿《爱星人与星》。

② 米歇尔·福柯，《词与物：人文科学考古学》，莫伟民译，上海三联书店，2002，第二章。福柯论述了四种"相似性"，分别是"适合""仿效""类推"和"交感"。

③ 福柯认为相似性需可供辨识的符号标记，见：福柯，《词与物》，第二章第二节。

艺完美"①，是潘菲利亚的"最尊贵的朋友"②，又称潘菲利亚为她的"半个自己"③。后者对前者的文学认同由此可见。书中那不勒斯王后写了一首诗，汉内认为那不是罗思写的，而是彭布罗克伯爵夫人所作。④罗伯茨则推测罗思重写了她姑姑的原作，并以此诗作为锡德尼家族女性合作写诗的典型。⑤无论是哪种情况，罗思都有意让那不勒斯王后代表彭布罗克伯爵夫人，并且让她书写情诗抒发诗人不能言说的情殇。彭布罗克伯爵夫人不以写爱情诗歌见长，而以从事宗教题材写作著称，爱情则是罗思文学创作的主题。尽管在这首诗之前作者说明写诗为情境所趋，也即未必表达诗人的真实情况，但鉴于这是书中那不勒斯王后唯一的一首诗，因此这样的安排很有可能是罗思借彭布罗克伯爵夫人，将自己创作爱情诗合法化。因此，彭布罗克伯爵夫人对罗思的影响就不只是在于女性可以写作，罗思将其扩展为女性不仅可以写作，而且可以写爱情诗。

罗思在《乌拉妮娅》中借助潘菲利亚与潘菲利亚国王的关系，以及与那不勒斯王后的关系表明自己是菲利普·锡德尼的合法文学继承人，同时其文学才能堪与彭布罗克伯爵夫人媲美，写作是合理合法的事情。那不勒斯王后不仅在诗歌创作上为潘菲利亚垂范，而且在生活上也提供帮助。尽管潘菲利亚从未向人说出她与安菲兰瑟斯的爱情，但在潘菲利亚失恋之时，那不勒斯王后却体察出内情，曾经陪伴和安慰她。⑥在潘菲利亚和鞑靼国王（King of Tartaria）婚后，那不勒斯王后还曾经将潘菲利亚和安菲兰瑟斯促成到一起，企图化解两人的恩怨。⑦罗思设计的这一情节，或许是在暗示彭布罗克伯爵夫人是默许她与赫伯特之间的爱情的，或者至少表达了作者内心的期望，亦即希望她与表兄的婚外情能够

---

① Roberts (ed.), *The First Part of the Countess of Montgomery's Urania*, p. 371.

② Roberts (ed.), *The First Part of the Countess of Montgomery's Urania*, p. 363.

③ Roberts, Gossett, and Mueller (eds.), *The Second Part of the Countess of Montgomery's Urania*, p. 1.

④ Hannay, "'Your Vertuous and Learned Aunt'," in *Reading Mary Wroth*, ed. Miller and Waller, p. 27.

⑤ 对这一段的注解见：Roberts, Gossett, and Mueller (eds.), *The Second Part of the Countess of Montgomery's Urania*, p. 776.

⑥ Roberts (ed.), *The First Part of the Countess of Montgomery's Urania*, p. 457.

⑦ Roberts, Gossett, and Mueller (eds.), *The Second Part of the Countess of Montgomery's Urania*, pp. 277-282.

得到姑姑的支持。

　　锡德尼家族世代为廷臣，其政治活动围绕宫廷展开，家族势力也集中在宫廷。封爵是锡德尼家族几代人的心病，而伊丽莎白一世迟迟不将罗伯特·锡德尼召回伦敦，隔开了宫廷与锡德尼家族的距离，却更加强了他们对宫廷的渴望。在父亲身处欧陆的时候，玛丽因家族姻亲的关系，自幼在宫廷周围活动，熏染了宫廷礼节与社交风尚，也耳闻目睹了政治变幻、世事浮沉，这在她日后的文学创作中都有所表现。而由于父亲缺场形成的寄人篱下之感，[①]连同家族的政治抱负，可能会令她对宫廷的渴望尤其深切，对宫廷生活尤其认同。

　　1602 年，伊丽莎白一世驾幸彭思赫斯特，罗伯特·锡德尼的长女玛丽在女王面前跳了两支舞蹈，并以其舞艺获得女王赞赏。[②]玛丽所跳舞蹈一支是嘉利亚德（galliard），一支是库兰特（courante），汉内说这两支舞恰好能展现出玛丽的优雅和年轻的活力。[③]斯基尔斯·霍华德（Skiles Howard）在其对宫廷舞蹈的研究中称嘉利亚德不是众人可以随时加入的低步舞，而是轻轻跳跃的高步双人舞。少了其他人的参与，在舞蹈中表演的一对男女成为众人的焦点。而男舞者在舞蹈中扮演了更主动的角色，他"以空中的复杂跳跃和精湛表演取悦他的女郎和观众"，因此这是一种性别差异化的表演。[④]15 岁的玛丽自幼接受的贵族小姐的教育，终于以最高规格得以展现，在女王及众贵族的注视下翩翩起舞也成为玛丽个人成长史中光辉的一页。霍华德又指出，宫廷舞蹈是贵族自我建构的重要方式，舞步"在让主体变换姿态的同时，又将他或她置于一个社会等级之中……舞蹈既是社会抱负的标识，也是实现它的途径，既是社会焦虑的体现，也是解决它的方法"[⑤]。那么跳舞的玛丽在展示优美身体的时候，也是在代表锡德尼家族攀爬社会阶梯，她的自我建构与锡德尼家族

---

① 锡德尼在伦敦没有固定住所，玛丽等人在伦敦时住在姑姑家。汉内屡次提到这一点，见：Hannay, *Mary Sidney, Lady Wroth*.

② Roberts (ed.), *The Poems of Lady Mary Wroth*, p. 9; Hannay, *Mary Sidney, Lady Wroth*, p. 84.

③ Hannay, *Mary Sidney, Lady Wroth*, p. 84.

④ Skiles Howard, *The Politics of Courtly Dancing in Early Modern England* (Amherst: University of Massachusetts Press, 1998), p. 19.

⑤ Howard, *The Politics of Courtly Dancing in Early Modern England*, p. 23.

的政治前途合二为一。

　　玛丽成为罗思夫人以后，一度活跃于安妮王后的宫廷，并曾出演假面剧《黑》（*Masque of Blackness*）。琼生根据安妮王后意愿创作的这部假面剧讲述的是埃塞俄比亚境内尼日尔河的 12 位河仙寻找能够让黑肤色变白的神秘之地的故事。安妮王后等一众贵妇将脸和上臂涂黑，上台演出，这一造型在当时曾引起非议。①莱瓦尔斯基指出，将女性身体作为行动和意义的核心是对当时戏剧演出中由男孩扮演女人的习俗的颠覆。②哈丁·奥桑德（Hardin Aasand）认为，这部剧表明了安妮王后的外来身份，显示其身为女性相对丈夫詹姆斯一世宫廷的独立性，进而违反了女性应有的贞洁和服从的地位。③如果说安妮王后借《黑》剧展现了女性主体性，那么参演此剧的罗思也参与了自我建构的过程，与以安妮王后为首的众多宫廷命妇一起，在男性世界中，在以国王为首的王公贵族面前，塑造自我，展现自我。如果说安妮王后与詹姆斯一世夫妻不和在这部剧中已初露端倪的话，④这一潜藏的情感分裂也恰恰是罗思婚姻的写照。⑤在安妮王后宫廷的女性的独立活动，促进了罗思的个人独立，也使她与丈夫的距离越来越远，特别是宫廷为锡德尼家族固有的政治目标，却不是罗伯特·罗思的兴趣所在，那么罗思很有可能将能够位列宫廷归功于身为宫务大臣的父亲的帮助，而忽视了丈夫的经济支持。詹姆斯一世时期罗伯特·锡德尼终了却家族夙愿，得以封爵。⑥罗思的地位也水涨船高，能够出入宫廷，她作为锡德尼家族成员的身份在政治层面已经达到了辉煌的顶点。

　　从罗思自幼所受教育、成长经历、婚后活动等方方面面来看，宫廷

---

① 观看表演的达德利·卡尔顿（Dudley Carleton）就以其为丑和轻浮，见：Hardin Aasand, "'To Blanch an Ethiop, and Revive a Corse': Queen Anne and *The Masque of Blackness*," *Studies in English Literature, 1500—1900* 32.2, Elizabethan and Jacobean Drama (Spring 1992): 273.

② Lewalski, *Writing Women in Jacobean England*, p. 30.

③ Aasand, "'To Blanch an Ethiop, and Revive a Corse'," p. 277.

④ 安妮王后对詹姆斯一世的反抗的研究参见：Lewalski, *Writing Women in Jacobean England*, pp. 15-43.

⑤ 事实上罗伯特·罗思也在台下观看了《黑》的表演，见：Roberts (ed.), *The Poems of Lady Mary Wroth*, pp. 12-13.

⑥ 先是被封为莱尔子爵，然后又被封为莱斯特伯爵，参见本书第 1 页脚注②。

是罗思身份建构的中心，而这与锡德尼家族的身份又密不可分，可以说罗思已经融入了锡德尼家族攀爬政治阶梯、争取君王眷顾的生存状态中，她个人的命运很大程度上也由此而决定。

第二节　婚　姻

汉内推测，锡德尼与罗思两家于 1601 年就开始商谈长女玛丽·锡德尼与长子罗伯特·罗思的婚事。①她认为，对于像锡德尼这样的上层士绅，能与和自己阶层、收入相近的人联姻就是不错的婚姻，而罗思家同为士绅，在地方有势力且拥有众多田产，与在宫廷有势力的锡德尼家算得上门当户对。不但如此，两家联姻也让宫廷与乡村的势力联合。②1604 年 9 月 27 日，17 岁的玛丽·锡德尼与罗伯特·罗思爵士在锡德尼的官邸彭斯赫斯特举行婚礼。可就在 10 月 10 日罗伯特·锡德尼给妻子的信中写道："我发现有些事令他（罗伯特·罗思）不高兴，但具体细节他没告诉我，只是抗议他不能对他妻子和她对他的行为持任何反对意见。"两人琴瑟不调在结婚之初就已经初露端倪，连罗伯特·锡德尼都说"对于任何不善之举这都太早了"③。罗伯特·罗思是地方乡绅，担任詹姆斯一世的护林官，热衷于架鹰逐兔的乡间生活，不乐仕进，也没有罗思对文艺的兴趣和精致的生活方式。④本·琼生给罗伯特·罗思的献诗中曾经细致地描述了罗伯特·罗思的生活和喜好，措辞婉而多讽，他甚至在私下毫无掩饰地说过罗思嫁得很不值。⑤有学者认为，罗伯特·罗思目不识丁，但汉内举他留下的一首用拉丁文写作的诗歌为证反驳了这种看法。⑥笔者认为，罗伯特·罗思是否识文断字并不重要，也不必对

① Hannay, *Mary Sidney, Lady Wroth*, p. 99.
② 对玛丽·锡德尼婚姻筹划、婚礼和婚姻状况的论述见：Hannay, *Mary Sidney, Lady Wroth*, ch. 3.
③ Robert Sidney, "To Lady Sidney," 10 October 1604, Letter 151, in *Domestic Politics and Family Absence*, p. 123.
④ Roberts (ed.), *The Poems of Lady Mary Wroth*, pp. 11-12.
⑤ Ben Jonson, "Conversations with William Drummond of Hawthornden," in *Ben Jonson,* ed. Ian Donaldson (Oxford: Oxford University Press, 1985), p. 603.
⑥ Hannay, *Mary Sidney, Lady Wroth*, pp. 162-163.

此做过多推测，他和玛丽·锡德尼因为家庭出身和成长环境所造成的兴趣禀赋和生活习惯的悬殊差异足以令两人的婚姻蒙上阴影。事实上，婚后的玛丽没能很好地融入婆家的生活，仍然保持与娘家的密切联系，并继续使用锡德尼家族的纹章。①

罗思作品的自传性质已经得到了学界的公认。②《乌拉妮娅》中除了潘菲利亚和安菲兰瑟斯分别对应罗思和威廉·赫伯特以外，潘菲利亚的丈夫鞑靼国王也可能是以罗思的丈夫为原型创作的，我们可以借此推测罗思婚姻的实情。鞑靼源自中亚，历史上曾进攻欧洲，征服了许多欧洲国家，这些东方人无疑是欧洲人的敌人。但由于他们实力强大，早期现代英国人对鞑靼人既有畏惧又有崇拜。③罗思笔下的鞑靼国王也有一定的矛盾性。鞑靼国王罗多曼德罗（Rodomandro）初到莫雷亚（Morea）宫廷，甫一登场，罗思是这样描写他的：

> 一位英俊华美的绅士，身体的外形如此精美，任何人工都不能仿造这么完美的比例，身材高矮合度，既不太高也不太矮。他的手像贵妇的手一样白，五官标致，但谈到肤色，他的脸清楚表明太阳要么特别喜欢它，因此亲吻它太过用力，要么因为它的柔美而生气，光线强烈而灼伤他，然而这不能将他那迷人的美好带走。他钻石一般的眼睛（尽管穿着黑衣）闪闪发光，令强烈的阳光充分领教了对抗它光芒和最强的灼热的力量，因此他自然获胜，因为尽管皮肤黝黑，却又着实可爱，可爱中又蕴含着真正的美。④

---

① 锡德尼家族纹章为菱形框中的宽镞，见：Roberts (ed.), *The Poems of Lady Mary Wroth*, p. 11.

② 对罗思的许多重要研究都包含了这一前提，包括沃勒的《锡德尼家族浪漫传奇》、罗伯茨的主要研究《乌拉妮娅》前言、汉内所著罗思传记《玛丽·锡德尼，罗思夫人》等。个人生平与文学创作的对应却应该小心求证，不可想当然，所以我们只能做可能性的推测。

③ Bernadette Andrea, "Persia, Tartaria, and Pamphilia: Ideas of Asia in Mary Wroth's *The Countess of Montgomery's Urania, Part II*," in *The English Renaissance, Orientalism, and the Idea of Asia*, ed. Debra Johanyak and Walter S. H. Lim (New York: Palgrave Macmillan, 2010), pp. 23-24.

④ Roberts, Gossett, and Mueller (eds.), *The Second Part of the Countess of Montgomery's Urania*, p. 42.

在这段对鞑靼国王彼特拉克式的赞誉中，肤色成为作者描述的重点。黑肤色显然是异于潘菲利亚等人的白肤色的，不符合早期现代英国人的审美标准，莎士比亚的奥赛罗（Othello）就是作为美的反面而出现的。此外，鞑靼国王的出场让人不禁联想到琼生的两部假面剧《黑》和《美》（*Masque of Beauty*），罗思本人曾经在第一部中演出，并观看了第二部的表演。[①]《黑》是琼生奉安妮王后之命创作的第一部假面剧，于 1605年第 12 夜上演，讲述了埃塞俄比亚境内尼日尔河的 12 位河仙不满自己的黑肤色而去寻找能让肤色变白的以 "tania" 结尾的神秘地方的故事。这个以 "tania" 结尾的地方就是不列颠（Britannia），该剧在呼唤阿尔比恩（Albion）的歌声中结尾。[②]3 年后的《美》剧是《黑》剧故事的继续，讲述 16 位黑姑娘[③]终于来到不列颠，肤色变白，获得了美。琼生的两部剧将黑与美做了直接的对立："黑夜，你就让位给光明吧，好比黑让位于美"（"Yield, night, then, to the light, / As blackness hath to beauty"）。[④]鞑靼国王像尼日尔河的女儿一样，是黑肤色的异邦人，他来到莫雷亚宫廷也可当作埃塞俄比亚人来到不列颠的类比。基姆·F. 霍尔（Kim F. Hall）在对这部剧的分析中认为，它反映了英国当时正在进行的国家身份的建构，[⑤]那么鞑靼人也凸显出莫雷亚人的不同，更加清晰地界定了莫雷亚人。相对照的，对于现实中的罗思来说，地方乡绅罗思家族帮助宫廷

---

① 罗伯茨认为，罗思在《美》中也有演出，但琼生的剧本中却没有她的名字。汉内注意到，安蒂莫·嘉里（Antimo Galli）在观看表演后用意大利语写作的诗中提到罗思并不是在台上表演，而是列席观众席。具体参见：Roberts (ed.), *The Poems of Lady Mary Wroth*, p. 13; Ben Jonson, *The Cambridge Edition of the Works of Ben Jonson*, vol. 3, ed. David M. Bevington, Matin Butler, and Ian Donaldson (Cambridge: Cambridge University Press, 2012), p. 243; Hannay, *Mary Sidney, Lady Wroth*, p. 130.

② Ben Jonson, "The Masque of Blackness," in *The Cambridge Edition of the Works of Ben Jonson*, vol. 2, ed. David M. Bevington, Matin Butler, and Ian Donaldson (Cambridge: Cambridge University Press, 2012), pp. 503-528. 阿尔比恩是英国的旧称。

③ 按照安妮王后指令，在《黑》剧基础上又增加了 4 人，见：Ben Jonson, "The Masque of Beauty," in *The Cambridge Edition of the Works of Ben Jonson*, vol. 3, ed. Bevington, Butler, and Donaldson, p. 230.

④ Jonson, "The Masque of Beauty," in *The Cambridge Edition of the Works of Ben Jonson*, vol. 3, ed. Bevington, Butler, and Donaldson, pp. 227-250. 引文在 p. 242。

⑤ Kim F. Hall, *Things of Darkness: Economies of Race and Gender in Early Modern England* (Ithaca: Cornell University Press, 1995), pp. 128-141.

世家锡德尼家族定义了家族身份，那么与家族身份绑缚在一起的罗思的个人身份也因此得以清晰界定。

　　尽管身处黑肤色与美相对立的大的文学和文化语境之中，但事实上当时还存在一种以黑为美的文学亚传统。莎士比亚在十四行诗中一反彼特拉克传统，将黑肤女郎（Dark Lady）作为钟情对象，菲利普·锡德尼在《爱星人与星》中也曾经赞美斯特拉（Stella）的黑眼睛。①同样，罗思也从罗多曼德罗的黑皮肤和黑眼睛中看到了美，引文中多次使用"但是""然而"等转折连词，表达相反的意义，是对立观念的并置，也是作者矛盾心意的体现。除了黑和美的对立，还有一对显而易见的矛盾特征令读者匪夷所思，即黑脸与白手的反差。黑与白的二元对立不仅体现在鞑靼人与潘菲利亚族人之间，而且在鞑靼国王一个人的身上也呈现出来了。霍尔认为，白手象征鞑靼国王等级高贵，因此缓解了他较低的种族地位。②那么罗思一方面利用种族话语将鞑靼国王定位为地位较低者，同时又从社会等级的话语中暗示他地位并不低，作者自己陷入了能指的迷宫，让读者也难以走出多重所指的困局。霍尔提到，琼生在《黑》剧中为了不损害王后和其他参演贵妇的尊贵地位而在黑和美之间做了调和，称"在她们的黑中生出最完美的美丽"（"That in their black the perfect'st beauty grows"）③。这是为尊者讳的做法。那么，罗思也如出一辙地为亲者而讳。

　　在罗多曼德罗受到莫雷亚国王接见的同时，潘菲利亚和安菲兰瑟斯正在打猎，他们的猎物是一头雄鹿。这头鹿有着"不同寻常的颜色和大小"（"beeing for couler and greatnes strange"），"黑如煤炭"，众人热火朝天地追逐猎物，潘菲利亚向它射箭，未中，雄鹿消失不见。等两人返回宫中，正遇上了造访的鞑靼国王，他被自然地描述成"像那头鹿一样黑，一样谦卑"④。作者使用"strange"表达"不同寻常"的意思，但这个词

---

① 第 7 首诗中写道："That, whereas black seems beauty's contrary, / She, even in black, doth make all beauties flow?" 见：Philip Sidney, *Sir Philip Sidney*, pp. 166-167.

② Hall, *Things of Darkness*, p. 210.

③ Hall, *Things of Darkness*, pp. 131-132.

④ Roberts, Gossett, and Mueller (eds.), *The Second Part of the Countess of Montgomery's Urania*, p. 43.

还有另一个更为常见的含义，即表示"外来的，异邦的"①。后来潘菲利亚被怀疑私自与罗多曼德罗订婚，她向父亲表明自己的清白时说："如果我在拒绝了那么多追求者之后，居然如此愚蠢地对一个异邦人投怀送抱，将是一种不正常的主动。"（"That were a strange forwardness in mee that have refused soe many, should runn soe fondly on a stranger."）②"异邦人"（stranger）与前面那只"外来的"雄鹿相呼应，终于透露了潘菲利亚对鞑靼国王形象的定位。而上面这句话虽表面是在说潘菲利亚如此主动异乎寻常，却也暗示潘菲利亚和罗多曼德罗的结合可能并"不正常"（"strange"），因为她曾有很多追求者，也因为他是个"异邦人"。

从罗思对鞑靼国王形象的塑造可以看出莎士比亚笔下的奥赛罗的痕迹。奥赛罗也是一个皮肤黝黑的异邦人，生性率直，不善辞令。尽管他和苔丝狄蒙娜（Desdemona）相爱，但两人的婚姻也因为以上种种原因而不被世人看好。苔丝狄蒙娜在嫁给奥赛罗之前，同样拒绝了众多"同国族、同肤色、同阶级"③的贵族的求婚。这些在世人看来都有悖常理，她父亲甚至因为她的婚姻选择伤心而亡。而更加不幸的是，苔丝狄蒙娜不惜违背父命，背井离乡，追随丈夫，结果却惨遭丈夫杀害。《奥赛罗》提供的文学语境将潘菲利亚与鞑靼国王的婚姻大戏镶嵌在黑暗的幕布之上，尽管作者没有明确写出他们的婚姻是否幸福，但弦外之音却不难辨出。奥赛罗因为嫉妒杀害了妻子，罗思没有让罗多曼德罗被嫉妒的魔鬼控制，但妒夫形象却出现在《乌拉妮娅》的众多小故事中，成为这些故事女主角的迫害者。至于罗伯特·罗思本人，本·琼生曾私下称他是一位"善妒的丈夫"④。所以，《乌拉妮娅》中的小故事的丈夫形象也许也折射了罗思自己的丈夫，是作者对丈夫性格的婉曲表达。

---

① 该词的定义见："strange," Def. 1a, *The Oxford English Dictionary*, 2nd ed., CD-ROM (v.4.0) (Oxford: Oxford University Press, 2009).

② Roberts, Gossett, and Mueller (eds.), *The Second Part of the Countess of Montgomery's Urania*, p. 260.

③ William Shakespeare, *Othello: Authoritative Text, Sources and Criticism,* ed. Edward Pechter (London: Norton, 2004), 3.3, p. 60. 译文出自：莎士比亚，《莎士比亚全集》（五），朱生豪等译，人民文学出版社，1995，第三幕第三场，第617页。

④ Jonson, "Conversations with William Drummond of Hawthornden," in *Ben Jonson*, ed. Ian Donaldson, p. 603.

回到猎鹿那段。潘菲利亚射出的箭被比喻成丘比特（Cupid）的箭，徒劳无功地射向一个影子，鹿令人捉摸不透地消失了。[1]这个比喻暗示潘菲利亚和罗多曼德罗之间并没有产生真正的爱情（这一点还不及苔丝狄蒙娜），而后者的性情和行为令前者无从把握，潘菲利亚的心也像她射出的箭一样，没有着落，像鹿"一样谦卑，表明他宁可消失也不愿给宫中任何人带来一点不敬"（"as humble, giving such testimony of that as rather hee wowld seeme to vanish to[o] then to then give the least disrespect to any of that Court"）[2]。对罗多曼德罗这样的描述有三层含义：首先，将罗多曼德罗比喻成雄鹿让人联想到打猎这一乡间活动，暗示他野蛮粗放，非文雅之士。书中其他地方也曾多次贬低打猎，莱米娜（Limena）残忍粗暴的丈夫就喜欢打猎，作者称打猎是"一种适合那样的人的活动"[3]。其次，"谦卑"（"humble"）一词既可以指态度恭敬谦逊，也可指人"地位低"[4]，因此它不是赞美之词，更多的是贬抑之语。最后，"宁可消失也不愿给宫中任何人带来一点不敬"的行为方式在社交场合实为不当不雅，暗示罗多曼德罗不谙社交礼仪，举止失宜。这些特点和罗伯特·罗思本人也相关。相比能出入宫廷、有众多宫廷亲朋的锡德尼家族，罗思家是名副其实的地方乡绅。此外，锡德尼也算名门望族，至少有许多显贵姻亲，一度势力颇大。从爵位上来讲，两个家庭的家长都是骑士，但锡德尼因为与宫廷的紧密联系自认为高人一等也是情理之中，所以才有了"地位低"的说法。在《致罗伯特·罗思爵士》（"To Sir Robert Wroth"）中，本·琼生在描述罗伯特·罗思的生活时专门提到了"雄鹿"，并说乡村生活既是他命定的，也是他的选择。[5]这既表明了他的出身，也指出

---

[1] Roberts, Gossett, and Mueller (eds.), *The Second Part of the Countess of Montgomery's Urania*, p. 43.

[2] Roberts, Gossett, and Mueller (eds.), *The Second Part of the Countess of Montgomery's Urania*, p. 43.

[3] Roberts (ed.), *The First Part of the Countess of Montgomery's Urania*, p. 7.

[4] 该词的定义见："humble," Def. 2a, *The Oxford English Dictionary*.

[5] 原文分别是"Abed canst hear the loud stag speak"（l.22），和"How blest art thou canst love the country, Wroth, / Whether by choice, or fate, or both"（ll.1—2），见：Ben Jonson, *The Cambridge Edition of the Works of Ben Jonson*, vol. 5, ed. David M. Bevington, Matin Butler, and Ian Donaldson (Cambridge: Cambridge University Press, 2012), pp. 215-220.

了他的个人兴趣。习惯了乡村的随意安适，自然难以应对宫廷的繁文缛节。"消失"一词意在表达回避、退让，恰恰是乡村生活不慕功名、不思进取的特征。潘菲利亚与安菲兰瑟斯在打猎时偶遇雄鹿，而与此同时罗多曼德罗也造访莫雷亚宫廷，雄鹿和罗多曼德罗都像是从天而降的闯入者，打破了潘菲利亚和安菲兰瑟斯两人的和谐。这是作者对鞑靼国王的又一个定位，即威胁潘菲利亚和安菲兰瑟斯的爱情的第三者。

潘菲利亚虽然最终嫁给了罗多曼德罗，但并不爱他。丘比特之箭的比喻在后文也有呼应。鞑靼人在莫里亚上演了一出假面剧，剧中丘比特不受尊崇，反遭嫉恨和贬黜，沦为"荣誉"（"Honor"）的奴隶，"荣誉"则被奉为真正的王。[1]作者特别强调这是一出鞑靼风俗的假面剧，反映了鞑靼人的理念。贬低丘比特，不信仰爱情，与潘菲利亚本族人的习俗正好相反，暗示罗多曼德罗缺少浪漫情怀，两人之间不可能产生爱情。

罗多曼德罗向潘菲利亚求婚的场景是两人关系更明晰的呈现：

> 之后他去找她，发现她一个人在，周围只有书籍，她一直都很喜欢读书，此时她正在写着什么。但当她瞥见他时，她将纸匆忙收进书桌，起身对他说她很高兴看到他出来走动（to see him waulke soe well abroad）。[2]

罗多曼德罗因为菲拉克斯（Philarchos）的死非常伤心，所以潘菲利亚见到他时会说"很高兴看到他出来走动"。而"abroad"一词虽然有"到户外"的意思，也有"离开故国，远赴他乡"之意，罗多曼德罗的异邦

---

[1] Roberts, Gossett, and Mueller (eds.), *The Second Part of the Countess of Montgomery's Urania*, pp. 46-49. 鞑靼人尚武，荣誉可能指在战场上取得战功而获得荣誉。理查德·洛夫莱斯（Richard Lovelace）有诗句："I could not love thee, dear, so much, / Loved I not honor more." 即是将爱情与战功相对立，见：Richard Lovelace, "To Lucasta, Going to the Wars," in *The Norton Anthology of English Literature*, vol. 1B, 7th ed., gen. ed. M. H. Abrams (New York: Norton, 2000), p. 1671. 战场上荣誉的观念可以追溯到贺拉斯，他有名句：Dulce et decorum est pro patria mori.（为国捐躯，无上光荣。）

[2] Roberts, Gossett, and Mueller (eds.), *The Second Part of the Countess of Montgomery's Urania*, pp. 270-271.

人形象又在不经意间被影射。潘菲利亚的诗人形象在第一部就已确立，那么此时她很有可能在写诗。但看到罗多曼德罗走进来，她却将纸匆忙收进书桌，不让其看到自己所写。这和安菲兰瑟斯所受的待遇迥然不同。第一部中安菲兰瑟斯想要看潘菲利亚创作的爱情诗，潘菲利亚将他带入内室，将诗作交给他，并无限娇羞地称自己已坠入情网。[1]兰姆说潘菲利亚诗人和爱人的身份是纠缠在一起的。[2]的确，诗人和爱人共同构成了潘菲利亚个人身份最重要的方面，她用生命去爱，将自己融入诗作中，将诗作展示给安菲兰瑟斯看，潘菲利亚感到羞涩，因为她展示的不光是诗，更是她自己。这是一种极其私密，并带有性暗示的行为，将诗交给安菲兰瑟斯就像将自己交给他一样。潘菲利亚对安菲兰瑟斯是坦然接受的，而对罗多曼德罗却回避拒绝。安菲兰瑟斯参与到潘菲利亚爱人和诗人身份的建构中，而罗多曼德罗被排斥在外，是个局外人，潘菲利亚不愿在其面前展现身份。

　　局外人的形象在罗多曼德罗和潘菲利亚接下来的谈话中更加清晰。罗多曼德罗向潘菲利亚表明爱意，希望对方接受，潘菲利亚怀疑他想要利用自己征服爱情，这暗示了罗多曼德罗与爱情为敌的特征，与鞑靼人的假面剧中丘比特被征服的意思相同。后来潘菲利亚又说可能无法接受他的爱，因为自己这些年"唯一的陪伴就是书籍和孤独"[3]。罗多曼德罗对此是这样回答的：

　　　　爱您的书吧，但请允许我把书捧给您看，在您看书的时候我可以在旁边看您，这会给我带来欢乐，您能这样爱我就行了；……继续享受孤独吧，但只要允许我在一旁照料您，就是您对我的恩惠。……我会和您保持您乐意接受的距离，但依旧在您的视线之内，否则我怎么服侍您呢？[4]

---

[1]　Roberts (ed.), *The First Part of the Countess of Montgomery's Urania*, pp. 320-321.

[2]　Lamb, *Gender and Authorship in the Sidney Circle*, p. 142.

[3]　Roberts, Gossett, and Mueller (eds.), *The Second Part of the Countess of Montgomery's Urania*, p. 271.

[4]　Roberts, Gossett, and Mueller (eds.), *The Second Part of the Countess of Montgomery's Urania*, p. 272.

罗伯特·罗思在遗嘱中特别提到将"她（玛丽）书房和私室中所有的书和家具"都遗留给妻子，[1]证明实际生活中的罗思夫人和作品中的潘菲利亚一样都曾"与书籍和孤独为伴"，而作品中描写的罗多曼德罗与潘菲利亚的相处模式表明前者没有参与到后者的生活中，潘菲利亚没有敞开身心接纳罗多曼德罗，暗示两人的婚姻只是名义上的，他们甚至没有真正意义上的结合，无论是肉体的还是灵魂的。罗思夫人结婚十年后唯一的孩子才出生，罗伯特·罗思死前长期患病，据推测可能死于睾丸癌。[2]这或许也证明这对夫妻在肉体结合上存在障碍，而性行为不仅仅是单纯的肉体行为，它的实质是情感层面的融合和接纳，触及灵魂。所以潘菲利亚即便最后嫁给了罗多曼德罗，她仍然保持自我，并没有因为罗多曼德罗而改变个性和生活方式，罗多曼德罗始终还是一个局外人。霍尔对罗多曼德罗的白手还做了这样的评论，手挽手是婚姻契约的象征，罗多曼德罗的白手和潘菲利亚的白手相握，反而证实了他们的婚姻只是法律上的婚姻，而不是相亲相爱的真正婚姻。[3]此外，潘菲利亚在和罗多曼德罗的婚礼上将头发束起，而"新娘通常是要披散头发的"。婚礼上披散头发是处女的标识，[4]潘菲利亚此举暗示了她已不是处女，这也为后来费尔·德赞（Faire Designe）的出现埋下了伏笔，证明潘菲利亚是他的母亲。

伊丽莎白·斯皮勒（Elizabeth Spiller）认为，潘菲利亚和安菲兰瑟斯猎鹿那段，"仅仅射中了影子"，后文罗多曼德罗成为潘菲利亚的丈夫以后忽而出现忽而消失的存在方式也印证了对罗多曼德罗"影子"的描述。[5]"影子"还有一层意思便是非真实存在，暗示罗多曼德罗并未履行丈夫的职责（这当然也包括性）。而罗多曼德罗确实被巨人囚禁许久，

---

[1] Hannay, *Mary Sidney, Lady Wroth*, p. 171.

[2] Hannay, *Mary Sidney, Lady Wroth*, p. 172.

[3] Hall, *Things of Darkness*, p. 210.

[4] Roberts, Gossett, and Mueller (eds.), *The Second Part of the Countess of Montgomery's Urania*, pp. 275, 525.

[5] Elizabeth Spiller, *Reading and the History of Race in the Renaissance* (Cambridge: Cambridge University Press, 2011), pp. 197-198.

当他获救之后，作者感叹他忽视了妻子。[1]潘菲利亚，甚至罗思本人的丈夫形同虚设，这一暗示可能与后文费尔·德赞的出现有关。如果潘菲利亚与罗多曼德罗未能拥有正常的夫妻生活，那么费尔·德赞是潘菲利亚与安菲兰瑟斯的私生子便成为可能，作者很可能是这样安排故事的，这是对罗思的现实婚姻及子女的否定。

　　猎鹿一段还能让人想到文艺复兴时期十分流行的奥维德（Ovid）的《变形记》（*Metamorphoses*）里狄安娜（Diana）与阿克泰翁（Acteon）的故事。阿因为无意中偷看了狄安娜沐浴而被愤怒的狩猎和贞洁女神变成一只雄鹿，最后被自己的猎狗撕成碎片，"他受了无数创伤而死后，身佩弓箭的狄安娜才满意了"。奥维德在讲完故事后，不忘加上一句评论："人们对这件事有两种不同的看法，一种认为女神狄安娜不公正、太残忍，另一种则加以赞美，说她这样做完全符合严格的贞操标准，双方都有道理。"[2]作者可能暗示潘菲利亚与罗多曼德罗类似于狄安娜与阿克泰翁的关系，罗多曼德罗作为闯入者偷窥了潘菲利亚，对其贞操构成威胁，潘菲利亚虽然没有表现出残忍和不公将雄鹿射杀，但对其抱持的敌意却暗含其中。将潘菲利亚比作狄安娜，也暗示潘菲利亚始终保持贞操。不仅如此，狄安娜为女神，而阿克泰翁却为凡人，暗指潘菲利亚的社会地位高于罗多曼德罗及前者对后者居高临下、纡尊降贵的姿态。

　　通过罗思对女主角潘菲利亚的丈夫的描写，再加上现存资料的佐证，我们大致可以推测出罗思对自己丈夫的看法，即：不懂爱情、质朴平直、风俗习惯和行为模式与自己不同的外来者，他们在现实生活中无法交汇，精神世界里不能融通。罗思的婚姻很可能如潘菲利亚的一样没有爱情。玛丽所追寻的都是在罗伯特·罗思这里得不到的，也可能因此就越发去追切地追寻。罗伯特·罗思成了玛丽自我身份建构中的"他者"。罗思利用了早期现代英国社会中"鞑靼"这一种族在英国民族主体性建构中的

---

[1] Roberts, Gossett, and Mueller (eds.), *The Second Part of the Countess of Montgomery's Urania*, p. 329.

[2] Ovid, *Ovid's Metamorphoses: The Arthur Golding Translation (1567)*, ed. John Frederick Nims (New York: The Macmillan Company, 1965), Book III, ll.160—309. 译文为杨周翰译，见：奥维德，《变形记》，杨周翰译，人民文学出版社，2000，第 58 页。

他者形象，成功地实现了个人自我建构；借用种族差异表述个人身份差异，从而更加鲜明地树立自我。罗思对鞑靼人的态度反映了早期现代英国对其矛盾的态度，不过她之所以没有把他塑造得完全一无是处，或许还可以借用莎士比亚的话来解释："倘然有德必有貌，说你这位女婿长得黑，远不如说他长得美。"[①]与遥远的鞑靼人不同，罗伯特·罗思是玛丽的丈夫，对自己丈夫的否定必然在某种程度上构成对自身身份的否定，所以尽管玛丽企图建构自己诗人和爱人的身份，她作为罗伯特·罗思妻子的身份却一直存在，并与她要建构的身份相冲突。颠覆既成事实需要勇气，在建构一个时毁坏另一个对人的心理是一种巨大的考验和折磨，罗思如果对丈夫心存恻隐再正常不过，不仅如此，这也是对自己另一个身份的宽容和迁就。罗思所要建构的诗人爱人身份与她作为罗伯特·罗思妻子的身份相冲突，并以后者的毁灭为代价，这一身份建构的过程同时蕴含了自我消解与再生。乡绅罗伯特·罗思的妻子是罗思企图抛弃摒除的身份，但在现实中却无法抹杀，她仍然是罗伯特·罗思的遗孀，仍然住在亡夫在遗嘱中留给她的劳顿堡（Loughton Hall），靠其遗产生活。这些都是不容忽视的活生生的存在，时时刻刻提醒着罗思自己的实际身份，所以她在将罗伯特·罗思树立为身份建构的他者时，并不是完全敌对的，大概潜意识里也顾及了自己的现有身份。

罗思的自我建构中总包含着自我毁灭，是一种凤凰涅槃般的激烈的再生。在这一过程中，性扮演了重要角色。文艺复兴时期人们就知悉性高潮的别名"小死"（Little Death），借由肉体行为实现情感宣泄和精神净化是性行为形而上的意义。和丈夫性事不谐，与表兄暗通款曲，都促使罗思重新审视自我。我们不妨大胆推测，罗思与威廉·赫伯特的性关系是其自我建构的关键性事件，她也是在和表兄有了实质性的性关系之后才开始大胆地重塑自我的。丈夫死后，罗思借另一位男性获得重生。

更妙的是，与威廉·赫伯特的关系又锦上添花般地融入锡德尼家族的身份认同中。威廉·赫伯特是锡德尼–赫伯特家族圈中的重要人物，与罗思在生活背景、社交圈子和行为习惯上有不少交集，同样创作诗歌，

① 见：Shakespeare, *Othello* 1.3, p. 23. 译文见：莎士比亚，《莎士比亚全集》（五），第一幕第三场，第 576 页。这是公爵劝苔丝狄蒙娜的父亲勃拉班修接受奥赛罗的话。

资助文艺。詹姆斯一世执政时期其政治影响逐渐增加，在世人眼中他的角色甚至与菲利普·锡德尼相似，都是廷臣和诗人的典范。①那么与他的肉体结合既在社会层面上加深了罗思与锡德尼家族的联系，也在精神层面上进一步认同了锡德尼文化世家的文化传承。

　　罗思的自我建构是激烈的否定和肯定、毁灭和重生的双重过程，需要超乎寻常的勇气。罗思所要建构的自我包含着对实际自我的彻底批判和否定，她的作品中那一股来自地狱的怒火熊熊燃烧，毁掉一切之后，在废墟中萌发出新苗。对自我的彻底否定是痛苦的，所以罗思不能做到完全否定，经常会顾及实际情况，宽容自己，甚至美化现实。从她对鞑靼国王的美化以及鞑靼国王与潘菲利亚婚姻的描写中我们已经看到作者的迁就和妥协。另一种更大的可能性是，对自己的否定必然会触及对社会制度——比如婚姻制度——的否定，在强大的社会制度面前，不是单靠勇气就能应对的。当时的婚姻都是由家长决定的，婚姻成立的核心要素在于门第、财产以及父母的意志，儿女是否两情相悦基本不在考虑范围之内，罗思的婚姻也是如此。②她对自己的罗思夫人身份的否定，几乎等同于对自身婚姻的否定，事实上也构成了对以父权制为核心的社会制度和社会伦理的挑战，这对于她来说是难以承受的压力。因此罗思不时地采取合谋的态度，尽管潘菲利亚和罗多曼德罗之间没有爱情，但潘菲利亚同意嫁给罗多曼德罗时却称"并非被迫"③，是试图在父权制和个人意愿之间做出调和。这样的顾虑必然降低了她作品的现实批判性，也使得她对许多问题的观点有前后矛盾、模棱两可的特征。

第三节　写作与出版

　　家庭变故让罗思的生活有了翻天覆地的变化，她的个人身份因此陷入危机。在危机中，罗思企图重新定义自我，写作便是她自我重构的手

---

① Michael G. Brennan, *Literary Patronage in the English Renaissance: The Pembroke Family* (London: Routledge, 1988), pp. 129-146.

② Hannay, *Mary Sidney, Lady Wroth*, ch. 3.

③ Roberts, Gossett, and Mueller (eds.), *The Second Part of the Countess of Montgomery's Urania*, p. 274.

段。罗思的个人身份一直与家族身份紧密相连，以往围绕宫廷的活动是借助家庭的政治影响，丈夫死后的文学创作同样也是靠锡德尼家族的文学传统得以实现。写作，这样一个除了政治以外的另一个锡德尼家族身份的标识，是对同样由此获得的宫廷生活的另一种形式的延续。所以对于罗思而言，写作行为与宫廷活动具有同质性，都是锡德尼家族身份的标识，罗思只是在一个标识被剥夺之后用另一个表明身份。因此，她的自我建构与锡德尼家族紧紧绑缚在一起。对恋人的忠贞也可以理解为对家族身份的忠贞，因忠贞而死也恰恰符合罗思的处境，因为对她的锡德尼身份的颠覆就是死亡的威胁，如果她不能凭借对赫伯特的爱情而延续锡德尼身份，就没有人知道她是锡德尼家族的人，她的身份就彻底消失了。罗思的政治身份发生重大变化的时候，罗思想到了锡德尼家族的另一个身份标签——写作，于是她企图借写作巩固身份。

对锡德尼家族的认同不仅关系到文学层面，更关系到社会生活层面。罗思作为锡德尼家族的小姐，嫁人后已从夫姓，从宗族而非血缘角度考虑，是罗思家的人。那么此时她强调自己的锡德尼身份，其实含有对现有身份的否定，所以锡德尼身份是罗思重构自我的凭借。对于大多数早期现代女性，其生活的主要空间变化是从娘家到婆家，这里也包含了从幼年到成年的时间变迁，以及更加重要的行为和心理的调适，而后者决定了女性幸福与否。罗思的生活并没有调整好，对婆家的不满让她对娘家格外依赖，丈夫和儿子分别于1614年和1616年死去，这也成为她重新思考自我的契机。本应实现的从娘家到婆家的过渡，在罗思这里没能完成，她通过回溯以往的身份，以对抗现有的身份。而以往的身份令她能够从事写作，她又利用写作进一步否认现有身份，建构理想的自我。所以写作与锡德尼家族身份互相促进，而与罗思家族身份则互相抵制，而锡德尼家族身份与罗思家族身份也互相冲突。罗思家族身份是罗思要打破的牢笼，这要借助于锡德尼家族身份的建立，后者是过去时，前者是现在时，所以罗思的写作总有回溯过去的色彩，无论是写作体裁和主题的选择，还是情绪的传递，都流露出明显的借助过去否定现在以重构自我的企图。锡德尼家族的身份不仅让罗思能够写作，而且从现实层面也成为她自我建构的重要内容，两者相互纠缠，难以厘清，正如罗思的写作风格。

　　对锡德尼家族的身份认同成为罗思自我建构的重要部分，与她个人生活的不幸遭遇有关，更与写作本身互相促进。正是因为有了这样的文学家世才令其受到了良好的文化教育和文学熏陶，在面临生活危机时才会想到用写作来寻求改变，而写作行为本身在受到社会阻碍的情况下也需要家庭传统来予以支持，罗思因此更加依赖和强调锡德尼家族的身份以便获得保护和行动的力量。所以说罗思的写作不仅是个人的写作，也是锡德尼家族的写作的传承，至少在开始这一行为之时，是后者对处于不利地位的女作家的支撑令其在严酷的条件下书写了内心的忧伤、困苦，以及对生活的愿望和期待。因此，罗思在《乌拉妮娅》中借助潘菲利亚与潘菲利亚国王的关系以及与那不勒斯王后的关系表明自己是菲利普·锡德尼的合法文学继承人，同时文学才能堪与彭布罗克伯爵夫人媲美，借此申明自己从事写作是合理合法的事情。

　　有学者认为，罗思未曾授意出版《乌拉妮娅》。沃勒认为，《乌拉妮娅》在正式出版之前就被盗印了，而罗思在获悉此事之后只能接受既成事实。①而大多数学者更倾向于认为罗思参与了《乌拉妮娅》的出版事宜。《乌拉妮娅》卷首插图的作者是荷兰人西蒙·范德帕斯（Simon van de Passe），他曾为锡德尼-赫伯特家族成员画像，《乌拉妮娅》扉页图描绘的是书中的主要情节爱神御位（Throne of Love）。罗伯茨推断，罗思可能向画家透露书中的这一内容，并举出贵族作者指导雕刻师选取插图的例子，包括罗思的姑姑彭布罗克伯爵夫人在菲利普·锡德尼作品出版时，其助手休·桑福德（Hugh Sanford）对插图的指导。②

　　罗伯茨的推测虽然貌似合理但没有可靠证据支持，因为只要出版商拿到书稿，插图画家根据全书主旨设计出贴切的封面并非不可能。③但除了插图以外，还有其他证据表明《乌拉妮娅》的出版与作者本人有关。首先，如我们前面所论述的，贵族女性写作和出版爱情题材的作品是冒犯了社会禁忌的，会让作者遭受众多社会压力和指责。其次，出版商又

①　Waller, *The Sidney Family Romance*, pp. 247-249.

②　Roberts, "Critical Introduction," in *The First Part of the Countess of Montgomery's Urania*, ed. Roberts, p. civ.

③　当时书的设计通常是由出版商负责的，见：戴维·斯科特·卡斯顿，《莎士比亚与书》，郝田虎、冯伟译，商务印书馆，2012，第59页。

不是匿名出版罗思的作品，反而是大张旗鼓地列出了罗思的家世和姓名，对可能引发的后果当然会了然于心，那么，出版商是否敢于置罗思的利益于不顾，擅自出版《乌拉妮娅》呢？

1621 年，《乌拉妮娅》的出版商约翰·马里奥特（John Marriott）与锡德尼–赫伯特家族亦有渊源，他后来还出版了约翰·邓恩（John Donne）的诗歌，而邓恩受彭布罗克资助，并曾与其共事。[①]而随着彭布罗克在詹姆斯一世当政时期政治地位的提升，他作为文艺庇护人的角色更加凸显，莎士比亚的第一对开本（First Folio）和琼生的作品都题献给他。在任宫务大臣（Lord Chamberlain）期间（1615—1626），彭布罗克对出版业影响颇大。他协调出版事务，裁断出版纷争，也因此成为作者和出版商巴结的对象，许多书商争相将出版物敬献给他。[②]

从以上考察可以看出，出版商、画家与锡德尼–赫伯特家族颇有来往，出版商对彭布罗克更不乏畏惮谄媚之心，因此必然不敢冒着得罪彭布罗克的风险，做出私自出版《乌拉妮娅》这种很可能会有损罗思声名和利益的事情。虽然我们没有确凿证据表明《乌拉妮娅》的出版有罗思的参与，但考虑到罗思的处境和顾虑，她对出版《乌拉妮娅》至少采取了默许的态度。也有学者提出更激进的看法，汉内在彭布罗克伯爵夫人的传记中称她可能在死前不久参与了侄女作品的出版。[③]温迪·沃尔（Wendy Wall）也指出，将十四行组诗《潘菲利亚致安菲兰瑟斯》附在浪漫传奇《乌拉妮娅》后出版，这是在模仿菲利普·锡德尼的《爱星人与星》附在《阿卡迪亚》之后出版的形式。[④]这些观点都指向锡德尼家族成员在《乌拉妮娅》出版一事中的参与。

《乌拉妮娅》出版的 1621 年，对于锡德尼家族是多事之秋，罗思的姑姑和母亲都在这一年去世，特别是玛丽·锡德尼·赫伯特向来被认为是已故的菲利普·锡德尼的文学继承人，被汉内称为"菲利普的凤凰"[⑤]，

---

① Brennan, *Literary Patronage in the English Renaissance*, pp. 147-148.

② Brennan, *Literary Patronage in the English Renaissance*, pp. 118-146.

③ Margaret P. Hannay, *Philip's Phoenix: Mary Sidney, Countess of Pembroke* (New York: Oxford University Press, 1990), p. 209.

④ Wendy Wall, *The Imprint of Gender: Authorship and Publication in the English Renaissance* (Ithaca: Cornell University Press, 1993), p. 336.

⑤ 这是汉内所著玛丽·锡德尼·赫伯特传记的标题，见：Hannay, *Philip's Phoenix.*

她的死是锡德尼文学家族的重大损失，甚至意味着一个时代的结束。罗思在这个特殊的时刻将作品付梓，具有特别的意义，即继承伯父、姑姑的衣钵，赓续家族文学传统。从菲利普·锡德尼到玛丽·锡德尼·赫伯特，再到玛丽·锡德尼·罗思，罗思此时企图接过姑姑的接力棒，薪尽火传。1621 年《乌拉妮娅》标题页的作者介绍是这样写的：高尚而尊贵的莱斯特伯爵罗伯特的女儿，曾经声名显赫的骑士菲利普·锡德尼爵士的侄女，以及刚刚故去的最优秀的彭布罗克伯爵夫人玛丽的侄女。这清楚地表明罗思的文学家世，并将其嵌入锡德尼家族的文学谱系之中，而对于亡夫罗伯特·罗思却绝口不提，这和作者一贯秉承的重锡德尼而轻罗思的态度相同。彭布罗克伯爵夫人对亡兄菲利普·锡德尼的继承主要体现在她作为作者、编者和文艺资助人的三重身份上，[①]她的儿子彭布罗克伯爵三世后来继承了她文艺资助人的身份，而对于罗思来讲，因为经济困窘，社会地位较低，影响力较小，最好的继承就是写作，出版作品可谓表明了这一姿态。

此外，罗思将作品付梓可能还有另外一番考虑。从早年出身于锡德尼家族，出入宫廷，到如今退居乡村，罗思的生活方式有了极大变化。她在 1616 年以后虽名为贵妇，实则经济困窘，无法继续以前的奢华生活，不得不退出社交圈，而政治生活的终结对于廷臣、命妇而言更甚于生命本身的结束，更何况宫廷曾经一直是罗思活动和身份建构的中心。罗思当时的处境是其身份出现重大变化、面临重大危机的时刻，因此也被迫采取了一些出格的举措，即出版作品。贵族阶层长期以来以出版为耻，其文学创作多以手稿形式在小圈子里传播。[②]这与当时文学本身的地位和贵族的地位都有关系。与廷臣贵族的主业——政治——相比，文学创作实在是雕虫小技，无足轻重，有则锦上添花，没有也无伤大雅。菲利普·锡德尼就称《阿卡迪亚》为写给其妹的玩意儿。[③]此外，贵族有不愿纡尊降贵于平民的精英意识，交往圈子越小、越高尚，越能显示其尊

---

① Hannay, *Philip's Phoenix*, pp. 59-83.

② J. W. Saunders, "The Stigma of Print: A Note on the Social Bases of Tudor Poetry," *Essays in Criticism* 1.2 (1951): 139-164.

③ Philip Sidney, *The Countess of Pembroke's Arcadia,* ed. Maurice Evans (London: Penguin Books, 1977), p. 57.

贵的地位，出版具有大众化的本质，自然为贵族所不屑。锡德尼的作品虽然公之于众，但却是在他身后。《乌拉妮娅》看似步《阿卡迪亚》后尘，然而却是在作者生前出版，也因此成为一件不同寻常的事情。罗思虽名为贵族，实为没落贵族，而且是不甘寂寞的没落贵族。罗思的创作有潜在的读者，除了威廉·赫伯特这个最主要的读者外，[①]作者以前交往的贵族也都是罗思的目标读者群。J. W. 桑德斯（J. W. Saunders）认为，职业作家身处宫廷边缘，出版从经济角度考虑是必需的。罗思此时的处境与职业作家的处境颇为相似，身处宫廷边缘，出版成为她扩大影响、联络显贵的手段。[②]不同之处在于，职业作家为了避"印刷之耻"采取各种办法隐藏真名实姓，[③]而罗思却将大名堂而皇之地印在书的标题页，这种大胆的自我标榜事实上是一种公然的自我建构。而无论是职业作家还是廷臣诗人，在将作品付梓时，均倾向于表现得腼腆、谦虚，甚至找借口为自己的行为开脱。[④]"任何能为谦逊增添优雅的东西，任何借口，都比印刷时光秃秃不加掩饰来得更好。"[⑤]1593 年《阿卡迪亚》出版时，书前既有菲利普·锡德尼给他妹妹彭布罗克伯爵夫人的献词（包含自谦的话语），又有出版商致读者的话，形制完整，态度严肃。而 1621 年出版的《乌拉妮娅》却"光秃秃不加掩饰"，没有"能为谦逊增添优雅的"任何东西，只有正文，但又没有隐藏姓名，显得作者既不肯直面出版一事，又企求标明身份。而扉页图片对主要内容的概括又如此确切周详，不能不让人推测，罗思对出版是知悉的，但囿于印刷之耻而刻意低调行事。日后在《乌拉妮娅》引起朝野上下非议的时候，因为在印刷本中并未针对书籍内容和出版留下只言片语，罗思果然还能为自己辩护："我从来不想

---

① 斯皮勒讨论了《乌拉妮娅》的读者问题，见：Elizabeth Spiller, *Reading and the History of Race in the Renaissance*, ch. 4.

② 桑德斯分析了职业作家与贵族作家对于出版的不同态度，见：Saunders, "The Stigma of Print: A Note on the Social Bases of Tudor Poetry."

③ Saunders, "The Stigma of Print: A Note on the Social Bases of Tudor Poetry," p. 143.

④ 桑德斯列举了各种常用借口，如被朋友出卖等，对作者羞于印刷的姿态也做了分析，见：Saunders, "The Stigma of Print: A Note on the Social Bases of Tudor Poetry," pp. 144-148.

⑤ Saunders, "The Stigma of Print: A Note on the Social Bases of Tudor Poetry," p. 148.

令其出版。"①罗思在印刷问题上的暧昧不明的态度为自己留了后路。

廷臣诗人的手稿只在朋友圈中传播，其读者群从来不是普罗大众，罗思也不为大众写作，但她却不幸失去了以往的交际圈，难以使作品在显贵圈中传阅，所以只能诉诸印刷这一大众传播方式，也因此违反了社会礼俗。这导致了《乌拉妮娅》以贵族为目标读者群，却用大众的媒介传播这一矛盾，这也恰恰反映了罗思当时的尴尬处境。桑德斯还提到，职业作家印刷出版的一个特征是尽量把作者往士绅阶层靠，把能表明作者高尚出身的关系都写在标题页上，广而告之。②1621 年出版的《乌拉妮娅》恰恰也是如此做的。③由此可见，罗思当时的地位也下降到近乎职业诗人的境地，社会地位和知名度都不高。而有趣的是，在众多士绅关联中唯独没有提到她的丈夫罗伯特·罗思，须知罗伯特·罗思也是名正言顺的士绅阶层，提及他至少不至于辱没作者的身份，刻意回避不能不让人以别有用心推测之，而这用心者不仅仅是可能想要谄附于显赫的锡德尼–赫伯特家族圈的出版商，起最关键作用的应该恰恰是作者本人。

在写作体裁的选择上，罗思也对伯父亦步亦趋。但罗思的写作距离菲利普·锡德尼写作的时代相距三四十年，从文学史的角度来看，一些文学体裁——尤其是彼特拉克体十四行组诗——的风潮早已过去。罗伯茨认为，罗思的诗歌之所以具备许多伊丽莎白时代文学创作的因素，与17 世纪的诗歌批评对平实风格的推崇有关。④姑且不论罗思多大程度上能够参与到当时的文学风尚中去，仅从女性写作的角度看，对其伯父文学形式上的追随，在女性不被鼓励写作的年代，仿佛戴上了护身符。罗思利用了家族身份，获得了文学创作的许可，同时为避免诟病，紧随先人的脚步。而且，如前所述，罗思此时退居乡里意味着政治生活的结束，那么客观上来讲，她也不会是单纯为了以伯父为掩护才选择进行与伯父相同体裁的文学实践。夫丧子夭之后，罗思的社会生活陷入停顿，剩下

---

① 罗思写给白金汉公爵（Duke of Buckingham）的信中为出版一事辩解，见：Roberts (ed.), *The Poems of Lady Mary Wroth*, p. 236.

② Saunders, "The Stigma of Print: A Note on the Social Bases of Tudor Poetry," pp. 155-156.

③ 对比 1593 年《阿卡迪亚》，标题页对作者毫无修饰和介绍。

④ Roberts (ed.), *The Poems of Lady Mary Wroth*, pp. 41-42.

的只是以闲居之身回首往昔的辉煌。如果其内在时间永远停留在过去，文学风尚的变迁对于她又有多大的影响呢？罗思的创作更多的是在追忆逝水年华，借重写过去，企图改变当下，文学体裁是否过时与她的写作目的并没有太紧密的关系。怀旧是不满于现状，创作过时的文类，更加表明过去乃作者的情感归属。因此，对于女作家来讲，特别是早期现代女作家，不宜对其社会化程度估计过高，女性写作角度的个案研究也许比男性文学史层面的阐释意义更大。

　　罗思转身认同锡德尼身份，而抛弃罗思身份，是一种身份回归。她选择创作的文学体裁也为过时的文体，这也是一种文学回归。这两种回归却都是以退为进，关照未来，从她将作品印刷出版这一激进行为便可看出一致的动机。罗思借肯定过去，否定现在，创造未来。笔者将在下一章讨论罗思如何在她创作的彼特拉克体十四行组诗《潘菲利亚致安菲兰瑟斯》中实现她的自我建构。

第二章 《潘菲利亚致安菲兰瑟斯》
——她不再沉默

  罗思夫人借由对锡德尼家族的身份认同，承袭了伯父、姑姑的著述传统，从而得以绕开世俗羁绊，步入文学写作之门。而她以女性作家身份所面对的首要难题，就是如何在近乎一无依傍的情况下开始创作。锡德尼在《为诗辩护》（*Defence of Poesy*）中将"诗人"（poet）的意义追溯为"制造者"（maker）[①]，而"作者"（author）一词本身亦有"创造者"（creator）之意，创造性（creativity）正是主体性在文学创作行为中最直接的体现。女性作家在开始创作时面临的一个巨大的特殊困难就是要努力摆脱客体状态，逐渐感知自我、认识自我、创造自我。正如兰姆所论述的，女性在男性作品中长期被客体化，这导致女作家们在开始写作的时候不知道如何成为主体。[②]

  诗人但丁（Dante Alighieri）在《神曲》中称维吉尔（Virgil）为"我的作者"（"my author"）[③]，他毫不隐讳自己受到维吉尔的影响，而且以最热烈、最尊崇的诗行宣称后者正是自己创造性的源头。[④]可见早期作

[①] Philip Sidney, *Sir Philip Sidney*, p. 107.

[②] Lamb, *Gender and Authorship in the Sidney Circle*, p. 9. 加里·F. 沃勒也探讨过女作者如何开始发出自己的声音，见：Gary F. Waller, "Struggling into Discourse: The Emergence of Renaissance Women's Writing," in *Silent But for the Word*, ed. Margaret Patterson Hannay (Kent: Kent State University Press, 1985), pp. 238-256.

[③] Dante Alighieri, *Inferno*, trans. Allen Mandelbaum (New York: Bantam Books, 1980), Canto I, l.85.

[④] 但丁对维吉尔说："你是我的老师——我创作的标尺；/ 给我带来荣誉的优美文采，/ 全部来自你一人的篇什。"见：但丁，《神曲 1·地狱篇》，黄国彬译注，外语教学与研究出版社，2009，第 1 章，第 85—87 行。

家并没有强烈的布鲁姆式的"影响的焦虑"（"anxiety of influence"）[1]，他们不以模仿前人为耻，也不刻意追求创新。[2]自然，早期的女性作家如罗思夫人，也不会拒绝在导师的引领下悠游艺林，一如但丁在维吉尔的带领下遍历地狱。但是，在女性作家试图效法前贤的时候，性别因素所带来的特殊困难就立刻凸显出来。桑德拉·M. 吉尔伯特（Sandra M. Gilbert）和苏珊·古芭（Susan Gubar）认为，女作家身处男性写作传统之外，因此她们需要的是一个女性前辈的引领，而不是男性。[3]但是早期的女性作家普遍缺乏可供模仿的女性前辈。汉内认为，罗思的姑姑是她文学上的导师，为她树立了女性可以进行创作的榜样。[4]然而从汉内的论述中可以看出，罗思受姑姑的具体影响可能并不大。笔者以为，这个影响更多地停留在"可以写"，而不是"怎么写"的层面。与罗思不同，玛丽·锡德尼·赫伯特主要进行不违背社会规范的翻译和写作，显然不是吉尔伯特和古芭意义上的、突破陈规的女性引领者。不排斥模仿前辈，但又缺乏可供效仿的女性作家，再加上如上一章所述，对于写作这一僭越行为的罪恶感使得女性作家更加急于依附传统或者权威，种种因素都使得罗思乐于接受男性前辈作家的影响。

在对罗思的早期研究中，许多学者都注意到菲利普·锡德尼和罗伯特·锡德尼（尤其是前者）对罗思的影响。具体到《潘菲利亚致安菲兰瑟斯》（以下简称《潘菲利亚》），锡德尼的影响在诗中有明显的呈现。[5]这部十四行组诗也经常被学者拿来与菲利普·锡德尼的《爱星人与星》相提并论，因为两者体裁相同、个别主题和意象相似，而且作者还是伯

---

[1] 这一概念来自哈罗德·布鲁姆（Harold Bloom），参见：Harold Bloom, *The Anxiety of Influence: A Theory of Poetry* (London: Oxford University Press, 1973).

[2] 郝田虎老师借英国早期现代札记式写作辨析了早期现代英国文学创作里模仿与原创的关系，参见：郝田虎，《〈缪斯的花园〉：早期现代英国札记书研究》，北京大学出版社，2014，第三章。

[3] Sandra M. Gilbert and Susan Gubar, *The Madwoman in the Attic: The Woman Writer and the Nineteenth-Century Literary Imagination*, 2nd ed. (New Haven: Yale Nota Bene, 2000), pp. 45-92.

[4] Hannay, "'Your Vertuous and Learned Aunt'," in *Reading Mary Wroth*, ed. Miller and Waller, pp. 15-34.

[5] 散见于罗伯茨整理的罗思诗集的注释中，见：Roberts (ed.), *The Poems of Lady Mary Wroth*.

侄关系。但是由于两位作者的性别差异，加之性别因素在十四行诗这一文体中至关重要，使得两部组诗呈现出许多根本性的差别。

彼特拉克体十四行诗因 14 世纪意大利诗人彼特拉克（Petrarch）的创作而得名，16 世纪这一诗体传入英国，罗思夫人是第一个创作彼特拉克十四行组诗的英国女作家。[1]可以想见，罗思不但和男作家一样要戴着格律的锁链跳舞，还要独自面对男性同行们所未曾经历的特殊困难，那就是两性之间在社会角色、行为规范、心理状态方面的差异对于女性作家的压抑，以及既往的男性诗作中充斥的男性生活经验和情感欲求所形成的话语背景对女性作家的束缚。

也有一些学者并不强调十四行诗的性别问题，例如杜布罗就认为这一体裁体现的性别划分并不明显，[2]库因也指出彼特拉克体十四行诗具有性别上的不确定性，这让女诗人进入这一话语领域成为可能。[3]笔者以为，以上研究针对的只是十四行诗的文体本身，并没有考虑到既往作品形成的小传统，更没有考虑到女作家独有的心理状态对写作可能产生的影响，因此不无片面性。笔者更赞同将前述观点与高登·布雷登（Gordon Braden）的观点结合起来。他认为，彼特拉克风格（Petrarchism）从属于男性化的整个文艺复兴文化，却为女性欲望提供了一个宣泄的窗口，因此更加鼓励而非限制女性的文学活动。[4]的确，彼特拉克体十四行诗的主题是爱情，这恰恰为女诗人发出自己的声音提供了可能。在女性未能广泛参与社会生活的情况下，爱情、婚姻构成了她们的生活重心，也是她们体味最深之处。后世颇多女作家以爱情、婚姻为创作题材，也证明爱情是文学创作中少有的男女两性共享的主题。

也有学者持不同意见。克里斯蒂娜·卢茨基（Christina Luckyj）认为十四行诗是一种程式化的、非个人的艺术，爱情这一主题也无足重轻，

---

① 对十四行诗起源和发展的介绍参见：Michael R. G. Spiller, *The Development of the Sonnet: An Introduction* (London: Routledge, 1992).

② Dubrow, *Echoes of Desire*, pp. 134-161.

③ Kuin, "More I Still Undoe," in *Mary Wroth*, ed. Kinney, pp. 437-452.

④ Gordon Braden, "Gaspara Stampa and the Gender of Petrarchism," *Texas Studies in Literature and Language* 38.2, Revising Renaissance Eroticism (Summer 1996): 115-139. 这篇文章中，作者借对意大利 16 世纪女诗人斯坦帕（Stampa）的十四行诗创作的分析，探讨了彼特拉克风格中的性别问题，尤其参看第 118 页。

十四行诗写作可被当作贵族女性的才艺而被包容，本身并没有那么大的颠覆性。①卢茨基的论文收入权威论集，观点也颇具代表性，在此笔者不得不稍加辨析。首先，笔者以为，对女性作家的评价，甚至对于女性文学史的考察，都不必刻意强调颠覆性这一标准。因为女性在政治、文化、宗教方面的多重弱势地位，她们必然选择主流价值默许的写作方式和主题，而不是男性作家式的正面对抗；女性正是在不断的写作实践中慢慢认识和确立了自我的主体性，随着社会整体的进步，水到渠成地实现了女性内在和外在的真正解放。考察早期女作家的颠覆性，很难得出真正有意义的结论。其次，卢茨基对十四行诗这一文体的泛论，虽然不无道理却也过于简化，而且卢氏既然是针对作家的具体作品而立论，则应结合对作家活生生的创作实践的深入考察，否则难免空疏浮泛之弊。的确，写诗的贵族女性不乏其人，②诗艺也被看作像跳舞、弹琴一样的个人才艺。但与作为日常娱乐的宫廷诗歌不同，罗思的创作带有强烈的自传性质，失去了娱乐的游戏性和轻松感。她的写作与个人生活密不可分，写作是她生活的折射和生命的再现，是她的自我表达和自我建构，也因此与廷臣贵妇的文字游戏有了根本性的不同。如前所述，爱情主题是少有的两性共享的文学主题，女性作家得以借此向男性发出真正属于自己的、发自内心的强烈声音。因此，对于罗思夫人来讲，爱情这一主题绝非无足轻重。此外，在罗思的时代，女性作家由于其社会角色所限，不可能创作庙堂黄钟型的史诗，来自异邦的、非主流的、轻盈而不失风雅的十四行诗，就成了罗思夫人的明智选择，也是她作为早期女性作家自我掩饰、自我保护的锦绣帷幕。文体的程式化，并不代表具体的诗作就必然是"非个人的艺术"，关键在于作者的用心和读者的体察。就像古教堂脱落的马赛克，貌似平常简单，一旦被放回原位，就会立刻显出宏美庄严的面貌。罗思的十四行诗，孤立地读来，显得单调枯燥。但当我

---

① Christina Luckyj, "The Politics of Genre in Early Women's Writing: The Case of Lady Mary Wroth," in *Literature Criticism from 1400 to 1800*, ed. Schoenberg and Trudeau, pp. 325-326.

② 菲利普·锡德尼的女儿、罗思的堂姐伊丽莎白·锡德尼也以诗歌著称，见：Hannay, *Mary Sideny, Lady Wroth*, p. 52. 另外，苏格兰的玛丽女王（Mary, Queen of Scots）、英国伊丽莎白一世女王都创作过诗歌。

们结合罗思创作时的背景细细品味，依然会听到作者跌宕起伏的心潮：对情人的期盼倾诉，对自身的哀婉感伤，对恋情的低徊迟疑。罗思的诗并不能单以诗艺高下而论定，也不是贵妇诗作这一概念所能简单收纳，而是呈现出独特的美感和女性文学史上不可忽视的价值。

虽然贵族女性写爱情诗可以受到包容，但毕竟不合主流"闺范"，稍有逾矩，即遭讪谤。爱德华·丹尼就是从性别身份对罗思的写作行为进行攻击，可见早期现代女性写作的合法性基础是非常脆弱的。三百年后的弗吉尼亚·吴尔夫（Virginia Woolf）在为女作家谋求更大的话语权时敢于设想"雌雄同体"（androgyny）的理想写作状态，[①]而罗思却由于写作行为本身被攻击为不男不女的异类。[②]在写作中如何与强大的主流意识形态共处成为不能宣之于口却又无处不在的困扰，也是罗思自我建构的主要难题。此时的女性写作尚不能形成清晰明澈的表达，如同儿童咿呀学语，断续、缺失、不连贯的发声成为不可避免的特征，却也是指向未来的宝贵开端。本章将从《潘菲利亚》入手，试图捕捉诗人隐藏在错综散乱的诗行和意象背后的真实思路，探讨组诗中爱情的政治内涵，分析诗人隔绝自我，进而建构自我的策略，以及自我建构的"忠贞"中包含的内在矛盾。

第一节　爱　情

彼特拉克体十四行诗从温暖明媚的意大利漂洋过海来到寒冷阴郁的英格兰，被欣赏、模仿的同时，也被批评和改造。相比于彼特拉克，英国诗人的诗风更加雄健，一个很重要的原因是英国最早开始翻译和创作十四行诗的诗人兼具廷臣的身份。[③]不同于彼特拉克阴柔甜美的诗风，廷臣诗人的创作更加阳刚雄迈，他们偏爱主动的甚至具有攻击性的意象

---

① 见：吴尔夫，《一间自己的房间及其他》，贾辉丰译，人民文学出版社，2003，第六章。

② 爱德华·丹尼疑心《乌拉妮娅》中的小故事影射自己的家事，一怒之下写诗报复，从性别角度对罗思的写作行为进行攻击，称罗思为"阴阳人"（hermophradite）。该诗及罗思回复丹尼的诗见：Roberts (ed), *The Poems of Lady Mary Wroth*, pp. 32-35.

③ 菲利普·锡德尼就认为，廷臣虽知识不渊博，但言辞的风格却比某些饱学鸿儒更加健全，见：Philip Sidney, *Sir Philip Sidney*, p. 154.

（如打猎），而非彼氏的被动意象（如迷宫）。彼特拉克对待情人的谦卑态度也被英国人的强硬作风所取代。[①]英国诗人也不赞赏彼特拉克的风格，认为他情绪多愁善感，言辞华而不实。[②]彼特拉克诗中的新柏拉图主义元素在英国诗人这里也被脚踏实地的世俗精神冲淡。[③]但罗思的创作却与她的男同胞不同，明显地更接近彼特拉克。

在廷臣诗人的创作中，占据压倒性地位的世俗内容是政治，学者对此已达成相当共识。C. S. 刘易斯（C. S. Lewis）对宫廷爱情（courtly love）寻根溯源，认为情人示爱的方式类同于封建制度下封臣对主君的效忠。[④]彼特拉克体在英国的全盛时期正是伊丽莎白一世女王执掌权柄之时，这为廷臣诗人在诗歌中表现宫廷爱情创造了合适的土壤。[⑤]亚瑟·F. 马罗蒂（Arthur F. Marotti）探讨了伊丽莎白一世时期十四行组诗中的爱情与诗人的政治抱负、职业理想之间的微妙关系，认为诗人借用爱情语言表达社会、政治和经济诉求。[⑥]爱情与政治在英国诗人的创作中被自然巧妙地编织在了一起。[⑦]

[①] Patricia Thomson, "The First English Petrarchans," *Huntington Library Quarterly* 22.2 (Feb. 1959): 85-105. 该文第 94 页，作者对怀亚特翻译《歌集》（*Canzonierre*）LXXXII 所做的改动进行了分析。

[②] 见：Thomson, "The First English Petrarchans," p. 87. 在《爱星人与星》第 6 首中，菲利普·锡德尼也不赞赏彼特拉克夸张的风格，有类似 "living deaths, dear wounds, fair storms, and freezing fires"（第 4 行）这样的措辞，见：Philip Sidney, *Sir Philip Sidney*, p. 166.

[③] 帕特里夏·汤姆森（Patricia Thomson）讨论了怀亚特和萨里（Surrey）在对彼特拉克十四行诗的翻译和模仿创作中，对彼特拉克的超验精神的回避，见：Thomson, "The First English Petrarchans," pp. 94-96, 100.

[④] 对宫廷爱情的研究见：C. S. Lewis, *The Allegory of Love: A Study in Medieval Tradition* (New York: Galaxy Book, 1958), pp. 1-43. 除刘易斯以外的许多学者也关注和讨论了宫廷爱情，李耀宗对这一观念的源头和现代发展进行了梳理，见：李耀宗，《"宫廷爱情"与欧洲中世纪研究的现代性》，《外国文学评论》2012年第 3 期，第 5—18 页。

[⑤] 关于女性统治者在十四行诗中的作用，可参见：Michael R. G. Spiller, *The Development of the Sonnet: An Introduction* (London: Routledge, 1992), pp. 64-82.

[⑥] Arthur F. Marotti, "'Love Is Not Love': Elizabethan Sonnet Sequences and the Social Order," *English Literary History* 49.2 (Summer 1982): 396-428.

[⑦] 廷臣诗人也是职业诗人效仿的对象，政治因素在后者的诗作中也有不同程度的体现。

　　菲利普·锡德尼在创作《爱星人与星》之时与时任威尔士行政长官的父亲同在威尔士边境，《爱星人与星》是诗人远离宫廷之时的作品，诗人此前已经历过政治失意，品尝了仕途艰辛。[①]宫廷—乡村（court—country）是廷臣政治生涯和社会地位的对立两极，离宫廷越近，越有可能飞黄腾达，反之则代表着仕途偃蹇，所以廷臣贵妇大多向往宫廷。而罗思的困窘更甚于伯父当年，1621 年《潘菲利亚》出版之时她已是孀居之身，丈夫的死让她的境遇急转直下，失去了经济支柱和众多社会关系，不得不退出上流社交圈，远离宫廷，退居乡村。《潘菲利亚》中也透露出了诗人此时的落寞处境。

　　第 44 首[②]中诗人自称"被驱逐的人"（"banish'd creature"，第 1 行）[③]，在众人参与的娱乐活动中找不到乐趣，想"远离讨厌的人群"（"bee farr / From lothed company"，第 6—7 行），诗人大声疾呼"我被驱逐了，任何美好都将找不到"（"I ame bannish'd, and no good shall find"，第 12 行）。"驱逐"这个词在本诗中用来描述一种心理状态，但也未尝不让人联想起作者本人困守乡间的现状。

　　锡德尼家族出身的罗思从小对宫廷并不陌生，尤其是与她显贵的姻亲彭布罗克伯爵家往来甚为密切。虽然嫁给了地方乡绅，但罗思婚后仍然保持着与娘家人的亲密交往，并一度活跃于安妮王后的宫廷。[④]可以说宫廷生活是她自幼所熟悉和向往的，而如今退隐乡野，对宫廷的看法也产生了变化。第 14 首中诗人写道：

　　　　去宫廷？哦，不。他高喊不，哎哟；

　　　　那里你将看不到真爱，哎哟；

　　　　把那地方留给最虚伪的爱人

　　　　你的真爱揭示了全部真理，哎哟；（第 17—20 行）

　　　　To the court? O no. Hee crys fy　Ay mee;

---

① Michael R. G. Spiller, *The Development of the Sonnet*, p. 107.

② 本书诗歌编号遵循罗伯茨编辑的《玛丽·罗思夫人诗集》。

③ 为便于讨论，本文所引罗思诗歌都附有原文，诗歌均为笔者所译。

④ 罗伯茨对罗思生平有详细研究，见：Roberts (ed.), *The Poems of Lady Mary Wroth*, pp. 3-40. 也可参考汉内撰写的罗思传记，见：Hannay, *Mary Sideny, Lady Wroth*, chs. 1—4.

Ther no true love you shall espy   Ay mee;

Leave that place to faulscest lovers

Your true love all truth discovers   Ay mee;

"真"（"true"）是诗人自诩的品质，诗人不止一处表明自己真实、不虚伪，[1]而将虚伪和宫廷相关联，是把簇拥在宫廷里的人放到了自己的对立面。再看下面这两行诗：

但其他灾祸紧随身后，

是你的敌人，也必是我的对手；（第90首，第9—10行）

Yett other mischiefs faile nott to attend,

As enemies to you, my foes must bee;

杜布罗指出上面这两句中的"attend"一词，还可作"出席"解，可能指出席宫廷活动，并推断诗人因此将宫廷视为危险之地。[2]

对宫廷从向往到排斥的态度转变，很可能是由罗思身份地位的变化所致，我们不能由此断定她是真心厌恶宫廷。琼斯将《潘菲利亚》完全作政治解读，认为罗思将潘菲利亚塑造成一个单相思的爱人形象，是有意重写她自己被迫退出宫廷的耻辱，并企图终结这样的现状。琼斯甚至认为，诗中频繁出现的"黑夜"意象指代安妮王后，诗人对黑夜的呼唤被解读为罗思渴望重获恩宠。[3]琼斯看到了罗思社会地位的起伏对诗歌创作的影响，并由此推断其真正所指。然而她看到的恐怕只是《潘菲利亚》重叠繁复、影影绰绰的意义群中的一束光影，将爱情完全解读为对政治的隐喻会失却对其他意义层面的关照。更为重要的是，《潘菲利亚》中爱情与政治的关系比琼斯所理解的更为复杂，这既涉及爱情对男女两性的不同意义和作用，也涉及罗思本人一言难尽的爱情生活。

作为参照，我们先看《爱星人与星》的创作背景，佩内洛普·德弗

---

① 如第42、54首等。

② Dubrow, *Echoes of Desire*, p. 155.

③ 对黑夜意象的分析见：Jones, "The Self as Spectacle in Mary Wroth and Veronica France," in *Reading Mary Wroth*, ed. Miller and Waller, p. 147.

罗（Penelope Devereux）——斯特拉的原型——的父亲在临终前曾暗示她可以嫁给菲利普·锡德尼，但五年后（1581年）两人才在宫廷中首次相会，不久各自婚嫁，佩内洛普嫁给了里奇男爵（Baron Rich）。佩内洛普启发了锡德尼的创作灵感，锡德尼在诗中也承认曾主动引诱过她，但无证据表明他们可能相爱或结婚。①佩内洛普对于锡德尼来说是一个得不到的目标，正可以被用来编织爱情话语，借以表达诗人屡受挫折的政治欲望。而安菲兰瑟斯的原型威廉·赫伯特，在现实生活中却是罗思一对私生儿女的父亲。赫伯特富贵风流，早在伊丽莎白一世时期就与女王的侍女玛丽·菲顿（Mary Fitton）有染，女方怀孕生子后又弃之另娶他人，婚后还继续追逐包括罗思在内的宫廷命妇们。②赫伯特对罗思并不专情，而罗思在丧夫后未曾再嫁，且为赫伯特生了两个孩子，她对赫伯特忠贞不渝倒是可能的。以这样的人生经历写就的诗，其中的爱情不可能只是个虚指。

现代人习惯把爱情作为婚姻的重要前提，早期的婚姻却更侧重对门第、财产等因素的考量，出身就决定了一个人的择偶范围。③婚姻既然与爱情无关，真正的爱情便往往发生在合法婚姻之外。④罗思与赫伯特之间的爱情就是如此，他们各自的婚姻都是为了家族利益而缔结的。但是，对婚姻中爱情基础的渴望和强调也已萌芽，《罗密欧与朱丽叶》（Romeo and Juliet）就反映了这一观念。⑤罗思的创作也涉及这一主题。《潘菲利亚》只写到了爱情，婚姻并没有直接出现，而在作为其背景的《乌拉妮娅》中，爱情与婚姻的关系得到了更充分的展现。潘菲利亚及其情人的故事是在《乌拉妮娅》中被详细叙述的，《潘菲利亚》最初也是附在《乌拉妮娅》书后出版，因而《潘菲利亚》虽然形式上是以一个女性的口吻做单方面的倾诉，但它却具有明确的故事背景，以及男女双方

---

① Michael R. G. Spiller, *The Development of the Sonnet*, p. 107.

② Roberts (ed.), *The Poems of Lady Mary Wroth*, p. 24.

③ Lawrence Stone, *The Family, Sex and Marriage in England 1500—1800* (New York: Harper & Row, 1977), p. 87.

④ 刘易斯将"通奸"（adultery）作为宫廷爱情的特征之一，见：Lewis, *The Allegory of Love*, pp. 1-43.

⑤ William Shakespeare, *Romeo and Juliet*, ed. G. Blakemore Evans (Cambridge: Cambridge University Press, 1984).

明确的身份关系。学者们也因此在研究《潘菲利亚》时，大都结合《乌拉妮娅》的背景来探讨这一组诗。在《乌拉妮娅》中，潘菲利亚与安菲兰瑟斯是一对理想的恋人，但是安菲兰瑟斯的朝秦暮楚，直接导致两人不能走向婚姻，这成了潘菲利亚的最大悲剧。爱情一旦与婚姻联系起来就失去了玩乐、愉悦和轻快的性质，被涂上了阴郁、幽暗、沉重的色彩。因此《潘菲利亚》中的爱情并不轻松，一如罗思本人的经历。

但即便在《罗密欧与朱丽叶》里，门第也是缔结婚姻的默认基础，男女主人公门当户对，阻碍主要来自于家族仇恨而非身份差别。因此，锡德尼得不到爱情，辗转反侧之余自然想到的是由于自己门第不高，仕途不顺。[1]罗思本人与威廉·赫伯特是否在婚前就相爱，我们已不得而知，但门第不匹配就决定了他们结婚的可能性极小。[2]罗思无疑也意识到了这一点，在《乌拉妮娅》中将自己的投影潘菲利亚拔高为女王，从而大幅度弱化了社会地位对于婚姻的影响，虚构了爱情在婚姻缔结中的决定性地位。相应地，在《潘菲利亚》中，门第、家世、财产等婚姻的传统决定因素被迫沉默，爱情成了唯一的主题和最高的原则。虽然婚姻并未在《潘菲利亚》中直接出现，但作者通过《乌拉妮娅》创造的语境使得《潘菲利亚》中的爱情有了一个顺理成章的默认结局——婚姻。这种移花接木的手法，正是作者面临性别和出身方面的双重弱势地位所带来的困境时所使用的抗争手段。因爱情而获得婚姻之后，暗含的合乎逻辑的结果就是因婚姻而提升社会地位，收获物质财富。现实生活中，坚实的社会基础绝非罗思所能撼动，对既有规则做适度抗争，达到目的之后的反抗者就会波澜不惊地回归主流。这就是《潘菲利亚》中爱情的政治内涵，也是早期现代女性生存政治的运作机制，唯一可惜的是罗思没有赢得最后的胜利。

罗伯茨在对《乌拉妮娅》中的婚姻的研究中指出，潘菲利亚的婚姻体现出罗思的自传成分在于她以虚拟语气叙述自己，写自己能够、应该

---

[1] Marotti, "'Love Is Not Love'," p. 400.

[2] 罗伯茨认为两人不可能结婚，见：Josephine A. Roberts, "'The Knott Never to Bee Untide': The Controversy Regarding Marriage in Mary Wroth's *Urania*," in *Reading Mary Wroth*, ed. Miller and Waller, pp. 121-123. 沃勒也持类似观点，见：Gary Waller, "Mary Wroth and the Sidney Family Romance: Gender Construction in Early Modern England," in *Reading Mary Wroth*, ed. Miller and Waller, pp. 50-51.

和可能已经成为的样子。[1]《潘菲利亚》中的爱情也可以作这样的理解。爱情是作者对过去生活的追忆和重构，借以表明自己曾经可能拥有的身份地位，也对此时无依无靠的处境进行重新叙述。同时，我们也应该注意到爱情在罗思的叙述中并不是没有直接的现实作用。罗思此时虽不可能成为赫伯特的妻子，但对爱情浓墨重彩的渲染或许能唤醒赫伯特的旧情，这样就可能获得情人的帮助，甚至借他之力重返宫廷。

　　爱情之于菲利普·锡德尼，只是政治欲望的投射和隐喻，但对于罗思却是沉甸甸的现实。早期现代英国女性的社会地位较低，未能广泛参与社会生活，她们是依附于男性的（未嫁前依附父亲，嫁人后依附丈夫），经济保障是男性给予的，社会生活的展开也是男性创造的。[2]女性借由婚姻才能寻求到生活保障，建立各种社会关系，提升社会地位，而婚姻对男性而言虽然也是扩大经济和政治实力的重要途径，但男性对社会生活的参与使其具备了相当的自主性。也是在这个层面上，罗思笔下的爱情还承载了女性的生活现实，与男诗人描写的爱情有了很大区别。爱情和政治在男女两性身上的发生顺序正好相反，男性是有了政治地位才得以捕获爱情，而女性是有了爱情才能够借以获得政治身份。对于男性，爱情是政治的结果，而对于女性，爱情则是政治的原因。这一因一果的错位，令爱情对于女性更加沉重，这也是《潘菲利亚》气氛压抑的原因。

　　爱情在《爱星人与星》中是对政治的隐喻，也是政治的代替品，得不到爱情可以暗指仕途挫折，对爱情的追求也经常被用来当作与政治追求相对照的另一番生活。[3]男诗人诗歌中有建功立业和获得爱情的双重世界，有进退迂回的空间。罗思的诗则只能展现单一的爱情空间，她的自我建构是围绕着爱情展开的，是在传统男权社会两性关系的框架下进行的，体现了对男性的较强依赖。那么，罗思所依赖的男性，在她的笔下又是以什么形象出场的呢？

---

[1] Roberts, "'The Knott Never to Bee Untide'," in *Reading Mary Wroth*, ed. Miller and Waller, p. 120.

[2] 劳伦斯·斯通（Lawrence Stone）对早期现代社会女性的依附地位有研究，见：Stone, *The Family, Sex and Marriage in England 1500—1800*, pp. 195-202.

[3] 如《爱星人与星》第 21、30、41、53、64 和 75 首都展现了这一主题，见：Philip Sidney, *Sir Philip Sidney*.

第二节 缺 场

一般而言，作者本人编定的组诗，即便没有明显的脉络次序，开篇和终结也往往有特殊的地位。我们先看《潘菲利亚》中的第 1 首诗：

当夜的黑幕呈现它最黑暗的时刻，
当睡眠，死亡的影子，将我的感觉占据，
使我失去了知觉，思绪便快速运转，
比需要最快速运转的时候还快。
在睡梦中，我看到一辆被带翼的欲望
拉着的彩车，车上坐着光芒四射的维纳斯，爱的女王，
她的儿子在她脚下，不断为燃烧着的心
加火，这些心由她握在上方。
但有一颗心比女神手中其他所有的心
燃烧得都旺，她将其放入我的胸膛。
说道："亲爱的儿子，现在朝它射箭，这样我们定会获胜。"
他遵从命令，射穿了我可怜的心。
我醒来，希望这一幕像梦一般消逝，
然而自此以后，哦！我便坠入了情网。（第 1 首）

When nights black mantle could most darknes prove,
And sleepe deaths Image did my senceses hiere
From knowledg of my self, then thoughts did move
Swifter then those most swiftness need require:
In sleepe, a Chariot drawne by wing'd desire
I sawe: wher sate bright Venus Queene of love,
And att her feete her sonne, still adding fire
To burning hearts which she did hold above,
Butt one hart flaming more then all the rest
The goddess held, and putt itt to my brest,
Deare sonne, now shutt sayd she: thus must wee winn;

Hee her obay'd, and martir'd my poore hart,

I, waking hop'd as dreames itt would depart

Yett since: O mee: a lover I have binn.

　　这首开场诗开宗明义，自述其爱情的"缘起"，为我们留下了宝贵的线索。在梦中维纳斯将一颗火热燃烧着的心放入诗人胸膛，并命丘比特一箭射中，诗人梦醒后堕入爱河。诗人在一开头就回应了彼特拉克、但丁等人，是有意识地与文学传统互动。[①]但以梦境开篇与其他组诗都不同。梦的意象大致有三种含义：第一，梦是一种无意识状态，梦中的诗人没有能动性，这首诗意在表达诗人个人身份及能动性的丧失；[②]第二，梦非现实，是与现实隔绝的第二时空，诗人借此"隔绝和封闭了爱的体验"；[③]第三，通常现实中的不满可以在梦中获得补偿，梦有实现愿望的功能。[④]综合来看，一个丧失了能动性的诗人，在与现实隔绝的时空，要实现什么愿望呢？诗人在寻根溯源，找寻她恋爱的原因，而这个原因并不来自诗人的情人。我们注意到在这首诗中，情人并没有出现，莱瓦尔斯基分析这首诗时说，诗人的爱源于女性自身的欲望（由丘比特代表），而非男性情人的身体魅力。[⑤]对此笔者只同意一半，情人在这首诗中是缺场的，但诗人自己也不具备主动性，没有直接表达自己的欲望。[⑥]燃烧的心似乎在表明自己具备爱的能力，但这颗心也是由维纳斯放入诗人胸中的，直至最后被丘比特的箭射中，诗人始终表现被动。诗人的爱并不来自自身的欲望，而是来自维纳斯和丘比特的安排，诗人是被宿命

---

① 罗伯茨在对本诗的注释中提到彼特拉克《爱的胜利》（*Trionfe d'Amore*）开篇也写梦到维纳斯和丘比特，见：Roberts (ed.), *The Poems of Lady Mary Wroth*. 菲恩伯格指出，但丁的《新生》（*Vita Nuova*）第一首中也有燃烧的心的意象，见：Fienberg, "Mary Wroth and the Invention of Female Poetic Subjectivity," in *Reading Mary Wroth*, ed. Miller and Waller, p. 185.

② 持这一观点的有杜布罗、米勒等人，见：Dubrow, *Echoes of Desire*, p. 139; Naomi J. Miller, *Changing the Subject*, p. 40.

③ Mary Moore, "The Labyrinth as Style in *Pamphilia to Amphilanthus*," in *Mary Wroth*, ed. Kinney, p. 66.

④ 杜布罗提到了这一点，见：Dubrow, *Echoes of Desire*, p. 138.

⑤ Lewalski, *Writing Women in Jacobean England*, p. 253.

⑥ 对丘比特的理解下文有讨论。

安排坠入情网的，而情人在这首诗中不见踪迹，不起作用。

彼特拉克十四行诗传统中情人基本上是缺场的，诗人在诗中独自叙事抒情，不见情人的回应。虽然在彼特拉克、锡德尼、斯宾塞的少数作品中情人出现了，[①]但这并不能改变这一文体自说自话的特点，我们听到的是诗人[②]的声音，感受到的是诗人的情绪，看到的是诗人的视角。然而情人虽不直接在场，我们也并不是对其一无所知。事实上，在男诗人的作品中我们可以看到对情人的描写，诗人恋爱的原因更多地被归结为情人本身，他们从不吝惜对情人的赞美，惯用"铺陈描绘法"（blazon）[③]将女郎身体的各部分逐一描绘，女郎的风姿仪态在这样的描绘中得以呈现。罗思的写法有别于男诗人，综观整组十四行诗，提到情人的地方非常少，情人的名字除了在组诗题名中出现以外，在正文中没有出现过。而诗中提到情人的时候经常只使用第二人称"你"，如下面这段：

> 你一切如愿了吧？你的快乐不令我伤心：
>
> 你高兴吗？我不嫉妒你的欢欣：
>
> 你满意了吗？就让满意伴随着你吧：
>
> 你希望幸福吗？那就保持希望并一直享受吧：
>
> 　　　　　　　　　　（第 10 首，第 1—4 行）

Bee you all pleas'd? your pleasures grieve nott mee:

Doe you delight? I envy nott your joy:

Have you content? Contentment with you bee:

Hope you for bliss? hope still, and still injoye:

除了祈使句暗含的主语"你"（"you"）之外，这四句诗中共出现了七个"你"和"你的"（"your"），咄咄逼人的气势让读者不禁猜测"你"指的是谁。继续往下读我们会发现，诗人一直在抱怨自己的苦难，而"你"

---

① 如《爱情小诗》（*Amoretti*）第 75 首，《爱星人与星》的第 8 首歌（8th Song）。

② 诗中的说话人不能与诗人等同，但两者的区分不是本书讨论的内容，所以本书使用"诗人"指代说话人和写诗人，与"情人"相对照。

③ 铺陈描绘法并不只有彼特拉克一个来源，《圣经》中的《雅歌》（*Song of Songs*）早已开了先河。

指代的人物始终没有出现，只有放到文学规约中读者才能推究出这个
"你"指的不是别人，正是情人。与这首诗仅隔了一首的第 12 首开头四
句与此颇为相似，都是诗人用呼语法（apostrophe）谴责你（们）：

> 你们这无休止的折磨，烦扰我的休憩，
> 你们还要在我悲伤的痛苦中快乐多久？
> 难道你们的惠顾从不会更多地表达爱吗？
> 我能够从不感受鄙视地活下去吗？（第 12 首，第 1—4 行）
> You endless torments that my rest opress
> How long will you delight in my sad paine?
> Will never love your favour more express?
> Shall I still live, and never feele disdaine?

　　与第 10 首不同的是，这首诗中你（们）所指代的名词出现了，是"折
磨"。除此以外，两首诗在语气、内容和风格上都非常相似，第 12 首如
果去掉"折磨"一词，第 10 首如果加上其他的指称，虽然意思有变化，
但无损于诗歌的整体风格。《潘菲利亚》中出现了许多拟人物，如黑夜、
时间、希望、悲伤等，诗人经常直接对它们说话，风格与第 10 首相近，对
它们说的话也像是对情人说的话，写给情人的诗夹杂在写给他物的诗之间，
情人若隐若现，半明半暗，极易给读者留下含混不清、指代不明的印象。
似乎诗人并不想让情人明确出现，所以模糊、弱化了情人的存在，借情人
留给自己的印迹（折磨、希望、悲伤等）和引发的自己的联想（黑夜、时
间等）抒发自己对情人的感情，实际上造成了犹抱琵琶半遮面的效果。

　　此外，诗人对情人的描述也是欠缺不足的，情人在《潘菲利亚》中
没有获得直接或者充分展现。罗思没有使用铺陈描绘法，从而回避了对
安菲兰瑟斯身体的描写。唯一的例外是眼睛，其中以第 2 首的描写最为
大胆直白，诗人称眼睛是爱神宫廷的装点，又将其比喻成四月的清晨和
天上的星星：

> 亲爱的眼睛，你们将那神圣的天空装点得
> 多美好，那里被凝望它的心灵珍视：
> ……

他们把你们称为四月最甜美的清晨多么恰当

当令人愉快的姿容在那明亮的光芒中闪现：

……

天上的两颗星星，下界来恩宠尘世，

被置于催生所有欢乐的王座上；

…… （第 1—2 行，第 5—6 行，第 9—10 行）

Deare eyes how well (indeed) you doe adorne

That blessed sphaere, which gazing soules hold deere：

…

How may they terme you Aprills sweetest morne

When pleasing looks from those bright lights apeere：

…

Two starrs of Heaven, sent downe to grace the Earthe,

Plac'd in that throne which gives all joyes theyr birthe；

…

　　但即便在这么明白的赞美中也有含混之处，诗人只说"眼睛"，却不提是谁的眼睛，[①]好像在和读者打哑谜，一方面极尽赞美之词，另一方面隐晦被赞美的人，这是诗人对待情人的矛盾态度，也体现在整组诗对情人在场、缺场的矛盾处理中。

　　男诗人也描写过情人的眼睛，所以罗思的写法本身并不新奇，特异之处在于她只选择描写眼睛，这一点值得思考。下面几句诗透露了眼睛的秘密：

　　　最美丽的，一直最真实的眼睛

　　　你们能成为星星，成为我欲望的

　　　窥探者吗？（第 62 首，第 1—3 行）

　　　Fairest, and still truest eyes

　　　Can you the lights bee, and the spies

　　　Of my desires?

---

① 另外几首描写眼睛的诗，如第 47、50、83 首，也都不提眼睛的主人。

原来眼睛具备能动性，可以看出诗人的心事，所以诗人祈求情人眼睛的注视与怜悯：

> 你们，快乐的幸福的眼睛，
> ……
> 哦！看看我吧，站在这里任由摆布：
> 是你们统治了我的生活
> 是你们给了我安慰；（第 42 首，第 1 行，第 6—8 行）
> You happy blessed eyes,
> …
> O! looke on mee, who doe at mercy stand:
> T'is you that rule my lyfe
> T'is you my comforts give;

　　这样的写法在男诗人的作品中也很常见，但由于罗思对情人身体的赞美只局限于眼睛，就造成了特殊的效果。罗思描写的是情人身上具备主动观察能力的部分，引出了男性注视（gaze）女性的行为，暗含了作者的被动性，因而未能逃脱女性作为男性观察对象的姿态。罗思在努力建构自身主体性时难以摆脱女性的客体状态，对眼睛的描写令诗中情人仅有的在场也具备了主体的特质。

　　相对于诗人对情人寥寥数笔的描述，丘比特却被大书特书。丘比特是令诗人坠入情网的爱神，是诗人表达衷心和倾诉哀愁的对象。米勒指出，由于诗人是女性，丘比特在诗中的作用和在男诗人诗中的作用不同，他成为诗人的追求者。[①]然而这是单纯地从性别角度做出的判断，仔细考察《潘菲利亚》，我们会发现因为情人的缺场，丘比特更应该被看作情人的替代。诗人不直接写情人，而代之以爱神，这样避免了女性直接向男性求爱的尴尬和禁忌。诗中对丘比特王者形象的塑造，以及诗人对丘比特的臣

---

① Naomi J. Miller, "Rewriting Lyric Fictions: The Role of the Lady in Lady Mary Wroth's *Pamphilia to Amphilanthus*," in *Mary Wroth*, ed. Kinney, pp. 48-49. 关于丘比特的意义，贝兰认为，丘比特既代表感官之爱，也代表美德之爱，见：Beilin, *Redeeming Eve*, p. 237. 莱瓦尔斯基认为，丘比特代表女性爱人的欲望，见：Lewalski, *Writing Women in Jacobean England*, p. 253.

服，可看作现实生活中男性形象及两性关系的再现。而诗人谴责了丘比特的另一个形象——盲目的促狭鬼，这也可看作女诗人在对男情人表达不满。不过最终诗人更相信丘比特的王者力量而原谅了他的淘气行径，可以视为罗思对男权无奈的屈服。[1]如果将丘比特理解为诗人的追求者，则暗示诗人对情人的不忠，这与全诗主旨相悖。因此，把丘比特当作安菲兰瑟斯的隐喻更合适，诗人对丘比特的矛盾态度就是对安菲兰瑟斯的矛盾态度，也是对自身独立性的矛盾态度。当然，丘比特并不等同于移情别恋的安菲兰瑟斯，他是理想化的情人形象，是诗人希望情人变成的样子。

　　莱瓦尔斯基的观点与此截然相反，她认为丘比特代表了女性自身的欲望，[2]因此，诗人对丘比特的臣服就是对自己欲望的臣服。不过莱瓦尔斯基没有解释为什么诗人不直接表述自己的欲望，而要用丘比特这样一个外在于女性身体的男性载体来代表女性的欲望。但无论从哪种观点来说，可以肯定的是，丘比特是不同于情人的、更强大的力量，他的在场和情人的缺场是密切相关的，是同一心理机制的两个表征。无论其真实所指为何，丘比特都是至高无上的权威，是神，是诗人屈从的对象。而这个至高无上的权威究竟是理想化的情人还是诗人自身，则取决于诗人对自身独立性的主张程度。诗中诗人的独立性是不明确的，丘比特的意义也因此不能明确。

　　不光是丘比特，《潘菲利亚》中还出现了大量拟人化的角色，[3]杜布罗因此认为，安菲兰瑟斯并不是缺场的，而是分散在这些角色中的，而诗人将安菲兰瑟斯化整为零是为了减轻他带来的痛苦。[4]整组十四行诗都像是诗人的喃喃自语，诉说着她的情殇，或哀怨痛苦，或谴责抱怨，几乎每首诗都是这些情绪的单调乏味的复制，所以无论出现多少新角色（拟人角色，包括丘比特），都不能带来值得关注的变化。就像祥林嫂的故事，不管如何讲，讲的都是死去的儿子阿毛，罗思也陷在类似的痛苦深渊中不能自拔。杜布罗说的痛苦指的是安菲兰瑟斯对潘菲利亚的不忠。

---

① 杜布罗认为，潘菲利亚对丘比特的臣服可能和罗思违背社会规范的个人经历有关，见：Dubrow, *Echoes of Desire*, pp. 149-150.

② Lewalski, *Writing Women in Jacobean England*, p. 253.

③ 除上文提到的"希望""时间""黑夜""折磨""悲伤"，还有"欢乐""思想""怀疑"等。

④ Dubrow, *Echoes of Desire*, p. 149.

的确，安菲兰瑟斯的背叛是《潘菲利亚》和《乌拉妮娅》的主题及作者写作的动因，也是作者所要克服的"愤怒"[①]和自我忠贞定义的背景。具体到罗思的自我建构过程，情人的缺场还另具意义。男性无论在现实中还是在文学中都占据主体地位，如果罗思在《潘菲利亚》中让安菲兰瑟斯以客体身份出现，则会直接触犯社会和文学的主流规则。如果以主体身份出现，则诗人无法建构自身主体，他的在场将会妨碍潘菲利亚的自我建构。罗思无法给安菲兰瑟斯找到一个合适的定位，所以将其分解成各个象征性角色，这样就避免了他的明确在场将会导致的强大震撼，也降低了他对潘菲利亚的主体性的威胁。而这些角色对安菲兰瑟斯的指代是模棱两可的，这反映了诗人矛盾的心意，即她既想让情人在场，又不能处理好彼此之间的主客体关系，她不知该如何安置他。罗思的自我建构及其对男女两性的主客体关系的处理都处在模糊的萌芽状态，意愿很强烈，但行动却显得自相矛盾而不知所措。

再看第 1 首，第 11 行的"shutt"一词因为拼写的缘故可能会造成歧义，可以作"射箭"（shoot）讲，也可能是"关闭"（shut）的意思。[②]如果解释为关闭，那诗人将自己与外界隔绝的意味更加明显。罗思在梦境中将情人隐去，实现了在现实中无法实现的愿望——男权社会中男性主体地位的消解。试图将男性这一巨大的存在排除，是女诗人自我建构的第一步，接下来诗人将试图在男性缺场的条件下推敲自我。

第三节　迷　宫

马斯顿认为《潘菲利亚》中的诗人拒绝流通，[③]虽然只说中了问题的一个侧面，但罗思将自己隔绝，的确可以确保主体性不受侵害。莱瓦尔斯基看到了男女诗人创作的不同之处，指出罗思是通过自省和自我分析建构自我。[④]单纯比较罗思和锡德尼的两部组诗的题目，也可以看出

① 兰姆关于愤怒是罗思写作原因的论述见：Lamb, *Gender and Authorship in the Sidney Circle*, pp. 142-193.

② 参见词条："shoot," "shut," *The Oxford English Dictionary*.

③ Masten, "'Shall I turne blabb?'," in *Reading Mary Wroth*, ed. Miller and Waller, pp. 67-87.

④ Lewalski, *Writing Women in Jacobean England*, p. 256.

罗思自我沉溺的特点,《潘菲利亚致安菲兰瑟斯》和《爱星人与星》两个题目都出现了男女主人公的名字,[①]而区别在于一个用了"致"(to),一个用了"与"(and)字,前者采用了潘菲利亚的视角,而后者却有俯视全局的超然姿态。

诗人沉浸在自我的世界中,在相对封闭的环境中自我推敲,与此相关的一个重要意象就是迷宫(labyrinth)。

在这个陌生的迷宫中我将转向何处?
四面八方都是路而我却找不到出路:
如果右转,那里,我将在爱中燃烧;
我要是一直前行,那里危机四伏;
如果向左,怀疑阻碍了快乐,
我要是调转头,可羞耻大喊我应该回去,
不应畏惧,尽管苦难亲吻着我的命运;
站着不动更难,尽管必然会悲痛;
那么让我向右或者向左走;
一直向前,或静立不动,或向后退守;
我必须忍受这些疑惑不得缓解
或救助,而苦役是我最好的酬劳;
但最能打动我不安的灵魂的
是抛开一切,抓住爱的线索。(第77首)

In this strang labourinth how shall I turne?

Wayes are on all sids while the way I miss:

If to the right hand, ther, in love I burne;

Lett mee goe forward, therin danger is;

If to the left, suspition hinders bliss,

Lett mee turne back, shame cries I ought returne

Nor fainte though crosses with my fortunes kiss;

Stand still is harder, although sure to mourne;

---

① 《爱星人与星》的英文原文是 *Astrophil and Stella*,Astrophil 是诗人的名字,Stella 是情人的名字。

Thus lett mee take the right, or left hand way;

Goe forward, or stand still, or back retire;

I must thes doubts indure with out allay

Or help, butt traveile find for my best hire;

Yett that which most my troubled sence doth move

Is to leave all, and take the thread of love.

　　这首诗描写了诗人深陷迷宫，四处碰壁，找不到出路的困境。道路看似很多，但条条危机四伏，诗人前、后、左、右地试探，不知道如何抉择。诗行中多处出现中间停顿（caesura），象征诗人遭遇的阻碍及犹豫不决的心理，也描摹了诗人在迷宫中寻路时一顿一挫的形态。迷茫不知所措的过程正是自我建构的过程，迷宫就是自我建构的场所。诗人最后决定抓住爱的线索，就是自我建构的结果，即诗人坚信爱会引领自己走出迷宫。这首诗同时也是一组皇冠组诗（Corona）的第 1 首，这组诗共有 14 首，诗人在诗中赞美爱神，表达对爱神的虔诚信仰。皇冠组诗中，后一首诗以前一首诗的末句起首，这种首尾相接的形式如同锁链般的环环相扣，最后一首诗的末一句也是第一首诗的第一句，这样终点又回到了起点，整个封闭的系统也像迷宫一样没有出口。

　　虽然这组皇冠组诗主题是对爱神的赞美，但诗中"爱的线索"却不全是抽象的爱，而是令人自然地联想起克里特迷宫，忒修斯（Theseus）将阿里阿德涅（Ariadne）交给他的线团一端拴在迷宫入口，深入迷宫杀死怪物弥诺陶（Minotaur）后再沿线返回。加埃塔诺·奇波拉（Gaetano Cipolla）在对《零散的诗歌》（*Rime Sparse*）中迷宫意象的研究中指出，与迷宫意象相近的还有"囚禁"（captivity）和"道路"（way）等意象，两者象征通往救赎的旅程。[①]这两个含义也都体现在上面这首诗中，[②]潘菲利亚渴望的就是像阿里阿德涅一样指引她走出迷宫的爱人。但她没有得到爱人的帮助，尽管她强调对爱的坚强信仰，但她仍困在迷宫中不知所措，组诗最后一首的末句重复了第一首的首句的迷茫和疑惑，作为结

---

① Gaetano Cipolla, "Labyrinthine Imagery in Petrarch," *Italica* 54.2, Dante-Petrarca (Summer, 1977): 268-270.

② 第 12 行中"苦役"（traveile）一词是双关语，也有"旅行"（travel）的意思。

尾，让整组诗回到了最开始的不确定和不安全的氛围中。与情人的关系对诗人来讲也是一座不明状况、找不到出口的迷宫，诗人不得不长期在其中挣扎。诗人曾疑问"获俘让我变成囚徒，束缚，不得自由？"（"And captive leads mee prisoner, bound, unfree?" 第 16 首，第 4 行），也曾感叹"噢，我被关在了一个多么古怪的笼子里啊？"（"O in how strang a cage ame I kept in?" 第 66 首，第 11 行）可见迷宫不是诗人自己自愿的选择，更像造化弄人的安排，诗人并不享受被困其中的感觉。玛丽·摩尔（Mary Moore）认为，"封闭性"（enclosure）和"困惑性"（perplexity）是迷宫的特点，罗思的句法和诗歌形式体现了上述特点，罗思通过迷宫描绘了女性的自我，一个分离的、封闭的、处境艰难和复杂的自我。①迷宫确实是罗思的困境，但并不就是她要努力建立的主体性，而是重构自我所必须冲破的藩篱和枷锁。

与迷宫相关的一个意象是孤独。似乎罗思只能在独处时才能找到自我，第 52 首中诗人视朋友的"无休止的提问"（"multitudes of questions"）为"折磨"（"torture"），称其为"恶魔般的发言"（"Divell speech"），她祈求朋友放过她，让她"重归自我"（"till I ame my self"）。她也经常拒绝公共活动，选择一个人独处：

> 当人人都急着参加令人高兴的娱乐活动
> 有的打猎，有的鹰狩，有的打牌，同时还有人
> 在愉快的谈话中感到快乐，音乐也尽显欢乐
> 然而我认为我的思想比这些更值得追求。
> ……
> 当别人狩猎时，我追逐我的思绪；
> 如果鹰狩，我的心飞向想去的目标，
> 要是交谈，我就和我的心灵说话，当别人
> 把音乐当成最风雅的事，我却哭泣。
>
> （第 26 首，第 1—4 行，第 9—12 行）

---

① Moore, "The Labyrinth as Style in *Pamphilia to Amphilanthus*," in *Mary Wroth*, ed. Kinney, pp. 61-62. 杜布罗也认为，罗思诗歌存在句法纠结，没有直线发展的情节等特点，如同迷宫一般，见：Dubrow, *Echoes of Desire*, pp. 134-135.

When every one to pleasing pastime hies

Some hunt, some hauke, some play, while some delight

In sweet discourse, and musique showes joys might

Yett I my thoughts doe farr above thes prise.

…

When others hunt, my thoughts I have in chase;

If haulke, my minde at wished end doth fly,

Discourse, I with my spiritt tauke, and cry

While others, musique choose as greatest grace.

　　闹哄哄的公共娱乐是外向式的生活方式，她选择"避开别人的目光 /
独坐一旁"（"free from eyes / I sitt"，第 5—6 行），与自己的思想相伴，
退居到自己的内心。虽然诗人喜欢探索内心，但她也承认独处如同"黑
夜"（"night"，第 6 行）。黑夜或黑暗意象在组诗中经常出现，①与迷宫相
似，茫茫难辨方向的黑夜也象征诗人自我探索的困境。

　　在自己的空间可以"与我的内心争吵"（"quarrel with my brest"，第
52 首，第 3 行），可以"想想你带来的痛苦"（"thinke upon thy paine"，第
101 首，第 9 行），但是爱的伤痛"不能被艺术治愈"（"griefe is nott cur'd
by art"，第 9 首，第 4 行），"时间，空间，思考，写作都不能 / 给我恋爱
的心带来平静和安宁"（"No time, noe roome, noe thought, or writing can /
Give rest, or quiet to my loving hart"，第 101 首，第 1—2 行）。因此，诗
人有时虽主动远离人群，内心却不是完全封闭的，她盼望阿里阿德涅式
的爱人拯救她，孤独的姿态是不得已而为之，并不是心甘情愿的选择。
罗思的自我封闭与后世女诗人克里斯蒂娜·罗塞蒂（Christina Rossetti）
或者艾米莉·迪金森（Emily Dickinson）的不同，罗塞蒂意识到自我与
外界的隔离并欣然接受，②迪金森是主动将自己与外界隔绝，成为自我

---

① 如第 1、9、43、100 首等。

② 如"The Thread of Life" 2 中开篇便写道："我是我自己的囚场"（"Thus am I mine
own prison"），见：Christina Georgina Rossetti, *The Complete Poems of Christina
Rossetti*, vol. II, ed. R. W. Crump (Baton Rouge: Louisiana State University Press,
1986), p. 123.

世界的主宰。①她们在孤独中安然自适，而罗思在选择孤独时却说，"让我在黑暗中吧，既然与我主要的光相阻隔"（"Lett mee bee darke, since bard of my chiefe light"，第 100 首，第 9 行），在绝望中也说，"但现在我要寻觅它，②既然你不会拯救"（"Butt now I'le seeke itt, since you will nott save"，第 6 首，第 14 行）。"既然"一词是语气的宽缓和退让，又意在轻微的警告，流露出诗人矛盾不定的心绪。罗思不是拒绝交流，也不满足于隔绝的状态，她渴望爱人的拯救，这是一种被动的姿态，同时也体现出社会参与性。

　　在个人生活和公共生活之间，诗人选择了前者。在私人生活的反表演性与公共生活的表演性之间，诗人也选择了前者。罗思早年曾参与演出宫廷假面剧，深谙文艺复兴文化，尤其是宫廷文化的表演性。在诗中反对外在表现，证明她此时对宫廷的疏远敌对。诗人认为内向式的自我求索比"愚蠢的、作秀的亲吻 / 和调情的洋相"（"fond, and outward shows / Of kissing, toying"，第 46 首，第 2—3 行）更能代表真爱，诗人坚信"情至深处，言辞反寡"（"wher most feeling is, words are more scant"，第 45 首，第 10 行），肯定自己的内在生活和情感模式的价值。然而诗人的态度也是有矛盾之处的，如下面这首诗：

> 像印第安人一样，被太阳灼烧，
> 他们把太阳当作他们的神崇拜，
> 我也这样被爱神对待，因为我
> 崇拜他越多，得到的恩惠越少。
> 他们比我强，追求变黑，
> 于是只有白需要悲叹，
> 而我面色苍白，蓄积悲伤，
> 不能有希望，却看到希望破灭。
> 而且他们被接纳的供奉都看在

---

① 如第 409 首中"关门"（"shuts the Door"）的动作凸显了主动隔绝的意识；第 575 首中诗人将自己想象成女王，以表现与周围俗人在心理上的差异。分别见：Emily Dickinson, *The Poems of Emily Dickinson*, reading ed., ed. R. W. Franklin (Cambridge, MA: Belknap Press of Harvard University Press, 1999), pp. 189, 259-260.

② "它"（it）指的是死亡。

他们选出的圣徒的眼里，我的却隐藏为无价值的仪式。

请允许我看到我的献祭在哪儿，

然后让我在心上戴上丘比特力量

的标记，就像他们在皮肤上显现福玻斯的光，

只要我活着就不停止对爱神的献祭。（第 25 首）

Like to the Indians, scorched with the sunne,

The sunn which they doe as theyr God adore

Soe ame I us'd by love, for ever more

I worship him, less favors have I wunn,

Better are they who thus to blacknes runn,

And soe can only whitenes want deplore

Then I who pale, and white ame with griefs store,

Nor can have hope, butt to see hopes undunn;

Beesids theyr sacrifies receavd's in sight

Of theyr chose sainte: Mine hid as worthless rite;

Grant mee to see wher I my offrings give,

Then lett mee weare the marke of Cupids might

In hart as they in skin of Phoebus light

Nott ceasing offrings to love while I live.

　　诗人将自己对爱神的崇拜与印第安人对太阳神的崇拜类比，后者的信仰体现在肤色上，肤色越黑显得越虔诚，而诗人对爱神的信仰却藏在心里，无法被人看到。诗人将这两种表达信仰的方式做对照，突出了自己这种内向式情感模式的不利之处。她虽然并不想放弃这种模式，却希望自己的一番心意能被看到，并得到回馈。魏德曼以这首诗来证明罗思的自我隔离具有表演性，因为她既需要被看到，又拒绝被看。①的确，这首诗流露出了犹豫不决的心意。诗人羡慕印第安人外显的信仰方式，自己却固守着内心的祭坛，只希望她的虔诚能被了解。在外在表现与内在真诚之间如何取舍的矛盾与诗人身处迷宫的矛盾是同根同源的。诗人

① Weidemann, "Theatricality and Female Identity in Mary Wroth's *Urania*," in *Reading Mary Wroth,* ed. Miller and Waller, p. 201.

一方面想要退居到一个封闭的世界，另一方面又渴望外界的了解和帮助，她没有放弃对情人的期待，对自我的封闭并不坚决。马斯顿认为，在这首诗中，诗人退出十四行诗固有的公共表意，而选择了私人化的情感表达。公共话语由男性代表，而罗思与此相对，要建立私人的女性的主体性表达。[①]但如果考虑到《潘菲利亚》中引入的第三者和嫉妒的因素，[②]或许就会有另一番解读。安菲兰瑟斯无论在十四行诗中还是在浪漫传奇中都移情别恋，而诗人在诗中承认自己受到嫉妒的困扰，在第 100 首中希望自己能够有力量控制伤人的嫉妒（"And wounding jealousie commands by might"，第 10 行）。尽管如此，潘菲利亚对安菲兰瑟斯始终痴心不改，那么诗人谴责的、与诗人的内在真实相对比的外在表演，很可能指的是第三者。这样，诗人也通过比较确立了自我，虽然诗人采取与世隔绝的姿态，但其主体性不是绝对私人化的，具有明显的社会性。

爱情对于女诗人是迷宫，对于男诗人又何尝不是。彼特拉克喜欢用迷宫意象，其他诗人也经常描写类似的处境，如下面这首斯宾塞的诗：

> 但我祈求时，她命令我管好我自己，
> 我哭泣时，她说眼泪不过是水：
> 我叹息时，她说我懂这项技巧，
> 我哀号时，她却转而大笑。
> 我这样又哭，又号，又祈求，都是白费，
> 而她永远都像火镰和燧石。（《爱情小诗》第 18 首，第 9—14 行）
> But when I pleade, she bids me play my part,
> And when I weep, she sayes teares are but water:
> And when I sigh, she sayes I know the art,
> And when I waile, she turnes hir selfe to laughter.
> So doe I weepe, and wayle, and pleade in vaine,

---

① Masten, "'Shall I turne blabb?'," in *Reading Mary Wroth*, ed. Miller and Waller, pp. 70-71.

② 丽贝卡·拉罗什（Rebecca Laroche）探讨了《潘菲利亚》中的这个侧面，并与莎士比亚的十四行诗互相参照，以此作为两者的共同点，见：Rebecca Laroche, "Pamphilia Across a Crowded Room: Mary Wroth's Entry into Literary History," in *Literature Criticism from 1400 to 1800*, vol. 139, ed. Schoenberg and Trudeau, p. 269.

Whiles she as steele and flint doth still remayne.[①]

　　诗人不管是祈求、哭泣、叹息，还是哀号，情人都不为所动。这里的情人是无法沟通的，就像未曾撞击的火镰和燧石，无法释放出光和热。男诗人面对情人的不知所措令人想起女诗人在迷宫里四处碰壁的痛楚。可以说，爱情或者情人对于男诗人来说同样是一座迷宫，而他们解决的方法是将情人客体化，包括上文提到的铺陈描绘法的使用。南希·J.维克斯（Nancy J. Vikers）认为，《零散的诗歌》没能呈现劳拉（Laura）完整、清晰的形象，铺陈描绘法是将劳拉的身体碎片化，真相是诗人拒绝承认情人的缺场。[②]男诗人对情人同样缺乏了解，他们对情人的描述无论多么繁复细致都远非真相，他们按照自己的方式创造了情人，让情人碎片化地在场，却不能解决爱情的谜题。不过他们能将爱情的痛苦转化成一种"受挫的快乐"，[③]从中获得了心理满足，也作为他们自我建构的一部分。而罗思不能获得这种快乐，她沉浸在痛苦中不能自拔，她是靠对爱情的坚持和信念、对未来的展望来减轻现时的痛苦的。

　　西蒙娜·德·波伏瓦（Simone de Beauvoir）在分析男女两性在家庭及社会分工中的差异时认为，女性属于"内向性"，男性则体现了"超越性"。[④]这种分工差异内化为心理范式，体现在女性的自我关照上，罗思的自我建构方式是诠释女性内向性特点的极好例证。罗思将自身作为客体征服，内向的反思几乎充满了整部组诗，令这部作品看起来就像一座迷宫。而男诗人则简单粗暴地将情人客体化，塑造着女性。罗思的创作告诉我们，当时的女性已不再是从前男性笔下的女性，她们不肯也不能完全被套进男性制造的模子里，尽管那模子阴魂不散，依然影响着女性的自我塑造。

---

① Edmund Spenser, *Edmund Spenser's Poetry: Authoritative Texts, Criticism*, 3rd ed., ed. Hugh Maclean and Anne Lake Prescott (New York: Norton, 1993), p. 594.

② Nancy J. Vikers, "Diana Described: Scattered Woman and Scattered Rhyme," *Critical Inquiry* 8.2, Writing and Sexual Difference (Winter 1981): 265-279.

③ 阿尔多·斯卡廖内（Aldo Scaglione）讨论了这个源自彼特拉克的概念在文学史上的来龙去脉，见：Aldo Scaglione, "Petrarchan Love and the Pleasures of Frustration," *Journal of the History of Ideas* 58.4 (Oct. 1997): 557-572.

④ 波伏瓦，《第二性》II，郑克鲁译，上海译文出版社，2011，第204页。

第四节 忠 贞

诗人受困于迷宫，在困顿中求索，对丘比特的信仰成为她的精神支柱，丘比特也被赋予了基督教中上帝一般的神圣，诗人对他的信仰也是宗教般的信仰。在爱情的语境中，诗人自我定义为忠贞，与宗教话语结合后，忠贞也与殉道联系起来。

> 她曾经一直忠贞不渝地爱着
> 现在却死于无情的忧伤
> 被严酷的绝望和变心
> 杀害，这里便是她的结局。（第7首，第45—48行）
> She who still constant lov'd
> Now dead with cruell care
> Kil'd with unkind dispaire,
> And change, her end here prov'd.

这是她为自己写的墓志铭，其中明确指出了诗人对爱情忠贞不渝，却因情人的负心而死。诗人承受了爱情的磨难，体验了生不如死的痛苦，想象了自己的死亡，并借此将自己塑造成为爱殉难的圣徒。

忠贞被认为是爱情的最高原则，在集中赞美、崇拜爱神的皇冠组诗中诗人明确了这一点，[①]并表明自己具备这一品质。[②]此外，诗人还借助讲述故事的方式表达忠贞的重要性。第60首讲述了一个牧羊人的忠贞故事，第27首借一位老父亲之口告诫人们要忠于爱情。诗人在《潘菲利亚》第一部分的最后一首诗[③]和整组诗的最后一首诗都表达了忠贞的决

---

① 如在第79、80、90首中。

② 在第90首中。

③ 罗伯茨将第1—55首作为第一部分，见：Roberts (ed.), *The Poems of Lady Mary Wroth*, p. 115, P55, l.14. 罗伯茨给罗思的诗歌进行了编号，"Pamphilia to Amphilanthus"以P加阿拉伯数字为顺序，分别是P1、P2等，一直到P103。本文引用和注释时沿用罗伯茨的诗歌编号。

心，强调了"忠贞"这一主题。诗人还在两首诗后都签上了潘菲利亚的名字，更凸显出忠贞是潘菲利亚的个人标签。"而我会继续爱，直到化为灰烬"（"Yett love I will till I butt ashes prove"，第 55 首，第 14 行），同样是将爱情与死亡联系起来。"现在让你的忠贞证明你的荣誉"（"Now lett your constancy your honor prove"，第 103 首，第 14 行）则肯定了忠贞的价值，以忠贞为荣耀。

与忠贞相反的是"改变"（change），这是安菲兰瑟斯的特征。贝兰认为，安菲兰瑟斯在《潘菲利亚》中缺场是因为他代表"改变"，不能被纳入"不变"的系统。①这一论断忽视了忠贞公共性的一面，即罗思并非仅仅摆出一副遗世独立的姿态，建立一个自我封闭的系统，相反，她对情人有所期待，希望情人像她一样忠贞：

> 别受其他新的恋情诱惑，
> 而离开长久侍奉你的我（第 61 首，第 6—7 行）
> Lett no other new love invite you,
> To leave me who soe long have serv'd

与忠贞不渝和移情别恋都相关的一个概念是时间。《潘菲利亚》中的时间含有过去、现在和将来的相互依赖与渗透。过去的时光是美好的："我享受那太阳，他的注视确实给了我 / 欢乐，我以为白天永远都不会结束"（"I injoy'd that sunn whose sight did lend / Mee joy, I thought, that day, could have no end"，第 33 首，第 9—10 行）。而现在是痛苦的，被描述为"我不安生活中最悲伤的时刻"（"The sadest howres of my lives unrest"，第 49 首，第 11 行）。所以诗人希望时间"慢些走"（"stay thy swiftness"，第 35 首，第 19 行），能够回到从前。而过去作为美好的记忆存在（"as a memory to good / Molested me"，第 4 首，第 9—10 行），又与现在形成对照，加深了诗人的痛苦。诗人因此寄希望于未来，希望时间"像蜜蜂一样，只用翅膀 / 把幸福带回家"（"Bee like the Bee, whose wings she doth butt use / To bring home profit"，第 37 首，第 10—11 行），"不要走得这

---

① Beilin, "'The Onely Perfect Vertue'," p. 240.

样快，让我的烦恼有个尽头"（"Goe nott soe fast, butt give my care some end"，第 99 首，第 11 行）。时间与情人相类似，其特点都是变，因此《潘菲利亚》中许多诗表面上写时间，实则可以看作是在写情人，如第 35、99 首等。过去美好是因为情人忠心，现在痛苦是因为情人变心，那么未来诗人还是渴望情人能够再次用忠贞回馈她的爱。

相对于时间和情人的变，不变的是诗人本人。时间越是改变，越能证明诗人忠贞的美德。第 73 首诗人借描写时节更替来表露自己不改初衷的爱，第 80 首中对爱的坚持更是有荡气回肠的沧桑感（第 5—8 行）。而在整组十四行诗的最后一首中，诗人写道：

> 将维纳斯和她儿子的话语留给
> 文坛新晋，让伟大爱情的故事
> 启迪他们的头脑，从那爱火中
> 汲取热，书写他们赢得的命运，
> 就这样离开吧，过去的意味着你能够爱，
> 现在让你的忠贞证明你的荣誉。（第 103 首，第 9—14 行）
> Leave the discource of Venus, and her sunn
> To young beeginers, and theyr brains inspire
> With storys of great love, and from that fire
> Gett heat to write the fortunes they have wunn,
> And thus leave off, what's past showes you can love,
> Now lett your constancy your honor prove.

这是对第一首诗的回应，从形式上看，两首诗使用了一些相同的韵脚，如 "-ove" "-ire"，有首尾呼应的效果，首尾相接的形式也如迷宫般封闭。在第一首诗中，维纳斯和丘比特给了诗人燃烧的心，让诗人去爱，在最后一首诗中，诗人终于明确说出自己"能够爱"，"能够"一词体现了很强的主体性。杜布罗认为，这首诗证明了写作是爱之疾病的首要症状和来源，[①]笔者认为，写作恰恰是治疗爱情之伤的途径。诗人表示不再写诗，但将继续坚持对爱的忠贞，与整组诗撕心裂肺的伤痛形成对照，

---

① Dubrow, *Echoes of Desire*, pp. 155-157.

表明诗人通过写作，已经完成了在迷宫中的自我建构，不再苦苦挣扎，明确了对自身的定义。[①]现在，写作的使命已经完成并结下了丰硕的成果，接下来的是实践。正如米勒所说："潘菲利亚从写作转向生活，从唱出她的爱到活出她的歌。"[②]

如果以写作行为来划分时间，停止写作则意味着以此为原点重新开始。离开是对过去的了断，在和时间的竞赛中诗人获得了胜利，定格在此后无尽时间中的是忠贞的美德，忠贞的静默代替写作的喧闹，与时间的永恒合而为一。诗人不再写作，但忠贞带给我们的安静却不是空白的一无所有，而是精神的无限性。贝兰认为，"维纳斯和她儿子的话语"代表世俗爱欲，诗人决意离开它，是从世俗之爱转向神爱，忠贞这一美德在神爱中获得了永恒。[③]尽管贝兰看到了忠贞精神性的内涵，但诗人是否彻底转向神爱值得商榷。至少玛丽·摩尔对这首诗中的精神性指向并不作过度诠释，只强调诗人自我肯定的一面。[④]而杜布罗则反驳了贝兰的观点，认为从整组十四行诗的安排看，如果细心的诗人有意将诗意转向神爱，她应该将第46首和皇冠组诗紧挨着放在这首诗之前（因为两者的主题更突出精神之爱），并起到推波助澜的效果，而诗人却将三者分开，中间夹杂了其他主题的诗歌，可见诗人对世俗爱情的弃绝并不坚决。[⑤]在对第87首中的宗教话语的分析中，杜布罗还特别指出，罗思没有逃离世俗之爱而选择神爱。[⑥]笔者也认为，罗思并未放弃世俗爱情，她要放弃的只是写作，世俗爱情始终是诗人进行自我建构的领域。罗思将对爱情和爱人的忠贞精神化，恰恰符合了彼特拉克式话语。彼特拉克体十四行诗中女郎对诗人有新柏拉图式的提升作用，罗思在这里让潘菲利亚扮演这一角色，既肯定了世俗爱情，又突出了世俗爱情精神化的高尚作用。组诗以此结尾被莱瓦尔斯基认为是一种"修正了的新柏拉图

---

① 兰姆也通过这首诗证明罗思的写作与忠贞纠缠在一起，密切相关，见：Lamb, *Gender and Authorship in the Sidney Circle*, p. 166.

② Naomi J. Miller, "Rewriting Lyric Fictions," in *Mary Wroth*, ed. Kinney, p. 54. 米勒对该诗的分析见同书 pp. 54-55。

③ 贝兰对这首诗的分析见：Beilin, *Redeeming Eve*, pp. 241-242.

④ Moore, "The Labyrinth as Style in *Pamphilia to Amphilanthus*," in *Mary Wroth*, ed. Kinney, p. 73.

⑤ Dubrow, *Echoes of Desire*, pp. 156-157.

⑥ Dubrow, *Echoes of Desire*, p. 153.

主义"①。从世俗爱情转向上帝之爱是男诗人在得不到爱情时的无奈移情，罗思则跨越了传统彼特拉克体十四行诗中诗人与情人、爱人与被爱、男性与女性的边界，既作为诗人—情人将情欲做了新柏拉图主义式的升华，又作为文学史中长期沉默的被爱目标，主动地回应了男诗人的情欲诉求。这就形成了《潘菲利亚》中的忠贞美德虽然具备精神性，但并不脱离世俗爱情范畴的独特现象。而被精神化的忠贞反而增加了罗思这一自我定义的崇高性，摆脱了沉沦于低级情欲的嫌疑。

罗思在诗歌中的角色跨界值得关注。我们注意到，忠贞是《零散的诗歌》中诗人的特征，彼特拉克爱劳拉长达 21 年之久。②后世创作彼特拉克体的男诗人也都宣称对情人忠贞不渝，将忠贞与诗人联系在一起。罗思在创作《潘菲利亚》的时候对彼特拉克体中的忠贞传统了然于心，她的忠贞的自我定义恰恰是继承自彼特拉克本人。这样她在这一文学传统的庇护下可以获得发言权，大张旗鼓地宣扬自我。罗思获得了来自文学传统的授权，找到了一个合适的个人标签。

除此之外，忠贞也是当时社会对女性行为的规范。约瑟夫·斯威特南（Joseph Swetnam）发表于 1615 年的《对淫荡、懒惰、放肆及不忠的女人的控诉》（"The Arraignment of Lewd, Idle, Froward, and Unconstant Women"）直接将不忠作为女性的标签，在一定程度上反映了时人对女性的看法。③不忠作为女性的性别特质在当时的文学作品中也不乏体现。④罗思以忠贞作为自我定义，同时也满足了男权社会对女性的要求。希腊学者蒂纳·克龙提瑞斯（Tina Krontiris）认为潘菲利亚在证明忠贞

① Lewalski, *Writing Women in Jacobean England*, p. 262.

② 第 364 首，第 1 行即写明，见：Francesco Petrarca, *Petrarch's Lyric Poems: The Rime Sparse and Other Lyrics*, trans. and ed. Robert M. Durling (Cambridge, MA: Harvard University Press, 1976).

③ Joseph Swetnam, "The Arraignment of Lewd, Idle, Froward, and Unconstant Women," in *Half Humankind: Contexts and Texts of the Controversy about Women in England, 1540—1640*, ed. Henderson and McManus, pp. 189-216.

④ 如约翰·邓恩在"Song"（Go and catch a falling star）中，对女性的忠诚不抱信心，见：John Donne, "Song," in *The Norton Anthology of English Literature*, vol. 1B, 7th ed., gen. ed. M. H. Abrams, pp. 1237-1238. 莎士比亚十四行诗第 20 首认为女性虚伪善变（第 4 行），见：William Shakespeare, "Sonnet 20," in *The Norton Shakespeare*, ed. Stephen Greenblatt et al. (New York: Norton, 1997), pp. 1929-1930.

的过程中失去了自我，成为被动的、受制于人的女性，也是从忠贞作为道德标签的角度说的。[1]其实，忠贞在《潘菲利亚》中蕴含了两层含义：其一，忠贞是彼特拉克文学传统中诗人的特征；其二，忠贞是早期现代英国社会对女性的规范。罗思将自己定义为忠贞，既符合了文学传统又符合了社会规范，是一种对自己的双重保护，同时，在这种保护之下，女诗人向男性爱人提出了要求，发出了自己内心的最强音。

就彼式诗歌的传统来讲，女性原本就是客体。罗思却没有遵循这一传统对于女性的塑造，而是以诗人—情人的欲望主体身份出现。而就男权社会中女性被客体化的事实来看，罗思是主动认同并回应了男性对女性的忠贞定义。所以在《潘菲利亚》中罗思是以社会客体的身份扮演文学主体的角色，在文学话语和社会话语之间做虚实不定的偷梁换柱，在话语合法性的缝隙中寻觅女性自身的发展空间，她的自我建构具有主客体的双重性质。罗思并未突破社会规范，只是巧妙地利用规范实现写作的目的。为了弥补写作这一行为的僭越，她甚至似乎有意迎合主流意识形态，但可贵的是，她萌生了自我定义的欲求，并通过写作进行了有益的尝试。

按照格林布拉特的理论，自我建构时权威的树立以创造他者并攻击他者为途径。[2]罗思在表明潘菲利亚"不变"的时候，代表"变"的安菲兰瑟斯就是那个他者，诗人要建构的主体性是与安菲兰瑟斯相冲突的，或者说，罗思创造了安菲兰瑟斯的"变"来确立和凸显自己的不变。如果她想要更好地凸显自身主体性，应该明确地攻击或毁灭安菲兰瑟斯的"变"。但一个问题出现了，"不变"的作用领域就是爱情，没有了安菲兰瑟斯这个恋爱对象，潘菲利亚的不变还有什么意义？如果潘菲利亚攻击或毁灭安菲兰瑟斯就会瓦解"不变"的基础，这就是《潘菲利亚》中诗人自我建构的内在矛盾。安菲兰瑟斯的变是罗思为了定义自己而要毁灭的他者，而安菲兰瑟斯的存在又是她自我建构得以进行并产生意义的前提。所以，诗人既要毁灭他，又不能毁灭他。这也解释了《潘菲利亚》错综复杂的句法、藏头露尾的表达，以及不连贯的意象等诸多令人费解之处存在的缘由。

---

[1] 关于罗思的论述见：Tina Krontiris, *Oppositional Voices: Women as Writers and Translators of Literature in the English Renaissance* (London: Routledge, 1992), pp. 121-140.

[2] Greenblatt, *Renaissance Self-Fashioning*, p. 9.

在《潘菲利亚》中，我们看到的是罗思挣扎着创造自我的艰难过程，而非结果，这个过程刚刚开始，远未结束。罗思有许多悬而未决的疑惑，源自她对自我及自我在社会中定位的不清晰。诗人内在的矛盾或说不确定性掩盖于坚定的忠贞立场之下，而坚定如果不是来自明晰的自我认识就如同建在沙上的城堡。或者说，诗人越是声称自己忠贞，甚至表现得像殉道圣徒一样神圣悲壮，就越证明她的矛盾心理——深层的不确定性亟须表面的确定性来掩盖，因为不确定性会危害个人身份的建立。如果像兰姆所说，罗思的忠贞包含了克服愤怒的努力，[1]那么她对忠贞的强烈表达，及其与死亡、苦难、忧伤等意象的同时出现，都证明了化解愤怒的艰难。在《潘菲利亚》中，罗思虽然一再表明自己的爱情态度，但始终无法面对安菲兰瑟斯，无处安置他，部分原因是安菲兰瑟斯和潘菲利亚在男权社会中是主、客体关系，作为客体的潘菲利亚不敢直接反抗作为主体的安菲兰瑟斯；另一个原因是潘菲利亚并不想彻底驱逐安菲兰瑟斯，而只是不满意安菲兰瑟斯的背叛。相对于安菲兰瑟斯的不忠，她针锋相对地自命忠贞，这一点容易被误解为她对安菲兰瑟斯是敌对态度。[2]其实她更想摆出示范的高贵姿态（尤其是最后一首诗，明确了忠贞的精神内涵和作用），希望她的示范能够引领安菲兰瑟斯走上爱情的正途。

罗思一直在思索对待情人的态度，安菲兰瑟斯的缺场似乎表明了诗人隔绝的立场，但以拟人角色代替情人的分裂的在场又是诗人矛盾心事无可避免的浮现。当吴尔夫假想朱迪斯·莎士比亚（Judith Shakespeare）的故事时，她并不知道罗思的存在，但她对伊丽莎白时代天才女子悲惨遭遇的推测在罗思身上却意外地获得了证明。虽然罗思并没有因写作行为或体内蕴积着的与世不谐的才华而死亡，但她的作品的确体现了她"心中歧出的本能"和"扭曲和畸变"的写作特点。[3]这一点在《乌拉妮娅》中更易分辨，而且与浪漫传奇这一文体的内在要求相适应，呈现出不同于十四行诗中的形貌。对此，笔者将在下面两章进行详细论述。

---

[1] Lamb, *Gender and Authorship in the Sidney Circle*, pp. 163-167.

[2] 不少研究做如此解读，包括贝兰，见：Beilin, *Redeeming Eve*.

[3] 见吴尔夫《一间自己的房间及其他》，第三章，引文分别在第 42 页和第 43 页。

第三章 《乌拉妮娅》I——写诗与讲故事

文艺复兴时期的浪漫传奇经常是献给女人的,《阿卡迪亚》是菲利普·锡德尼献给他的妹妹玛丽·锡德尼·赫伯特的,《乌拉妮娅》是罗思献给她的表嫂苏珊·德维尔·赫伯特（Susan de Vere Herbert）的。[1]浪漫传奇被认为是适合女人的雕虫小技,因为它内容简单、轻浮、不严肃,形式随意、铺张、缺少规划。而讽刺的是,当时同样有一股强烈的声音禁止女性阅读浪漫传奇,认为它会败坏其道德、行为。[2]因此浪漫传奇是男性写给女性又不准女性阅读的文学。海伦·哈克特（Helen Hackett）

---

① 罗伯茨指出,苏珊·德维尔·赫伯特喜欢阅读浪漫传奇,见:Roberts, "Critical Introduction," in *The First Part of the Countess of Montgomery's Urania*, p. xviii. 海伦·哈克特（Helen Hackett）提到,约翰·李利（John Lyly）、巴纳比·里奇（Barnaby Rich）和罗伯特·格林（Robert Greene）三人将传奇作品献给女人,见:Helen Hackett, *Women and Romance Fiction in the English Renaissance* (Cambridge: Cambridge University Press, 2000), p. 4. 郝田虎老师在其博士论文中也论证了这一问题,他列举了众多由作者、译者和出版商献给女人的浪漫传奇,包括《阿丽亚娜》（*Ariana*）、《克雷莉亚》（*Clelia*）、《被放逐的处女》（*The Banished Virgin*）、《阿塔梅纳》（*Artamenes*）、《克娄巴特拉》（*Cleopatra*）、《警世小说》（*Exemplarie Novells*）、《易卜拉欣》（*Ibrahim*）、《埃莉斯,或无辜的罪人》（*Elise, or Innocencie Guilty*）、《伟大的西庇阿》（*The Grand Scipio*）等,见:Hao Tianhu, "'Hesperides, or the Muses' Garden': Commonplace Reading and Writing in Early Modern England" (Diss., Columbia University, 2006), p. 148.

② 哈克特引证维夫斯（Juan Luis Vives）和布林格（Heinrich Bullinger）等人反对阅读浪漫传奇,见:Hackett, *Women and Romance Fiction in the English Renaissance*, pp. 10-11. 洛里·汉弗莱·纽科姆（Lori Humphrey Newcomb）另外提供了诺森伯兰伯爵（Earl of Northumberland）和玛格丽特·卡文迪什的例子来论证这一观点,见:Lori Humphrey Newcomb, "Gendering Prose Romance in Renaissance England," in *A Companion to Romance: From Classical to Contemporary*, ed. Corinne Saunders (Malden, MA: Blackwell Publishing, 2004), p. 130.

认为，将浪漫传奇献给女性可能包含男性窥阴的乐趣，[①]而男性作者在写作浪漫传奇时也有一种不务正业的心理阴影。[②]女性在此又当了一次替罪羊，是男性宣泄自身卑贱欲望和消极情绪又深知有失体面时找来的替罪羊。事实上，浪漫传奇的读者群的主体是否为女性是深可质疑的，哈克特就曾引用克雷西（Cressy）所称，在1550年95%的女性是文盲，而这一数字在内战之前没有大幅下降。[③]那么，浪漫传奇的女性读者很有可能如彼特拉克体十四行诗的女郎一样是男作者想象的产物。但哈克特同时也提到一些贵族女性阅读浪漫传奇的事实，其中包括罗思。[④]当然罗思不仅是浪漫传奇的读者，还成为英国第一个写作浪漫传奇的女人。洛里·汉弗莱·纽科姆（Lori Humphrey Newcomb）称，菲利普·锡德尼赋予了他妹妹浪漫传奇的女读者的主体性，这一主体性最终让他侄女成为这一体裁的女性作者。[⑤]兰姆也认为，罗思在书名中想象一位女读者的完全主体性，实际上是授权自己为作者。[⑥]锡德尼家族对罗思创作的推动前面我们已经讨论过，具体到浪漫传奇这一文体，罗思的性别令她在创作这样卑微的文类时不必因羞愧而寻找借口，所以女性进行"女性体裁"的创作反而少了男作家的歉意。既然这一体裁从性别角度而言是合适的，那么罗思正可以恰到好处地发挥才华。哈克特认为，罗思的叙述是非性别化的，她不刻意强调作者是女性，也不明确表示是写给女性读者看的。[⑦]不强调自己的女性作家身份是因为女性作家的合法性并不可靠，不专门写给女性读者看是因为女性阅读浪漫传奇也不受推崇，所以不如对性别问题避而不谈，反而不惹人注目，但这也恰恰证明了性别因素对罗思的影响。尽管如此，罗思心目中也是有阅读群体的，但不是以性别划分。

---

① Hackett, *Women and Romance Fiction in the English Renaissance*, pp. 10-11.

② 纽科姆提到了这一点，见：Newcomb, "Gendering Prose Romance in Renaissance England," in *A Companion to Romance*, ed. Saunders, p. 131.

③ Hackett, *Women and Romance Fiction in the English Renaissance*, p. 6.

④ Hackett, *Women and Romance Fiction in the English Renaissance*, pp. 7-8.

⑤ Newcomb, "Gendering Prose Romance in Renaissance England," in *A Companion to Romance*, ed. Saunders, p. 126.

⑥ Mary Allen Lamb, "Women Readers in Mary Wroth's *Urania*," in *Reading Mary Wroth*, ed. Miller and Waller, p. 215.

⑦ Helen Hackett, "Wroth's *Urania* and the 'Femininity' of Romance," in *Mary Wroth*, ed. Kinney, p. 370.

《潘菲利亚致安菲兰瑟斯》嵌在 1621 年《乌拉妮娅》之后发表，它们文学体裁不同，但题材相同，互相补充，互相注解。由于浪漫传奇的文体涵盖的内容更加丰富，十四行诗中未曾提到或未及展开的问题在《乌拉妮娅》中出现并得到了更加详细的阐释，我们因此也得以对它们有了更加全面的认识。弗雷德里克·詹姆逊（Frederic Jameson）在对浪漫传奇这一文类的论述中说，文类批评是单个作品、互文序列及历史情境三者相互作用的过程。①在对《乌拉妮娅》的研究中应该时刻记得文学文本与现实文本的相互渗透性，这是这部作品的基本特征之一，也是理解罗思自我建构的重要线索。这种相互渗透性不是简单地借文学作品反映现实，而是现实极大地决定了文学作品的内容和故事的走向。而这一特征让这部浪漫传奇区别于传统的浪漫传奇，带有自传的特点，因此，《乌拉妮娅》在文体上是这两类的结合。此外，罗思还从现实生活中取材，将周围的人和事写入书中，不少人因此将《乌拉妮娅》归为"影射故事"（roman à clef）。

《乌拉妮娅》不同于以往的浪漫传奇，不是以男性历险为主要情节，而是以潘菲利亚和安菲兰瑟斯的爱情作为全书的主题。罗思在《乌拉妮娅》I 中的自我建构是借助潘菲利亚（及其他次要角色）进行的，潘菲利亚与安菲兰瑟斯的关系是罗思与赫伯特的关系的再现，这一点与《潘菲利亚致安菲兰瑟斯》一致。与十四行诗一脉相承的还有潘菲利亚的自我标签，在传奇中她的核心标识仍然是忠贞爱人，但浪漫传奇的文类特征让作者的自我建构呈现出与十四行组诗中不同的特点，本章将分析罗思借助虚构人物潘菲利亚进行自我建构的策略和方法、自我建构的过程和结果。

第一节　写诗与自我展示

在《乌拉妮娅》I 中，作者竭力想要树立起潘菲利亚的忠贞爱人的形象。但这一形象的确立，必须有情人的感知与认可，否则潘菲利亚（或者说罗思）的自我主体性则无从建构。爱情，既是情人间心心相印的情

---

① Frederic Jameson, "Magical Narratives: Romance as Genre," *New Literary History* 7.1, Critical Challenges: The Bellagio Symposium (Autumn 1975): 157.

感交流，也是一种社会化行为。而书中的潘菲利亚，却以贞静缄默的形象示人，缺乏鲜明的公共形象，罗思指出她是"所有公主中最沉默，言行最谨慎的"[①]，如此，潘菲利亚就面临着自我展示的困境，因为"沉默"被认为是当时女性应该具备的美德，这一准则不仅束缚了作者罗思，也同样决定了女主人公潘菲利亚的行为。那么，罗思的代言人潘菲利亚在书中将如何打破沉默、言说自己呢？她的方式与罗思相同，也是写诗。在社会规范的压制下，女性无法在公共领域以发表公开言论和采取公开行动的方式来表达自我。写作，作为相对间接和隐秘的表达方式，成为女性打破沉默准则、撬动社会规则的工具。不只是在早期现代，即便到了女作家大量涌现的维多利亚时代，女性作者也不愿意用说的方式表达自我。[②]罗思的写作实践是突破社会常规的可贵尝试，也是她作为早期现代的英国女性展示自我、建构自我的手段。

在《乌拉妮娅》I中，潘菲利亚不但擅长写诗，而且写的还是爱情诗，书中展示出来的就有15首之多，她的诗人身份借此在书中得以确立。在书中穿插人物的诗作是在效法《阿卡迪亚》，因为有伯父的先例，罗思这样写是相对安全的。[③]恪守沉默原则的潘菲利亚，由此得以发出自己的声音。

我们先看看书中首次出现潘菲利亚写诗的情景。安菲兰瑟斯和安提西亚相爱，两人拜访潘菲利亚。作者写道："他们走后，潘菲利亚开始独自倾吐她的感情，她对谁也不会吐露，决定宁可就这样消失，也不愿第三个人知道她竟然恋爱了。"[④]伊丽莎白·斯皮勒引用这一情节说明潘

① Roberts (ed.), *The First Part of the Countess of Montgomery's Urania*, p. 61.

② 伊万·克莱尔坎普（Ivan Kreilkamp）对夏洛特·勃朗特（Charlotte Brontë）和同时代男作家查尔斯·狄更斯（Charles Dickens）、威廉·梅克比斯·萨克雷（William Makepeace Thackeray）等进行了比较，认为前者在公共领域的静默姿态是努力创造一种新的女性的作者身份。见：Ivan Kreilkamp, *Voice and the Victorian Storyteller* (Cambridge: Cambridge University Press, 2005), ch. 5. 而笔者认为，这其实也反映了男权社会对女性静默的要求在女作家身上的影响。

③ 莫林·奎林根（Maureen Quilligan）的文章涉及《阿卡迪亚》和《乌拉妮娅》中写诗场景的对比，见：Maureen Quilligan, "The Constant Subject: Instability and Female Authority in Wroth's *Urania* Poems," in *Mary Wroth*, ed. Kinney, pp. 241-270.

④ Roberts (ed.), *The First Part of the Countess of Montgomery's Urania*, p. 62.

菲利亚是个忧郁的角色，而她的忧郁促使她写作，也与她的忠贞绑缚在一起。[1]不愿向第三个人吐露，则表明了潘菲利亚依然恪守沉默的原则，而且意图将爱情限制在私人领域，如哈克特所说，《乌拉妮娅》将崇尚保守秘密作为女性的美德。[2]

潘菲利亚因为嫉妒安菲兰瑟斯与安提西亚恋爱，感叹自己被爱情折磨。就在她对爱情的一番内心独白之后，她在床上辗转难眠，趁"她的仆人退下"，来到窗前，仰望月亮，呼唤狄安娜："啊，狄安娜，……我的命运和你多么相似！我的爱和心在信仰上像你的脸一样清白明亮。"[3]接下来，"仰望了贞洁的女神之后，……她回到床前，拿出一个小匣子，里面装了许多纸，她在身边点了盏灯，开始读纸上的文字，但少有令她满意的，于是她拿出笔和纸，她文笔甚佳，写下了下面的诗行。"[4]罗思对潘菲利亚写作情诗这一行为，做了层层铺垫，可圈可点，其目的是尽量让潘菲利亚避免因创作爱情诗而遭受指责。写作、爱情、公开，这三个因素如果叠加起来，会大大影响潘菲利亚在世俗人眼中的淑女形象，因此罗思相应地在情节上做了安排。首先，在创作之前，潘菲利亚呼唤狄安娜，仿佛是受到狄安娜的启示，而不是阿芙洛狄忒（Aphrodite）的催动才写诗的。狄安娜是贞洁女神，与爱情和情欲是对立的，而作者却把对立的两者联系在一起，称自己的爱像狄安娜的脸一样"清白明亮"。《坎特伯雷故事》中武士的故事里，爱茉莱向狄安娜祈祷是祈求免除婚姻，而潘菲利亚却是借狄安娜之名抒发爱情。[5]这是在表明她虽然陷入爱河，却和狄安娜一样贞洁无瑕，不沾尘垢，由此罗思大大减轻了书写爱情的罪恶感。其次，创作发生的时间（夜深、仆人退去）、地点（内室）、工具（私密小匣子），无不在申明她写作的极度私密性，避开了女性公开表达的禁忌。事实上在罗思的时代，情诗也经常是被装在个人的秘密的匣子里的。[6]匣

---

[1] Elizabeth Spiller, *Reading and the History of Race in the Renaissance*, pp. 166-167.

[2] Hackett, *Women and Romance Fiction in the English Renaissance*, p. 163.

[3] Roberts (ed.), *The First Part of the Countess of Montgomery's Urania*, p. 62.

[4] Roberts (ed.), *The First Part of the Countess of Montgomery's Urania*, p. 62.

[5] 爱茉莱对狄安娜的大段祈祷见：杰弗雷·乔叟，《坎特伯雷故事》，方重译，上海译文出版社，1983，第47页。

[6] Patricia Fumerton, "'Secret' Arts: Elizabethan Miniatures and Sonnets," *Representations* 15 (Summer 1986): 72.

子里有很多纸，且有文字，说明潘菲利亚此前已经写过不少作品，有创作经历的烘托，避免了潘菲利亚首次创作就是写情诗的突兀感。潘菲利亚"文笔甚佳"，但旧作却"少有令她满意的"，大概是由于这些作品无法表达她失恋的痛楚，增加了这个"不得不写"的写作方面的小小理由之后，潘菲利亚终于写下了第 1 首表达情伤的情诗：

> 心像新割的葡萄藤一样在流泪
> 为了压抑我灵魂的痛苦而哭泣，
> 眼睛也没落下
> 因为如果你们不哭，就不属于我了，
> ……①
>
> Heart drops distilling like a new cut-vine
> Weepe for the paines that doe my soule oppresse,
> Eyes doe no lesse
> For if you weepe not, be not mine,
> …

　　"心""灵魂""眼睛"，都是诗人自己的，就像附录里十四行组诗中的许多诗一样，这首诗抒发了诗人自己的痛苦，情人始终处于缺场状态。这样的自我指涉的写作也是私人化的，进一步隐匿了作者的爱情生活细节的同时，表现出了"一种丰富的内在性"②。

　　紧接着，作者就对自己的写作进行了否定："咄，激情……你能把我们变得多么愚蠢？……你是如何把我们陷入愚行，让我们最精巧的才智成为指证我们软弱的证词，让我的双手成为举证我的证人，不知羞耻地把我的无聊展示在我面前。"③作者将写诗的罪恶归咎于拟人化的第三者——激情，似乎激情不是产生于写诗的人，而潘菲利亚只是激情的受

---

① Roberts (ed.), *The First Part of the Countess of Montgomery's Urania*, p. 62.
② 这是兰姆对潘菲利亚写诗的评价，见：Lamb, "The Biopolitics of Romance in Mary Wroth's *The Countess of Montgomery's Urania*," in *Mary Wroth*, ed. Kinney, p. 176.
③ Roberts (ed.), *The First Part of the Countess of Montgomery's Urania*, p. 63.

害者，她写诗，正像兰姆所说，是被情感的内在需求所驱动。[①]潘菲利亚将激情从自身剥离，从而免于被归咎。她斥责激情所用的话语，正是情诗如果被公布后社会将加于她身上的指责，在对这一可能性的恐惧中，她代替社会惩罚了自己（她所谴责的激情毕竟是她自身的一部分），也在想象中的社会面前维护了自己（剥离了激情就相当于维护了自己的贞德）。潘菲利亚私人化的情感和私人化的写作即便展示在自己面前都令自己感到羞耻，这也意味着她更不愿将情感和诗歌展示在别人面前。接下来作者写道："然后她拿着新写的诗行，她刚刚给了它们生命，此时几乎同样快地将它们埋葬。"[②]作者没有言明具体是如何埋葬的，但保持私密性、绝不公之于众的意思非常明确。由此，潘菲利亚被塑造成一个坠入爱河，而又保持沉默的贞洁女子，而写诗也只是她排遣情殇、自我疗愈的无可奈何的选择。不但诗歌的内容是私人化的，不涉及他人的，而且诗歌本身也是私密的，绝不公开的。潘菲利亚的感情和诗歌都"拒绝流通"[③]。

　　但这种双重隐秘的书写，根本无法纾解潘菲利亚的痛苦，因为情人的关注和回应，才是治愈情伤的灵药。因此，在保持诗歌内容的私人化的同时，潘菲利亚不得不将诗歌做了有限度的公开。第 2 首诗的写作时间变成了白天，地点也从闺房移到了花园的树林中。"这个地方外表雅致，就像她一样美丽，而内里幽暗，就像她内心的痛苦一样，她进入到它树木生长最茂密的部分，那么茂密，就好像福玻斯因为怕冒犯伤心的公主，不敢在那里露脸一样。"[④]"黑暗""最茂密"的树林和不露脸的太阳，共同构建了一个私密的空间，几乎类似于写第 1 首诗时的深夜的闺房，很好地保护了女主角。有学者因此认为，花园象征着潘菲利亚的身体和思想，潘菲利亚身处其中是一种孤独的囚禁，孤独的诗人在花园中写诗拒绝了公众进入她的私人感情。[⑤]但实际上，花园里的树林与闺房有着本质区别，它是公共空间。作者在对树林的描写中强调它的私密性，是

---

① Lamb, *Gender and Authorship in the Sidney Circle*, pp. 188-189.

② Roberts (ed.), *The First Part of the Countess of Montgomery's Urania*, p. 63.

③ 马斯顿对罗思十四行诗研究的核心观点，见：Masten, "'Shall I turne blabb?'," in *Reading Mary Wroth*, ed. Miller and Waller, pp. 67-87.

④ Roberts (ed.), *The First Part of the Countess of Montgomery's Urania*, p. 91.

⑤ Laroche, "Pamphilia Across a Crowded Room," in *Literature Criticism from 1400 to 1800,* ed. Schoenberg and Trudeau, pp. 271-272.

为了把潘菲利亚诗歌的流布局限在一个尽量小的范围之内。

潘菲利亚本人对花园的公共性是非常清楚的："既然我找不到缓解的办法，我要让别人部分地尝一尝我的痛苦，让他们成为我的悲伤的沉默的参与者。"①于是她拿出一柄刀，完成了一首十四行诗，并将其刻在了一株白蜡树上：

> 笔直而生气勃勃的树，分担我的痛苦吧，
> 模仿我的痛苦的折磨，
> 它们由残忍的爱送到我的心里，
> 在你的皮肤上留下我的证明：
> ……②

> Beare part with me most straight and pleasant Tree,
> And imitate the Torments of my smart
> Which cruell Love doth send into my heart,
> Keepe in thy skin this testament of me:
>
> …

将诗刻在树上是浪漫传奇的传统，在《阿卡迪亚》中也有展现，因此有学者认为罗思是在模仿其伯父，而她的模仿恰恰被安置在"家谱"（"family tree"）中。③在《阿卡迪亚》中，帕米拉（Pamela）和佩罗克雷斯（Pyrocles）都曾在树上刻诗。潘菲利亚这首诗无论在分节、内容、用词等方面都是对帕米拉的十四行诗的模仿，两人在写完诗后又都在树根处补上了几行。然而两人写诗的心境却截然不同，潘菲利亚是因为失恋而伤心，而帕米拉则心情愉快，幻想了诗中的情绪，她的爱人穆西多罗斯（Musidorus）就在她身边，并应和了她的诗。④佩罗克雷斯虽然与潘菲利亚一样失恋，但他写诗的时候正好被心上人菲罗可丽（Philoclea）发现，

---

① Roberts (ed.), *The First Part of the Countess of Montgomery's Urania*, p. 92.

② Roberts (ed.), *The First Part of the Countess of Montgomery's Urania*, p. 92.

③ Laroche, "Pamphilia Across a Crowded Room," in *Literature Criticism from 1400 to 1800,* ed. Schoenberg and Trudeau, p. 272.

④ Philip Sidney, *The Countess of Pembroke's Arcadia*, pp. 650-651.

他也趁机向后者表白了爱情。[1]同样是在树上刻诗,《阿卡迪亚》中的诗人借此表白了爱意,加深了与恋人之间的感情,而潘菲利亚的爱人却是缺场的。兰姆注意到,《乌拉妮娅》中包括潘菲利亚在内的许多诗人虽然对着空气倾诉,但那个缺场几乎总是隐藏了一个在场。[2]把诗刻在树上,让树成为"沉默的参与者","证明我的苦难",[3]也表明了潘菲利亚对读者和爱人的渴望。也正是有了《阿卡迪亚》的背景,我们更能深切地体会到《乌拉妮娅》中缺场的爱人给潘菲利亚带来的空虚感和伤痛。此外,"证明我的苦难"的"参与者"却被期望是"沉默的",这表明潘菲利亚始终对公布诗歌心中惴惴,对"不沉默"的"参与者"心存警惕。

　　果然,"不沉默"的参与者出现了。情敌安提西亚看到潘菲利亚的悲伤和她独自躲避他人,便推测她恋爱了。潘菲利亚看到安提西亚后脸红了,疑心自己的感情被人发现,但还能"将计就计",[4]主动跟情敌打招呼。面对安提西亚的猜疑,潘菲利亚并没有承认,只借机发表了自己对于爱的观点:"爱的获得只基于同样的付出,给予者和获得者要彼此慷慨,否则就不是爱。"[5]潘菲利亚为了恪守沉默的美德,不能轻易地发表观点,只能在别人问到的时候有节制地讲话。此处潘菲利亚借机宣示的"同样的付出",表明了单向之爱"不是爱"的观念,因此潘菲利亚的忠贞恋人的身份,也势必需要安菲兰瑟斯的认可和同样的付出,才能得以建构完成。安提西亚并不相信潘菲利亚的掩饰,并指出刻在树上的诗作为潘菲利亚恋爱的证据。潘菲利亚辩白道:"许多诗人既可以凭热情写诗,也可以靠模仿写诗,所以这不能成为指控我的证据。"[6]这句辩白,其诗学理念很可能来自罗思的伯父菲利普·锡德尼在《为诗辩护》中的一段话:"许多属于所谓不可抗拒的爱情的作品,如果我是个情妇,我是不会相信他们真在恋爱的;他们是如此冷静地运用火热的词句,以致他们很像宁可读读恋人的作品,来抓住几个夸张词句的人……而不是实在感到那

① Philip Sidney, *The Countess of Pembroke's Arcadia*, pp. 326-328.
② Lamb, *Gender and Authorship in the Sidney Circle*, p. 180.
③ Roberts (ed.), *The First Part of the Countess of Montgomery's Urania*, p. 93.
④ Roberts (ed.), *The First Part of the Countess of Montgomery's Urania*, p. 94.
⑤ Roberts (ed.), *The First Part of the Countess of Montgomery's Urania*, p. 94.
⑥ Roberts (ed.), *The First Part of the Countess of Montgomery's Urania*, p. 94.

热情的人。"①这段话对比了两种诗人，一种是"实在感到那热情的人"，也就是潘菲利亚所说的"凭热情写诗"；另一种是"宁可读读恋人的作品，来抓住几个夸张词句的人"，也就是潘菲利亚所说的"靠模仿写诗"。潘菲利亚无疑是前一种诗人，但公开承认就会落入情敌彀中，公开否认又可能阻塞情路，因此，她借用这一通行的诗学观点搪塞了情敌的质询，但又不明确说明自己属于哪种诗人，在模棱两可的表述中展示了自我，也保护了自我。

潘菲利亚从最初深夜在私密的闺房写诗、销毁，到白天走进花园树林，将诗刻在树上（实际上近乎公开发表），实现了诗歌创作从私人领域到公共领域的转变。当她写诗被情敌撞破时，她确实能"将计就计"，情敌未能损害于她，反而成了她自我展示的媒介。自此以后，潘菲利亚诗人的名声不胫而走，最终，诗歌将潘菲利亚一直期待的目标读者安菲兰瑟斯带到了她的面前，让安菲兰瑟斯初步了解了自己心中的爱意，这一幕成为《乌拉妮娅》I中的一个小高潮。

在上战场之前，安菲兰瑟斯

> 向潘菲利亚要他此前听说的她写的诗。她同意了，并走进她的内室去拿，而他想要陪她一起去。她是那种言行最谨慎的女人，不会拒绝这么小的一点恩惠（so small a favour）。他们到那之后，她取出一个匣子，里面装着她的诗稿，她亲吻它们，将她此前从火中救出的所有诗稿，用自己的手呈献给他，但却红着脸告诉他，她感到难为情，因为她的这么多的愚行竟然自我展现在他面前。②

一向不愿将诗歌示人的潘菲利亚在安菲兰瑟斯的要求下却欣然应允，还允许安菲兰瑟斯进入自己的内室。这不但是极其亲密的行为，还意味着两人从公共空间进入私人空间，潘菲利亚避免了在公众面前展示诗作。作者再次向读者申明"她是那种言行最谨慎的女人"，将安菲兰瑟斯的陪同入室称为"这么小的一点恩惠"，淡化了她的写作行为招引来情

---

① 锡德尼，《为诗辩护》，钱学熙译，人民文学出版社，1964，第 67 页。

② Roberts (ed.), *The First Part of the Countess of Montgomery's Urania*, p. 320.

人的关注这一事实，避免了女性主动求爱的尴尬。进入内室、取出诗稿、亲吻、脸红、在情人面前完全展现，这一系列动作，与其说是潘菲利亚在向安菲兰瑟斯展示诗稿，不如说是在展示自己。"将她此前从火中救出的所有诗稿，用自己的手呈献给他"，这是对潘菲利亚写第1首诗后"她刚刚给了它们生命，此时几乎同样快地将它们埋葬"的呼应，虚写一笔焚稿，坐实了她的妇德。自始至终的被动姿态使得"用自己的手呈献给他"显得非常自然，尽管相对于刻在树上，这一行为更加主动。"自我展现在他面前"的"自我"可以指诗歌记录的"愚行"，即爱情，也可以借指写诗的人，诗人本人也从诗稿联想到了自身。诗歌的流通性也成为女性作者身体的流通性的暗喻，作者在此借展示诗作而展示了自身的爱情，进而还间接地表达了隐秘的情欲。

安菲兰瑟斯在看了潘菲利亚的诗后说道："你假装恋爱假装得太好了，好像你自己真的恋爱了一样。"潘菲利亚"微笑，脸红，轻声说（那么害怕他或她自己会听到她说话）：'唉我的大人，你被这诗骗了，因为我确实恋爱了。'"[1]

安提西亚以潘菲利亚的诗作为由怀疑她在恋爱时，她狡猾地说诗歌不必反映诗人内心。而当安菲兰瑟斯可能误会她只是在模仿爱情诗时，她立刻（虽然伴随着女性的娇羞和内敛）毫不迟疑地、明确地承认自己确实坠入了情网。杰奎琳·T. 米勒（Jacqueline T. Miller）说，在安提西亚看到潘菲利亚的诗的时候，真正的情感可以被虚假地贬为模仿，而在安菲兰瑟斯面前真情必须被承认，因为它不能被误认为模仿。[2]的确，诗歌因模仿而作还是因诗人的真情而作的不确定性被潘菲利亚充分利用，她游走于虚构与真实之间，做出有利于自己的解释，减轻了诗歌的公开展示所带来的压力。潘菲利亚借助那些自己并不期待的读者，无论是安提西亚，还是通过安提西亚得知信息的其他人物，让她的诗人之名传播，最终吸引来了她所期待的目标读者。但即使在私密的内室中，在与情人独处时，潘菲利亚的自我展示依然是极其不充分的，她倾诉时"那

[1] Roberts (ed.), *The First Part of the Countess of Montgomery's Urania*, p. 320.

[2] Jacqueline T. Miller, "The Passion Signified: Imitation and the Construction of Emotions in Sidney and Wroth," in *Literature Criticism from 1400 to 1800,* ed. Schoenberg and Trudeau, p. 338.

么害怕他或她自己会听到她说话"，而且终究没有明言自己所爱的名字。诗歌是安菲兰瑟斯与潘菲利亚之间的中介，将前者引至后者面前，让前者了解后者的心意，而即便在这段全书最勇敢的表白中，潘菲利亚的表达还是不充分的，像她写的诗一样，含蓄、内敛，需要进一步解读。所以，安菲兰瑟斯需要进一步的询问，而潘菲利亚承认自己恋爱就是对她的诗作的进一步解读。但潘菲利亚的回答中仍然包含疑问，即她的爱人是谁，这还需要进一步的解答。可见潘菲利亚无论在诗歌中还是在诗歌外，都受制于沉默的原则，不能充分表达自我，就像她在花园中写诗之前所哀叹的，"我是被羞怯毁灭的第一个不幸的女子吗？"①这充分表明了潘菲利亚无法直接向安菲兰瑟斯表白的痛苦。

之后，安菲兰瑟斯"拥抱她，她没有责怪他，甚至都没有皱眉，这暴露了她的心意"②。潘菲利亚允许了安菲兰瑟斯的拥抱，是以行为含蓄委婉地表达对他的爱，也是以行为揭示自己诗作的主旨。潘菲利亚不能亲口说出爱，只能通过一系列的亲密动作来暗示。接着安菲兰瑟斯在同一个盒子里面还发现了潘菲利亚的一幅微型画，因为"他意想不到的谈话令她惊讶，她忘了把它放在一旁"③，这幅画出自"当时最好的画家之手"④，画中的潘菲利亚头发自然下垂，她右手握住一缕发梢，放在心前，穿着绣花马甲，身上缠绕着她喜爱的花。⑤这幅画深深地打动了安菲兰瑟斯："他注视了好久，最后合上盖子，告诉她他上战场必须把它带在身边。"⑥

伊丽莎白时代最著名的微型画画家尼古拉斯·希利亚德（Nicholas Hilliard）所作的《玫瑰花丛中的年轻男子》（*Young Man Among Roses*）展现了一位恋爱中的忧郁而忠贞的男子，⑦潘菲利亚的微型画与之有许

---

① Roberts (ed.), *The First Part of the Countess of Montgomery's Urania*, p. 92.

② Roberts (ed.), *The First Part of the Countess of Montgomery's Urania*, p. 320.

③ Roberts (ed.), *The First Part of the Countess of Montgomery's Urania*, pp. 320-321.

④ Roberts (ed.), *The First Part of the Countess of Montgomery's Urania*, p. 321. 富默顿指出，十四行诗经常与微型画放在一起，见：Fumerton, "'Secret' Arts," p. 72.

⑤ Roberts (ed.), *The First Part of the Countess of Montgomery's Urania*, p. 321. 潘菲利亚的微型画与富默顿对微型画的绘画内容的总结一致，见：Fumerton, "'Secret' Arts," p. 60.

⑥ Roberts (ed.), *The First Part of the Countess of Montgomery's Urania*, p. 321.

⑦ 富默顿分析了这幅画，见：Fumerton, "'Secret' Arts," pp. 65, 69.

多相似之处。首先，两人都以右手捧心，传递了个人深切的情感。其次，画中都有花，代表爱情的玫瑰花掩盖了男子一部分身体，潘菲利亚的身体也被花缠绕，虽然她没有明确说出花的名字，但"最好的画家"一语暗示的与《玫瑰花丛中的年轻男子》的关系，让人不由推测出深陷爱河的潘菲利亚身上缠绕的花很可能也是玫瑰。帕特里夏·富默顿（Patricia Fumerton）分析了十四行诗和微型画这两种公共的形式如何展示私人的和真正的自我，指出两者总是与私密空间相联系。[①]而罗伯茨也指出，潘菲利亚向安菲兰瑟斯展示微型画的一系列动作正和富默顿描述的从公共视线进入私人房间，再打开匣子，取出包裹好的微型画的过程吻合，这也证明潘菲利亚最终表白了她对安菲兰瑟斯的爱。[②]安菲兰瑟斯从公共空间进入潘菲利亚的内室，也便进入了她隐秘的内心。潘菲利亚最终借助诗歌向安菲兰瑟斯表达了爱。[③]

罗思的十四行组诗曾经引起关于她的写作的私人性和公共性的争论。[④]十四行组诗中的这个问题，或许可以参照浪漫传奇中潘菲利亚的行为而得到解答。从内室，到花园树林，再回到内室，这个过程是私人—公共—私人的自我表达和展示的轨迹。罗思的策略就是将私人化的写作公共化，从而借助第三者（安提西亚同时还是潘菲利亚和安菲兰瑟斯感情中的第三者）让自己所期待的读者看到，最终再回归到私人领域。兰姆指出："内室这一意象……表示一个黑暗、秘密、内部空间，意义在这里生长，并强行进入外面的世界。"[⑤]正是在内室这个私人空间中，诗人

---

① Fumerton, "'Secret' Arts," pp. 57-97.

② Roberts, "Critical Introduction," in *The First Part of the Countess of Montgomery's Urania*, p. lxiii. 对微型画的研究还可参考：郝田虎，《简论斯宾塞的诗歌与微型画》，载罗芃主编《欧美文学论丛（第 8 辑）：文学与艺术》，人民文学出版社，2013，第 109—124 页。

③ 微型画的展示也是以诗歌为由头。

④ 马斯顿主张其写作的私人性，而丹尼尔·胡安·吉尔（Daniel Juan Gil）则认为罗思是在建构吸引公众注意的自我，分别见：Masten, "'Shall I turne blabb?'," in *Reading Mary Wroth*, ed. Miller and Waller, pp. 67-87; Daniel Juan Gil, "The Currency of the Beloved and the Authority of Lady Mary Wroth," in *Literature Criticism from 1400 to 1800*, ed. Schoenberg and Trudeau, pp. 301-309.

⑤ Lamb, *Gender and Authorship in the Sidney Circle*, p. 190.

真正将自己公开，使得诗人与爱人身份如兰姆所说的结合在一起。①事实上，潘菲利亚的诗人身份是为她的爱人身份服务的。她不能直接求爱，甚至也不能直接把求爱的诗给安菲兰瑟斯看，所以借助间接公布诗歌的手段达到求爱的目的。这是她囿于女性身份而采取的策略。潘菲利亚凭借诗歌最终向安菲兰瑟斯倾诉了自己的心曲，写诗帮助她突破了言说障碍，如莱瓦尔斯基所说，"她的诗艺，和他读诗的能力，让两人之间第一次示爱成为可能"②。不过最终无论是潘菲利亚还是安菲兰瑟斯都没有明确地说出爱，潘菲利亚只是承认自己恋爱，并没有说出爱人是谁，而安菲兰瑟斯只是拿走了潘菲利亚的微型画，也没有直接向她表白爱情。潘菲利亚的示爱方式是间接的，她得到的回馈也是间接的。此外，她的诗歌内容是含蓄而内向，没有明确的指涉的，读了这样的情诗的安菲兰瑟斯也只是以同样的含蓄方式来回应她。此后，潘菲利亚不断地感叹安菲兰瑟斯的不忠，可见安菲兰瑟斯并没有真正地认可和接纳潘菲利亚的爱情。潘菲利亚的自我表达，虽然经过如此曲折的方式得以部分实现，但并没有获得真正的成功。

这就引申出一个问题，即潘菲利亚作为女性，尽到了最大的努力去曲折地展示自我，表达对安菲兰瑟斯的爱意，而作为男性，在表达权力上占尽优势的安菲兰瑟斯却没有用男性的方式来求爱，这意味着什么？是安菲兰瑟斯没有理解潘菲利亚的爱意？还是潘菲利亚并非他的真爱？因为全书是以潘菲利亚的视角写就的，我们难以在书中得知安菲兰瑟斯的真意。但考虑到罗思的写作带有很强的自传性质，潘菲利亚的爱情经历几乎是她人生经历的翻版，我们不难得出结论，安菲兰瑟斯其实并没有真正爱上潘菲利亚。潘菲利亚一直努力的目标，就是让安菲兰瑟斯领悟她的爱和美德，接纳她忠贞爱人的身份，这样才意味着她的自我建构的成功。自然，这也就是书外的罗思所采取的策略。

在公共领域间接地展示了诗作之后，潘菲利亚又谨慎地退缩回去。哈克特认为："潘菲利亚对她的私密性和文学追求的自豪感成为女性权力和自我表达的典范，但这种女性权力和自我表达是受限的，与社会隔绝，

---

① Lamb, *Gender and Authorship in the Sidney Circle*, p. 142.

② Lewalski, *Writing Women in Jacobean England*, p. 281.

仅仅在闺房和内室充分实现。"①我们不妨综览一下书中提到的潘菲利亚的创作。第 3 首诗是在脑子里写的，没有公开。②第 4 首是在刻有第 2 首诗的白蜡树上补了 4 行，可以看作第 2 首的尾声。③第 5 首作于花园中，依然只存在于脑海中。④此后便是安菲兰瑟斯求取诗篇，进入内室的情节。此时，书中提及潘菲利亚的诗名已经传播，潘菲利亚似乎也由此获得了某种自由度，可以在私密的小圈子中适度展示诗作。此外，更重要的理由或许是，由于内室一幕之后，潘菲利亚仍然需要安菲兰瑟斯继续接收到自己爱情和忠贞的表白，因此适度的公开展示就不可避免。就如萨尔茨曼所说："罗思在《乌拉妮娅》中追求的就是公共与私人的联结。"⑤而潘菲利亚对这种联结的把握，依然是非常谨慎而有节制的。此后出现了在海上与欧丽莱娜（Orilena）同病相怜，一起写诗感叹爱人缺场的情节。由于同伴的衬托，而且书中隐匿了她的诗作，使得潘菲利亚当众表达情伤的行为显得不那么突出，尽管这是史无前例的破格行为。

此后的第 6 首依然写在心里，尽管乌拉尼娅看出她伤心并企图安慰，潘菲利亚依然未曾吐露真情。⑥第 7 首是潘菲利亚在花园中与玛丽安娜（Meriana）散步时，后者要求看潘菲利亚的诗作，潘菲利亚婉拒说："它们太伤心了，只适合我自己听到和留存。"⑦在玛丽安娜再三要求之下，潘菲利亚念了一首诗给她。这一情节表明，在一个小圈子中，潘菲利亚已经不再隐匿自己的写作行为，甚至也不再否认诗中所表达的正是自己的情伤，唯一保密的，只是爱人的名字而已。由此可见，潘菲利亚利用写作这一工具，经过漫长曲折的实践，终于一点一点地撬松了沉默准则的禁锢，获得了越来越大的自我展示的自由。

第 8 首是独自在河边的口述。⑧第 9 首至第 15 首，是在向多萝琳娜

① Hackett, "Wroth's *Urania* and the 'Femininity' of Romance," in *Mary Wroth*, ed. Kinney, p. 372.

② Roberts (ed.), *The First Part of the Countess of Montgomery's Urania*, p. 146.

③ Roberts (ed.), *The First Part of the Countess of Montgomery's Urania*, p. 191.

④ Roberts (ed.), *The First Part of the Countess of Montgomery's Urania*, p. 212.

⑤ Paul Salzman, "The Strang[e] Constructions of Mary Wroth's *Urania*: Arcadian Romance and the Public Realm," in *Mary Wroth*, ed. Kinney, p. 281.

⑥ Roberts (ed.), *The First Part of the Countess of Montgomery's Urania*, p. 458.

⑦ Roberts (ed.), *The First Part of the Countess of Montgomery's Urania*, p. 460.

⑧ Roberts (ed.), *The First Part of the Countess of Montgomery's Urania*, p. 481.

（Dorolina）讲述琳达米拉（Lindamira）的故事后，根据故事创作的 7 首十四行诗。[①]由于是假借他人的故事抒发自己的情感，自然也不会显得不合规矩。

潘菲利亚为了传达自己的爱情，树立自己忠贞爱人的形象，不得不突破社会强加于女性的沉默准则。她选用了写作这一间接表达的工具，由最初的瑟缩试探，到最后在小圈子里从心所欲不逾矩的自如表达，终于为女性的自我展示开出了一条道路。但社会规范依然使得她无法鲜明直接地展示自我，进而无法被爱人和社会及时感知和认可。同时，书外的风波使得潘菲利亚在第二部中不复有写作行为，这也反映出早期现代的英国女作家在书写自我时所面临的困境。

第二节 讲故事与多重自我投影

现实生活中的罗思因为恪守沉默的原则所以写了厚厚一本书，而在书中她的代言人潘菲利亚仍然受制于沉默的原则，不得不靠写作来表达自我，而且，她的作者身份不仅体现在诗歌创作上，还体现在故事的讲述上。《乌拉妮娅》I 以忠贞的潘菲利亚与不忠的安菲兰瑟斯的爱情故事为主线，中间穿插了许许多多偏离叙述主线的小故事，这也是浪漫传奇这一文类的叙事特征之一，这种"离题"（"digressiveness"）和"扩散"（"diffusiveness"）被帕特里夏·帕克（Patricia Parker）称为浪漫传奇的"膨胀"（"dilation"）[②]。萨尔兹曼认为，《乌拉妮娅》"更像旧式的骑士传奇……缺少稳固的结构"[③]。这种结构在浪漫传奇中并不罕见。在著名的浪漫传奇《亚瑟王之死》（*Le Morte d'Arthur*）中，众多小故事基本上都是流传已久的民间故事，围绕几大主角的经历而汇集在一起，彼此之间

---

① Roberts (ed.), *The First Part of the Countess of Montgomery's Urania*, pp. 502-505.

② 转引自：Hackett, "Wroth's *Urania* and the 'Femininity' of Romance," in *Mary Wroth*, ed. Kinney, p. 363.

③ 转引自：Rahel Orgis, "Telling Tales: The Artistry of Lady Mary Wroth's *Urania*," in *Narrative Developments from Chaucer to Defoe*, ed. Gerd Bayer and Ebbe Klitgard (New York: Routledge, 2011), p. 116.

缺乏明显而顺畅的叙事逻辑关系。[①]《仙后》（*The Faerie Queene*）中的小故事，据作者斯宾塞给沃尔特·罗利爵士（Sir Walter Raleigh）的信中所言，是他兴之所至、信手拈来的，并非刻意为之。[②]但《乌拉妮娅》却与上述作品有所不同，书中穿插的众多小故事似乎都是罗思精心构思写成的，且与主题息息相关。故事中出场人物的身份不同，处境各异，但无不崇尚对爱情的忠贞坚守，仿佛是潘菲利亚故事的和声和变奏。女主角潘菲利亚的经历在这些小故事的女主角身上得到了不同程度的演绎，这些女性角色，如贝拉米拉（Bellamira）、琳达米拉、垂钓女（Angler Woman）、莱安娜（Liana）、莱米娜等，也都成了潘菲利亚的代言人。由于潘菲利亚本来就是作者罗思的化身，潘菲利亚的化身们也因此成为罗思自我指涉的对象。[③]她们的故事在不同侧面、不同程度上也重构了罗思自己的故事，罗伯茨称这样的角色塑造方式为"影射"（"shadowing"），是"一个人物的多重再现"，"暗示了自我再现的持续努力，其中作者在敌对的公众面前维护和证明其行为的合理性"。[④]所以，《乌拉妮娅》虽然貌似没有"稳固的结构"，但内里却体现出作者自我建构的强烈意愿和不懈努力，书中众多的小故事成为作者对抗静默原则的武器，罗思一次次地鼓起勇气，用不同的方式讲述自我。从这个意义上来理解，《乌拉妮娅》便有了一个有迹可循的叙事模式，即以潘菲利亚和安菲兰瑟斯的爱情故事为主线，众多同主题爱情故事为呼应，不断地强化和深化作者的自我建构。

罗思借讲述潘菲利亚的故事展示自我，潘菲利亚也借讲述别人的故事为自己代言。不光是潘菲利亚，书中许多女性角色都讲故事，有的讲述自己的故事，有的讲述别人的故事。这种层层嵌套的叙事模式被学者

---

① Thomas Malory, *Le Morte d'Arthur*, ed. Stephen H. A. Shepherd (New York: Norton, 2004).

② Edmund Spenser, "A Letter of the Authors," in *The Faerie Queene,* ed. Thomas P. Roche, Jr. (London: Penguin Books, 1978), p. 18. 但作者本人这样的说法未必可信。

③ 罗伯茨提到，最主要的就是潘菲利亚、贝拉米拉、琳达米拉，见：Roberts, "Critical Introduction," in *The First Part of the Countess of Montgomery's Urania*, pp. lxxi-lxxii. 兰姆也持相同观点，并对贝拉米拉和琳达米拉对罗思的指涉做了分析，见：Lamb, *Gender and Authorship in the Sidney Circle*, pp. 185-188.

④ Roberts, "Critical Introduction," in *The First Part of the Countess of Montgomery's Urania*, p. lxxi.

比喻成"多层的中国盒子"①，逐层打开盒子的过程也就是逐步发现故事真相的过程。书中人物多萝琳娜说："我于是给他写了一些诗，这些诗我记得，是以许多不幸的女人为主题，但把她们都归结到我的悲伤处境下。"②多萝琳娜是罗思的主要代言人之一，她写诗的思路与罗思写作的原则相同，都是借助别人的故事来述说自己。多萝琳娜被情人抛弃了，就像她诗中所写的狄多（Dido）、阿里阿德涅、美狄亚（Medea）一样，罗思也认为自己被情人抛弃了，如同她故事中的多萝琳娜。借言说他人来言说自己本来就是语言的一项功能，它在罗思的创作中反复出现，层层嵌套，构成独特的写作特色及自我建构的手段。

　　这种多重自我叙述具备如下特点：首先，我们可以想象现实生活中的罗思遵循静默的规定不能将心底所思对人言说，只能通过写作这一间接的方式来实现，因此她塑造了潘菲利亚这个人物，为自己代言。这一策略部分地突破了沉默规则的限制，但由于精心设计的人物令作者有过多的角色代入，因此潘菲利亚身上少了些直抒胸臆，多了些含蓄委婉，并不能充分地表达作者。这是《乌拉妮娅》的第一层叙述结构。此外，还有第二、三层叙述结构，是通过穿插于作品主线，即潘菲利亚与安菲兰瑟斯的爱情故事中的小故事完成的。这些故事虽然不像潘菲利亚的爱情故事那样充实，但从不同的侧面反映了作者的生活和观点，将其拼贴在一起或许能凑成作者更加完整的形象。值得一提的是，因为作者创作这些小故事时自我代入感较少，心理负担得以减轻，所以叙述更自由、更明确，较少含混模糊之处，主旨更清晰，在主要故事中被深深隐藏的心意在小故事中往往得到了充分的表达。因此，其他层次的叙述加深了第一层叙述的主题，成为第一层叙述的对照和补充。

　　《乌拉妮娅》表面上是在讲述别人的故事，其实都是作者自身经历的变体。囿于沉默的原则，罗思不能讲述自己，那么以故事为掩护则能够获得虚构的安全，可以暂时摆脱束缚，幻想一个叙述的乌托邦。特别是在多重层次的叙述中，叙事者都是作品中的人物，叙述的物理距离更远，因此作者本人与故事中的人物干系更少，自我联想也更少。罗思将

---

① Jennifer Lee Carrell, "A Pack of Lies in a Looking Glass: Lady Mary Wroth's *Urania* and the Magic Mirror of Romance," in *Mary Wroth*, ed. Kinney, p. 109.

② Roberts (ed.), *The First Part of the Countess of Montgomery's Urania*, p. 492.

讲述的罪恶转嫁给了故事中的人物，自己得以超脱，也因此能够畅所欲言。所以罗思借助浪漫传奇的叙事结构，于虚构的虚构中展现了更加真实的真实。从中我们可以看到早期现代女作家打破沉默的策略，传奇中的小故事成为罗思叙述生活、创造自我的手段，是羞涩的女性作者揭开面纱、深化叙述与展现自我的步骤。

不仅如此，这样的"影射"写法还可以让虚构和真实、理想和现实得以结合。潘菲利亚这一人物是作者对现实进行美化之后的创造，她是罗思在书中的投影，但却少了罗思生活中的一些不利因素，例如她拥有远远高于罗思的社会地位。罗思在潘菲利亚身上投射了自我最美好的一面，例如同为诗人，但却掩藏了自身出身和家庭的不幸遭遇。于是这些不幸遭遇就由其他代言人表现出来，这样既不损害潘菲利亚的形象，亦即罗思自己的形象，又能纾解作者内心的苦闷，重新书写了生活。我们以琳达米拉的故事为例说明这一问题。

琳达米拉爱上一位贵族，这个贵族同时也被王后喜爱，但琳达米拉没有说出心上人是谁，由于小人谗言，引起了王后的猜忌。尽管琳达米拉对王后尽心侍奉，但却遭到王后的疏远和冷落，最后不得不离开了宫廷。后来她默默爱恋的情人终于知道了她的真情，并与她相爱，但他的感情并不长久，14 年后无情地将她抛弃。琳达米拉的故事是由潘菲利亚讲述的，潘菲利亚在讲完故事时说："我要用这个故事来结束我对他的愤怒。"[①] "他"指的是琳达米拉的情人，而"我……的愤怒"则是潘菲利亚的口误，将第三人称说成第一人称，可见讲故事的潘菲利亚对故事中的琳达米拉的认同是非常明显的。[②]

潘菲利亚"觉得琳达米拉的境遇与自己的非常接近"[③]，所以根据她的故事写了 7 首十四行诗。敦促潘菲利亚讲述琳达米拉的故事的多萝琳娜也觉得故事和诗都"比虚构故事更确切地与实际相关"[④]，所以谨慎地不再多问。而实际上潘菲利亚和琳达米拉的经历并无多少相同之处，

① Roberts (ed.), *The First Part of the Countess of Montgomery's Urania*, p. 502.
② 罗伯茨对这段的注释提到了这一点，见：Roberts (ed.), *The First Part of the Countess of Montgomery's Urania*, p. 778.
③ Roberts (ed.), *The First Part of the Countess of Montgomery's Urania*, p. 502.
④ Roberts (ed.), *The First Part of the Countess of Montgomery's Urania*, p. 505.

没有一位王后需要潘菲利亚侍奉，她也没有被罢黜出宫廷，（讲故事时）更没有结婚。唯一共同之处就是两人都忠贞而默默地爱着一个人，而那个男人又变了心。而琳达米拉倒是与罗思有不少相似之处。琳达米拉的丈夫"受到因嫉妒而生的、更加狂暴的疯狂的支配"①，嫉妒也是本·琼生对罗思的丈夫罗伯特·罗思的描述。②罗思很可能是在借助琳达米拉的故事解释她本人远离安妮王后宫廷的原因。琳达米拉、王后和两人都爱的贵族男子的三角关系，可能有罗思、安妮王后和彭布罗克的影子，因为彭布罗克一直受到安妮王后喜爱。③珍妮弗·李·卡雷尔（Jennifer Lee Carrell）认为，罗思与彭布罗克的婚外情因私生子的出生而泄露，但此前罗思就已经受到安妮王后的冷落，④这也与琳达米拉和贵族男子真正开始恋爱关系之前便被王后怀疑而离开宫廷的叙述相符。在讲述王后突然收回对琳达米拉的宠爱的时候，罗思是这样描述的："琳达米拉像一个仍然在欢乐的假面剧中表演的人一样，但夜晚过后，大家都又换上了原来的衣服，看不出曾经的样子……"⑤这一形象的描写很可能源自罗思在安妮王后宫廷表演假面剧的经历，也生动地描摹出宫廷命妇在险恶的宫廷斗争中遭人陷害而受到突然打击的情形。⑥罗思没有将自己离开宫廷的不堪经历加诸潘菲利亚，那么借助琳达米拉讲述既不破坏作者塑造的女主角潘菲利亚的完美形象，又对自身现实经历的一个侧面进行了重构，"记录了对宫廷而不是对爱人的愤怒"⑦。而潘菲利亚在讲完琳达米拉的故事之后也附上了自己根据主人公的遭遇创作的十四行诗，就像罗思在讲述完《乌拉妮娅》的故事后附上《潘菲利亚致安菲兰瑟斯》

---

① Roberts (ed.), *The First Part of the Countess of Montgomery's Urania*, p. 501.

② 琼生对罗伯特·罗思的描述见本书第一章第二节。罗伯茨在对此引文的注释中也提到了这一点，见：Roberts (ed.), *The First Part of the Countess of Montgomery's Urania*, p. 777. 琳达米拉的故事与罗思个人实际的其他相似之处见：Carrell, "A Pack of Lies in a Looking Glass," in *Mary Wroth*, ed. Kinney, pp. 118-119.

③ 见罗伯茨对"Queene Mother"的注释：Roberts (ed.), *The First Part of the Countess of Montgomery's Urania*, p. 777.

④ Carrell, "A Pack of Lies in a Looking Glass," in *Mary Wroth*, ed. Kinney, p. 118.

⑤ Roberts (ed.), *The First Part of the Countess of Montgomery's Urania*, p. 500.

⑥ 兰姆也提到了这一点，见：Lamb, *Gender and Authorship in the Sidney Circle*, p. 188.

⑦ Lamb, *Gender and Authorship in the Sidney Circle*, p. 187.

一样。卡雷尔因此认为，潘菲利亚在《乌拉妮娅》的虚构世界中制造了
罗思的镜像。[1]从罗思和潘菲利亚采取相同形式创作这个角度上讲，两
者确实具备同质性，卡雷尔对此的观察和描述颇有见地。

　　卡雷尔还认为，《乌拉妮娅》的众多故事"改变（或者虚构）传奇中
的'现实'的映像，再将那些改头换面的映像（或者虚构）重新投射出
浪漫传奇，进而改变原本的'现实'"[2]。在琳达米拉的故事中，罗思虚
构了琳达米拉因为与王后爱上同一个人而被迫远离宫廷的"现实"，又将
这个"现实"投射到书外，改写了罗思自己被安妮王后疏远的"现实"。
但这个"现实"是需要被人识别出来的，否则便是自说自话。罗思讲述
了那么多单相思的忠贞爱人的故事，所要塑造的就是自己忠贞的形象，而
这一自我建构至少需要一位读者认出，那就是现实中她的爱人彭布罗克，
而在书中这位读者便是他的化身安菲兰瑟斯。我们注意到许多忠贞故事
的聆听者都是安菲兰瑟斯，如贝拉米拉、垂钓女和莱安娜等人的故事。
卡雷尔认为，讲述这些故事的目的就是要引导男性成为忠贞爱人，[3]但
安菲兰瑟斯在听了故事后的反应却并不总是符合罗思讲故事的初衷。

　　垂钓女前后有两位求婚者，但她都不爱，她一直深爱着自幼一起长
大的表兄劳利美罗（Laurimello），但因为身为女性，她不能主动示爱。
最后劳利美罗娶了有钱的女子，而垂钓女的第一位求婚者已经死了，她
只能嫁给第二位求婚者。婚后她与表兄仍然保持往来，他们之间的爱虽
未言明，但却存在。她的丈夫虽然嫉妒但也容忍他们的交往。[4]垂钓女
的故事可能也重写了罗思的婚恋。在罗伯特·罗思之前确实还有一位托
马斯·曼塞尔爵士（Sir Thomas Mansell）向玛丽·锡德尼求过婚，但他
并没有死，而是娶了玛丽的妹妹凯瑟琳·锡德尼（Katherine Sidney）。[5]
婚前对表兄的爱恋和婚后的交往也可能是罗思与彭布罗克的现实，嫉妒
的丈夫身上更有罗思的丈夫罗伯特的影子。

　　垂钓女讲完故事后，她的丈夫和表兄来到她身边，虽然她没有对安

---

[1] Carrell, "A Pack of Lies in a Looking Glass," in *Mary Wroth*, ed. Kinney, p. 119.

[2] Carrell, "A Pack of Lies in a Looking Glass," in *Mary Wroth*, ed. Kinney, pp. 118-119.

[3] Carrell, "A Pack of Lies in a Looking Glass," in *Mary Wroth*, ed. Kinney, pp. 127-128.

[4] Roberts (ed.), *The First Part of the Countess of Montgomery's Urania*, pp. 291-295.

[5] Hannay, *Mary Sidney, Lady Wroth*, pp. 90-91.

菲兰瑟斯讲出她的爱人就是她表兄，但从两人见面后充满爱意的表现，安菲兰瑟斯已经猜出内情。于是安菲兰瑟斯感叹道："我不可以活着看到这样的美好吗？我心爱的人不可以用这样的眼神、微笑和可爱的羞涩看我吗？她的美德不可以把这些慷慨地给予我吗？可以的，我已经见过她那样，但受诅咒的人必不能享有这些……"①虽然安菲兰瑟斯没有说出他心爱的人是谁，但根据书中的情节推测，他指的应该就是潘菲利亚。也就是说，垂钓女的故事让安菲兰瑟斯想起了潘菲利亚，想到潘菲利亚曾经给予他的爱和潘菲利亚与垂钓女一样的羞涩不语。"她的美德"可能指的是忠贞，正是因为忠贞，潘菲利亚才一直默默地爱慕并等待着安菲兰瑟斯。接下来安菲兰瑟斯写了几行诗，"主题是欲望和别离"②。"欲望"在《乌拉妮娅》中是受到贬低的，在著名的爱神宫殿这一情节中作者明确点明了这一点。

爱神宫殿在维纳斯的塞浦路斯岛（Ciprus）的一座山上，山脚下有河，河上有桥，桥上有三座高塔，第一座上有丘比特，第二座上有维纳斯，第三座上是忠贞，忠贞的手中握有宫殿钥匙。这是一个试验真假爱人的魔法。那些虚假的爱人会进入第一座丘比特之塔，也称欲望之塔。第二座塔又称爱之塔，任何爱人都能进入，但进去的人要经受嫉妒、恐惧、渴望、绝望等情绪的折磨。第三座塔由忠贞守护，任何人都不能进去，直到"最勇敢的骑士和最忠诚的女士联袂而来"③，拿到门钥匙，魔法便被解除。这三座塔实际上构成了作者对爱人划分的三个等级。④安菲兰瑟斯和潘菲利亚结伴前去拯救受困于塔中的人，安菲兰瑟斯敲开了第一座欲望之塔的门，而潘菲利亚从第三座塔的守护者忠贞手中拿了钥匙。这证明安菲兰瑟斯是受欲望驱使的人，而潘菲利亚则是忠贞的化身。安菲兰瑟斯的爱出于欲望，因此这时的他还不能算是真正的爱人。安菲兰瑟斯在听了垂钓女的故事后虽然想起了潘菲利亚，但他写诗的主题仍然是欲望，因此，他还是没有了解爱情的真谛，仍然未能成为潘菲利亚所期待的忠贞爱人。

---

① Roberts (ed.), *The First Part of the Countess of Montgomery's Urania*, p. 295.

② Roberts (ed.), *The First Part of the Countess of Montgomery's Urania*, p. 295.

③ Roberts (ed.), *The First Part of the Countess of Montgomery's Urania*, pp. 48-49.

④ 兰姆对此有论述，见：Lamb, *Gender and Authorship in the Sidney Circle*, pp. 169-170.

　　后来的贝拉米拉的故事也是讲给安菲兰瑟斯听的，她的故事与潘菲利亚的故事有许多共同之处，也与罗思本人的经历相似。与潘菲利亚一样，受到奸人暗中破坏，贝拉米拉和情人都误以为对方背誓与他人订婚，贝拉米拉因此另嫁他人，但她仍然爱着初恋情人。后来她的丈夫和儿子都死去了，她的情人也嫌她年老色衰，将她抛弃，而她对情人却依然不改初衷。兰姆称贝拉米拉的故事有许多自传成分，包括贝拉米拉的名字，意思是"美丽的玛丽"（beautiful Mari），她丈夫的名字特雷博里乌斯（Treborius）含有罗伯特（Robert）。[1]丈夫和儿子相继死去，贝拉米拉成为寡妇，这些也都与罗思的生活暗合。[2]让贝拉米拉将爱人变心的故事讲给另一个变心的男人听，而这个男人恰恰是作者在书中要对之倾诉的对象，这样就部分地解决了作者表达的障碍。因为故事与故事之间、故事与现实之间是相互交缠的，所以兰姆说罗思用贝拉米拉的故事在一定程度上表达了对丈夫和情人的被动的愤怒。[3]安菲兰瑟斯在听了贝拉米拉的故事后评论道："在你的讲述中你确实涉及了女人罕有的品质，而我曾经见过她们写的一些很好的诗，让我……也听听你的诗吧。"[4]这个罕有的品质很可能指的是忠贞。安菲兰瑟斯的评价轻描淡写，并且他认为女性很少有忠贞的。"曾经见过她们写的一些很好的诗"可能指的是安菲兰瑟斯进入潘菲利亚的内室时看到的潘菲利亚的诗作，那么贝拉米拉的故事应该让安菲兰瑟斯联想到了潘菲利亚。贝拉米拉于是将诗展示给安菲兰瑟斯，她的诗是这样开头的："当这些眼泪落下……"（"As these drops fall..."）[5]这不由让人想起潘菲利亚在书中出现的第一首诗"心像新割的葡萄藤一样在流泪"。事实上这两首诗虽然都是在写诗人流泪哭泣，主旨却正相反。潘菲利亚的诗基调悲伤，诉说"悲痛"（"griefe"）、"忧伤"（"sorrow"），认为"萌芽中新生的希望被摧毁"（"young hopes in bud are wrackt"），只剩下"瘟疫，饥荒，杀害"（"Plagues, famine, murder"）。[6]而贝拉米拉的诗则充满"阳光"（"Sun beames"）、"欢愉"（"delights"）和

---

[1]　Lamb, *Gender and Authorship in the Sidney Circle*, p. 186.

[2]　贝拉米拉和罗思的儿子的死因不同，前者是打猎时死的，后者是病死的。

[3]　Lamb, *Gender and Authorship in the Sidney Circle*, p. 186.

[4]　Roberts (ed.), *The First Part of the Countess of Montgomery's Urania*, p. 390.

[5]　Roberts (ed.), *The First Part of the Countess of Montgomery's Urania*, p. 391.

[6]　Roberts (ed.), *The First Part of the Countess of Montgomery's Urania*, pp. 62-63.

"愉悦人心的笑容"（"pleasing smiles"），下落的眼泪也像"希望"（"Hope"）落下，"将爱情恐惧的痛苦带走"（"take away the paines of loving feares"）。[①]贝拉米拉的诗是对潘菲利亚的诗的同一主题的改写，两人的关联也由此再次被作者申明。安菲兰瑟斯看过之后称赞她的诗写得好，说她不应该隐藏这项天赋。这也让人想到潘菲利亚将诗作隐藏起来，不肯示人。贝拉米拉的经历与潘菲利亚相似，她是潘菲利亚的另一个自我，代替潘菲利亚践行忠贞美德，并为安菲兰瑟斯所知晓。

但无论垂钓女和贝拉米拉的故事与潘菲利亚的故事多么相似，她们毕竟不是潘菲利亚，她们的叙述仍然与真实隔着一层。安菲兰瑟斯在听了她们的讲述后，貌似联想到了潘菲利亚，但他始终也没有言明。而潘菲利亚本人的故事也曾对安菲兰瑟斯讲述过，不过是借助他人之口讲述的。一次，潘菲利亚和安菲兰瑟斯在打猎时碰到一个牧羊人，后者并不知道两人的身份，在潘菲利亚的鼓动下，牧羊人说出了对女王潘菲利亚的评价："礼貌、和蔼、丝毫不骄傲……诚实而公正……她有勇敢的、男子一样的心灵……"[②]接着他话头一转，谈起了潘菲利亚的爱情遭遇：尽管女王集多种美德于一身，但还是免不了受到爱情的折磨，她为了那个她爱的人把别人的求爱都拒绝了，而那个人却并不专一，令她非常伤心。这时安菲兰瑟斯问那个令她伤心的人叫什么名字，牧羊人回答说叫安菲兰瑟斯，"他无疑是个伟大的人，只有我听说的那个缺点"。但牧羊人不主张潘菲利亚和安菲兰瑟斯在一起，因为他认为"朝红暮翠是天下最甜美的乐事，而忠贞守一则是愚蠢透顶、徒劳无益、期期艾艾的美德"。安菲兰瑟斯回答道："你是个诚实的小伙子……我向你保证。"[③]潘菲利亚则不置可否，将话题岔开，询问起牧羊人自身的爱情。潘菲利亚和安菲兰瑟斯两人也没有就此进行交流。

这段牧羊人的评价发生在安菲兰瑟斯看过了潘菲利亚的诗之后，也发生在垂钓女和贝拉米拉的故事之后，如果安菲兰瑟斯此前便了解了潘菲利亚对自己忠贞不渝的爱，他就不会再去问牧羊人那个人是谁。安菲兰瑟斯与潘菲利亚在内室读诗、赠微型画时展现的柔情蜜意被投上了阴

---

① Roberts (ed.), *The First Part of the Countess of Montgomery's Urania*, p. 391.
② Roberts (ed.), *The First Part of the Countess of Montgomery's Urania*, p. 570.
③ Roberts (ed.), *The First Part of the Countess of Montgomery's Urania*, p. 571.

影，垂钓女和贝拉米拉故事之后安菲兰瑟斯的表现也不作乐观解读。可见此前无论是用写诗和还是用讲故事来进行自我表达，都是间接的、不充分的，需要反复不断地重述才能促使其充分、透彻、完整。就在牧羊人讲述潘菲利亚对安菲兰瑟斯的爱之后，安菲兰瑟斯仍然没有表示，我们仍然不知道安菲兰瑟斯对潘菲利亚的感情究竟怎么样。而且他还附和了牧羊人关于忠贞的看法，这又强化了他用情不专的形象，而且即便在潘菲利亚的忠贞面前也毫无悔改之意。所以谁又能肯定这次讲述不是又像前几次一样，是一次徒劳的努力呢？

　　无法言说之痛一直折磨着罗思和潘菲利亚，罗思为了让潘菲利亚符合"最沉默"的标签，编织了那么多故事，极力试图代替潘菲利亚说出想说的话，但这些话唯独无法从潘菲利亚的口中直接表述给安菲兰瑟斯听。最理想的情形自然是潘菲利亚直接讲述自己的故事给安菲兰瑟斯听，但我们注意到，讲故事的人、故事本身和听故事的人之间存在着错位。垂钓女和贝拉米拉的讲述者都是本人，讲述的故事也是自己的故事，而听者是安菲兰瑟斯。琳达米拉的故事的讲述者是潘菲利亚，听者是多萝琳娜。潘菲利亚自己的故事的听者是安菲兰瑟斯，但讲述者却是牧羊人。这样的错位使得对故事的编码和解码的过程难以完成。[1]垂钓女和贝拉米拉的故事即便再像潘菲利亚，也不能算是潘菲利亚本人的故事，因此安菲兰瑟斯听了故事之后也不能明确地指认出潘菲利亚。潘菲利亚在讲述琳达米拉的故事时有再多的自我指涉，不在场的安菲兰瑟斯也听不到。潘菲利亚的故事出自牧羊人而非潘菲利亚之口，安菲兰瑟斯依然可以装作没听懂。《乌拉妮娅》中的小故事只有被编码，没有被解码过，听者都讳莫如深，不再试图进行进一步的解读，就像安菲兰瑟斯读了潘菲利亚的诗之后的反应一样。叙事解码的缺失使得编码成了不断重复却永远无效的活动。兰姆说，《乌拉妮娅》整体而言像个封闭的迷宫，编织故事的罗思将自己囚禁其中。[2]那么这些不断重复的小故事就像是作者在迷宫

---

[1]　现代叙事学对文学中的交流过程有深入研究，参见：申丹，《叙事、文体与潜文本：重读英美经典短篇小说》，北京大学出版社，2009，第二章。

[2]　Lamb, "The Biopolitics of Romance in Mary Wroth's *The Countess of Montgomery's Urania*," in *Mary Wroth*, ed. Kinney, p. 315. 可对照阅读本书第二章第三节对《潘菲利亚致安菲兰瑟斯》第 77 首诗的分析。

中不断寻路，这些路看起来相似，只有少许差别，每条路都走不通。迷宫的出口就是合适的听者的恰当的解码，也就是安菲兰瑟斯明确地向潘菲利亚表达他的爱，但这在《乌拉妮娅》I 中始终没有出现，因此潘菲利亚始终被困在迷宫中。

在书的最后，失踪已久的安菲兰瑟斯在萨克森尼公爵（Duke of Saxony）的劝说下踏上回德国的航程，萨克森尼公爵在谈话中向安菲兰瑟斯讲起潘菲利亚"对他及其失踪的强烈情感和悲伤"，"她沉浸在那样痛苦的悲伤中，几乎无法承受"。[1]这席话最终让安菲兰瑟斯在潘菲利亚王国靠岸停船，来找潘菲利亚。两人相见的场景充满温柔的爱意。潘菲利亚正在泉水边哭泣，泪水落入泉水中。这时一位骑士策马而来，用头盔取水而饮。潘菲利亚认出骑士便是她朝思暮想的安菲兰瑟斯，不顾周围灌木的刺伤，起身冲向他。安菲兰瑟斯也看到了她，"扔下他的头盔，张开双臂迎接她，情真意切地拥抱她"[2]。安菲兰瑟斯保证"他喝的水混合了她的眼泪，融入了忠贞与完美的真爱，所以在他身上也产生了同样的效果"[3]。卡雷尔认为，潘菲利亚与安菲兰瑟斯最后的团聚证明《乌拉妮娅》中的小故事最终令不忠的爱人变得忠贞。[4]的确，萨克森尼公爵的讲述让安菲兰瑟斯终于了解了潘菲利亚的忠贞，回到了苦苦守候的潘菲利亚身边，并承诺献出同样的忠贞，第一部就此结束。但在第二部中读者便会发现，这不过是像前几次一样只是暂时的幻象，安菲兰瑟斯依然没有坚守忠贞，并最终彻底背叛了潘菲利亚。

不同于彼特拉克体十四行诗，浪漫传奇的体裁决定了它能够展现一个更丰富的世界，然而罗思的写法却未能很好地实现这一点。在十四行组诗中安菲兰瑟斯是缺场的，在浪漫传奇中我们对安菲兰瑟斯同样缺乏了解，与其说《乌拉妮娅》I 讲述了潘菲利亚和安菲兰瑟斯两人的爱情故事，不如说它实际上展现的是潘菲利亚一个人向安菲兰瑟斯求爱的故事，这一点与《潘菲利亚致安菲兰瑟斯》一样，传奇中同主题反复讲述的小故事就是潘菲利亚在一次次向安菲兰瑟斯表明心迹。所以罗思虽然

---

[1] Roberts (ed.), *The First Part of the Countess of Montgomery's Urania*, p. 658.

[2] Roberts (ed.), *The First Part of the Countess of Montgomery's Urania*, p. 660.

[3] Roberts (ed.), *The First Part of the Countess of Montgomery's Urania*, p. 660.

[4] Carrell, "A Pack of Lies in a Looking Glass," in *Mary Wroth*, ed. Kinney, p. 127.

把书题献给苏珊·赫伯特，但并没有把她作为理想中的读者，[①]彭布罗克才是罗思心中的真正读者。

　　无论是潘菲利亚的诗作中对读者的期待，还是书中人物讲故事时对听者的期待，罗思在浪漫传奇中的自我建构都依赖于他人，依赖于安菲兰瑟斯（和生活中的赫伯特）。事实上作为读者和听者的安菲兰瑟斯都没能积极认可潘菲利亚的忠贞爱人的形象。读了诗歌之后，安菲兰瑟斯没有明确表达爱，潘菲利亚的故事更是从来都没有直接由她本人讲给安菲兰瑟斯听过。讲述者与倾听者的错位令讲故事的行为扭曲变形，故事不能从发出者传递到接受者，故事的意义接收不良，讲故事的目的不能实现。安菲兰瑟斯不断地移情别恋证明了潘菲利亚的忠贞并没能得到他的认可。因此，独立性的缺乏导致了潘菲利亚的忠贞注定不能自足，她的自我建构是单方面的企图，如果没有对方的回应注定不能完成。而她期待认可她的人恰恰是她所攻击的不忠的他者，罗思因此陷入了以己之矛攻己之盾的尴尬境地。她的忠贞的自我建构究竟结局如何，只能到《乌拉妮娅》II 中才有答案。

---

① 哈克特认为，罗思将《乌拉妮娅》献给苏珊·赫伯特是建构了一个想象的理想读者，见：Hackett, *Women and Romance Fiction in the English Renaissance*, p. 161.

第四章 《乌拉妮娅》II——变化与自我分裂

忠贞的一个本质特征是恒久不变，罗思极力地推崇这一品质以期能对抗岁月和人事的变迁。从开始创作第一部到第二部搁笔，也经历了不少岁月。罗伯茨和莱瓦尔斯基根据第二部纽伯里手稿中笔、墨、纸的不同变化，推测第二部的写作历程可能长达数年。[①]据罗伯茨推测，罗思可能于1621年末开始写作第二部，[②]停笔的时间可能是1626年，因为那年彭布罗克将田产赠予了7岁的侄子，事实上排除了承认与罗思的私生子的可能；[③]至少在1629年《乌拉妮娅》的题献者苏珊·赫伯特去世，或者1630年彭布罗克去世之后，作者便不太可能继续写了。[④]《乌拉妮娅》II就此戛然而止，未成完璧。在第一部已经出版的情况下，题献者去世，应当不会打断写作，因此罗思搁笔的时间为1626年或者1630年的可能性比较大。在个人生活方面，罗思也经历了若干重大变化，最重要的事件是她与表兄彭布罗克的私生子女的出生。[⑤]因此《乌拉妮娅》II

---

① Roberts, "Critical Introduction," in *The First Part of the Countess of Montgomery's Urania*, p. xvii; Lewalski, *Writing Women in Jacobean England*, p. 282.

② Roberts, Gossett, and Mueller, "Textual Introduction," in *The Second Part of the Countess of Montgomery's Urania*, p. xx.

③ Roberts, "Critical Introduction," in *The First Part of the Countess of Montgomery's Urania*, p. xviii.

④ Roberts, "Critical Introduction," in *The First Part of the Countess of Montgomery's Urania*, p. xviii 及 Roberts, Gossett, and Mueller, "Textual Introduction," in *The Second Part of the Countess of Montgomery's Urania*, p. xxiii.

⑤ 罗伯茨等人据约翰·张伯伦（John Chamberlain）于1624年写给达德利·卡尔顿的提及罗思私生子女的信推断，罗思的私生子女出生在1623年，见：Roberts, Gossett, and Mueller, "Textual Introduction," in *The Second Part of the Countess of Montgomery's Urania*, p. xxi.

相对于第一部在写作上有了不少改变。第二部能明显地看出岁月变迁的痕迹，浪漫传奇所展现的永恒的田园世界受到了时间的威胁。作者将时间推移所带来的改变纳入了写作中，剧情和人物关系的变化与作者的个人生活隐隐地呈现出同步趋势，这也再次证明罗思的作品具有很强的自传性质。

变化对罗思的自我建构是一个挑战。第一部中罗思以忠贞作为核心价值进行自我建构，但在第二部中，作者对于忠贞不再那么执着了，这意味着爱情不是第二部的唯一主题，其他主题，如政治、婚姻、子女等问题都得到了展现。所以整体而言，第二部所描绘的世界比第一部更加丰富。①作者心中的忠贞理想依然存在，但妥协于无法改变的现实，她也不再一味追求潘菲利亚和安菲兰瑟斯的真正的合法婚姻，而是以一种全新的方式，即心心相印的"贞洁之爱"来实现两者的结合，并重新定义了爱情，在这一过程中也以新的理念和方式建构了自我。

时间的推移让第一部的主要角色都成为长辈，第二代子女陆续出生、成长。罗思在第二部中塑造了许多与父母分离的子女，提出了子女如何获得父母承认的问题，引出了第二部的主题之一——子女的个人身份危机。这些子女中既有婚生子女也有非婚生子女，对私生子问题的关注可能源自罗思与彭布罗克的私生儿女的出生。罗思在第一部中以爱情为主题进行自我建构，在第二部中则是以家庭为主题。私生子的身份危机实际上反映了罗思自己的身份危机，作者以私生子为核心建构自我，一方面是由于私生子的身份问题牵涉到罗思本人的核心利益，而且她在一定程度上也因此蒙受了社会压力；另一方面也与她一贯认同锡德尼家族身份的理念相一致，作为外嫁且家境衰落的女儿，她的锡德尼身份正在逐渐淡化，与锡德尼家族圈中的重要人物威廉·赫伯特的私生子如能获得承认，无疑有助于她重新返回锡德尼家族圈的中心，她的锡德尼身份将大大巩固。

第二部的写作风格和内容产生变化的一个重要触发事件是《乌拉妮娅》I 的出版以及之后引发的恶评。罗思一直对写作抱持的罪恶感由此

---

① 作者从爱情到子女的兴趣转移的讨论，见：Lewalski, *Writing Women in Jacobean England*, pp. 282-285.

大大加剧，苦心经营的作者身份也受到了严重的挑战。在第一部中，作者借助家族身份标签、私人化写作等手段以避免指责，在第二部中，为了替自己开脱，作者淡化了潘菲利亚的诗人身份，将情敌安提西亚塑造成疯癫诗人，并加以批判。①但事实上，安提西亚是作为潘菲利亚的一个扭曲的镜像而存在的，她替潘菲利亚宣泄了苦闷和欲情，也作为潘菲利亚的"避雷针"②承受了舆论的谴责，维护了潘菲利亚的超然地位和无瑕的名誉。疯女人是罗思进行自我建构的重要一环，也因此在字里行间中，女作家都表现出对安提西亚的理解、同情和开脱之意。

第一节 变 化

《乌拉妮娅》II 与《乌拉妮娅》I 相比，在文风、主题等方面有着不小的变化。第一部中作者在叙事风格上显得谨小慎微，迂回拘谨，而在第二部中作者的口吻就自信坦然了许多。在第一部中，由于作者经常下意识地将自己代入到潘菲利亚的角色中，对故事过于融入，故而常常沉浸在潘菲利亚的情伤中难以自拔，对情绪、情感的描写和表达皆不能持有超然的态度。而第二部中作者则有意将自己与潘菲利亚拉开了一定距离，因此在叙事的视角和情绪的表达上相对平和超脱。这在叙事上的一个最直接的表现是叙述者"我"的出现频率。第一部中"我"出现的次数很少，在厚厚的六百多页的书中，只有屈指可数的几次。第一次出现是在第 60 页，而第二次出现则是在第 128 页。当叙事者"我"第一次出现的时候，因为故事已经进展了许多，叙事风格也已经基本确立，读者对此也已经适应，所以 "我"的出现显得颇为突兀，仿佛作者和读者一样沉浸在悲欢离合的故事之中，许久才突然意识到自己应该置身于故事之外。而在第二部中，叙事者"我"则经常出现，而且比第一部更多地就故事或人物进行评论。③一般来说，由于浪漫传奇人物众多，关系复

---

① 兰姆也持相似观点，见：Lamb, *Gender and Authorship in the Sidney Circle*, pp. 162, 168.

② 避雷针这个比喻见：Lamb, *Gender and Authorship in the Sidney Circle*, p. 162.

③ 对爱的议论如：Roberts, Gossett, and Mueller (eds.), *The Second Part of the Countess of Montgomery's Urania*, pp. 316-317.

杂，故事循环嵌套，因此起承转合之间最需要叙事者"我"的出现，也最能清晰地体现出叙事者的存在。

在附于第一部之后的《潘菲利亚致安菲兰瑟斯》中，作者直接以潘菲利亚的口吻进行写作，诗中的"我"就是潘菲利亚。考虑到罗思的创作表现出了很强的自传性和角色的自我代入，加之作者对潘菲利亚的高度认同，以及显而易见的是在借潘菲利亚之口抒发自己的感情纠葛（见第二章论述），因此，我们可以认为，作者、潘菲利亚都统一在了"我"的身上，这三种角色在很大程度上是三位一体的。而在作为《潘菲利亚致安菲兰瑟斯》故事背景的《乌拉妮娅》I 中，叙事者"我"不是潘菲利亚，因为作者在写作中过于将自我投射到潘菲利亚的身上，大大地抑制了叙事者"我"出现的机会。到了写作《乌拉妮娅》II 时，第一部的出版风波使得作者必须有意识地将自己与《乌拉妮娅》中的人物和情节剥离，同时，在第二部中爱情不再是唯一的主题，政治、子女等主题陆续浮现，这意味着作者必须走出主人公的单一视角，进入更广阔的社会关系和结构中。因此，莱瓦尔斯基说第二部中作者是全知叙事者。[①]其实在第一部中也是如此，只不过作者由于前述原因，没能很好地表现出来。

通过对叙事风格的考察，我们可以看出，罗思在利用写作进行自我建构的时候，借主人公书写自己的境遇，抒发自己的情怀；过深的自我投入也反映了她写作的目的与一般男性作家的不同，不是游戏和娱乐，而是抒发自己的心声，并向心中的爱人发出强烈的诉求。但是过度的自我投入导致了《乌拉妮娅》I 中的叙事者的不自然状态，这也成了她写作艺术上的瑕疵，其原型也因此很容易被识破并招致非议和攻击。第一部的出版风波就集中地体现出这一后果。[②]到了创作《乌拉妮娅》II 时，罗思无疑吸取了教训，克服了对于角色情感上的沉溺和对作者身份的忽视，对自己的作者身份更加适应和接受。抽离自身之后，作者可以更加安全地表达自己和抒发观点，而且由于作者的超然态度，甚至叙事语气中多了一种"反讽和戏谑的智巧"[③]，全书读起来不似第一部那样压抑，反而有了豁然开朗的迹象。这是第二部在叙事上的一个变化，这也体现

---

① Lewalski, *Writing Women in the Sidney Circle*, p. 282.

② 丹尼攻击罗思的诗的题目里直接称罗思为潘菲利亚。

③ Lewalski, *Writing Women in the Sidney Circle*, p. 282.

了作者心理根源的转变及审美取向的转向。罗思终于能够以更加理性成熟的方式表达自己，建构自我。

在第二部中，作者对潘菲利亚身份和职责的书写也有了新的变化。有学者注意到，第二部中潘菲利亚比在第一部中更多地忙于国事。[①]的确，第一部中作者对潘菲利亚的爱人和诗人身份渲染得浓墨重彩，很少涉及她作为女王的政治举措。在面对林德罗斯（Leandrus）的求婚时，潘菲利亚对父亲说"陛下以前已经把她嫁过人了，嫁给了潘菲利亚王国"[②]。这显然是在模仿伊丽莎白一世。[③]这种堂皇的王者之语，似乎能让读者感受到潘菲利亚作为一国之君的政治风范。但其实这时候潘菲利亚还在苦恋着安菲兰瑟斯，后来又嫁给了鞑靼国王。因此，这次宣言根本不是潘菲利亚的理念，只是个巧妙的拒绝，是为保持对爱情的忠贞所采取的策略而已。

到了第二部中，潘菲利亚王国面临更大的危机，篡位的波斯苏菲（usurping Sophy of Persia）要潘菲利亚做他的妻子，否则便举兵进犯。潘菲利亚作为女王四处求助，联合各国力量应对入侵。书中描写的潘菲利亚的"忙于国事"也仅限于此，没有运筹帷幄，更不必说身先士卒。事实上，作者安排这次政治危机也依然是为了表现潘菲利亚如何面对忠贞的考验。当她得知篡位的波斯苏菲欲抢婚的消息后说："这有关我的信念，而不是关于我。"[④]这里的信念指的是忠贞的信念，而潘菲利亚已经将其放在比自己更高的位置。

由此可见，罗思即使增添了政治主题，她所书写的政治矛盾，依然不是关注政治事务本身，而是为了借此塑造和展示潘菲利亚的忠贞观念。这也反映了早期现代社会的女作家社会参与度不足，因而无法从现实政

---

① Lewalski, *Writing Women in the Sidney Circle*, p. 293.

② Roberts (ed.), *The First Part of the Countess of Montgomery's Urania*, p. 262.

③ 伊丽莎白一世在议会的第一次讲话中就议会提出的她的婚姻问题曾回应道："大理石碑上将宣布一位女王，曾经统治过一段时期，活着和死了时都是处女。"见：Donald Stump and Susan M. Felch (eds.), "First Speech before Parliament (1559)," in *Elizabeth I and Her Age: Authoritative Texts, Criticism* (New York: Norton, 2009), pp. 125-127.

④ Roberts, Gossett, and Mueller (eds.), *The Second Part of the Countess of Montgomery's Urania*, p. 108.

治领域入手建构自我，而只能以爱情和婚姻为切入口。

在第一部中，罗思极力把潘菲利亚建构为一个忠贞爱人，到结尾时，其他的王子公主都喜结良缘，潘菲利亚和安菲兰瑟斯虽然迟迟未婚，但也走到了一起，让人看到了结合的希望。可到了第二部，两人关系又一波三折，以致劳燕分飞，各自嫁娶，最终两人却又确认了对彼此的爱和忠诚，以升华的贞洁之爱达到了更深的灵魂结合，其间的发展过程值得详细考察。

第二部开头，潘菲利亚和安菲兰瑟斯之间感情稳定，直到鞑靼国王罗多曼德罗出现，让安菲兰瑟斯感到了威胁。在接待罗多曼德罗时，安菲兰瑟斯因嫉妒提前退下，潘菲利亚随后也善解人意地找借口回房间，却发现安菲兰瑟斯正躺在自己的床上，神情忧郁，唉声叹气。潘菲利亚问安菲兰瑟斯叹气的原因，并称自己的心已归属于他，安菲兰瑟斯承认因为不愿别人的目光停留在潘菲利亚身上而伤心，并提议结婚，缔结那"永远不会解开的结"，以消除怀疑和嫉妒，潘菲利亚欣然应允。[1]第二天两人便举行结婚仪式，可他们的结婚仪式并非正式的婚礼，安菲兰瑟斯没有向潘菲利亚的父亲提亲，双方家长都不知道，他们只是在乌拉妮娅等5人的见证下举行了非正式的"现在"（"de praesenti"）婚礼[2]。作者对婚礼是这样描述的：

> ……它不是作为完整婚礼举行，尽管和完整婚礼一样完美，后者只是在教堂举行的外在仪式；而这个婚礼在上帝面前一样完整，它所缔结的联系一样牢固，因为任何法律都不能破坏这样的婚约。[3]

作者一方面承认潘菲利亚与安菲兰瑟斯的婚礼不是"完整婚礼"，另一方面却说"任何法律都不能破坏这样的婚约"，这本身就蕴含矛盾。罗

---

[1] Roberts, Gossett, and Mueller (eds.), *The Second Part of the Countess of Montgomery's Urania*, p. 45.

[2] 依据：伊曼纽尔，《拉丁法律词典》，魏玉娃译，商务印书馆，2012。"de praesenti"意思为"现在的"，与"未来的"（"de futuro"）相对照。"现在婚姻"指的是结婚双方以现在时同意结婚，则婚姻生效。

[3] Roberts, Gossett, and Mueller (eds.), *The Second Part of the Countess of Montgomery's Urania*, p. 45.

伯茨对早期现代的"现在婚姻"做了分析。作为一种秘密婚姻,"现在婚姻"不经过家长同意,只有双方口头承诺,在法庭上无法证实其存在,因此具备一定风险,但也有观点认为"现在婚姻"如果发生在先,通常应优先于后来发生的婚姻。秘密婚姻在贵族阶层并不罕见,罗思的表兄菲利普·赫伯特(Philip Herbert)和苏珊·德维尔在正式婚礼之前就曾秘密结婚。①正是有了与安菲兰瑟斯之间的秘密婚姻,作者后来才称潘菲利亚为安菲兰瑟斯的"最真的妻子",称安菲兰瑟斯与妻子的合卺为"又一次婚姻"。②显然,罗思极力想证明潘菲利亚与安菲兰瑟斯的"现在婚姻"更具有合法性。罗思让潘菲利亚的婚礼有见证人在场,并且再三申明它和正式婚礼一样"完整""牢固"。这虽然不能改变"现在婚姻"的非正式性的特点,但却为后来的私生子问题埋下了伏笔。

值得注意的是,此时安菲兰瑟斯对潘菲利亚的爱情专一,并主动提议结婚,而外界也没有任何因素阻碍他们正式结婚,可两人却选择了秘密婚姻,这就不是此前作者一贯宣称的安菲兰瑟斯心性不定所能解释的了。有一种强大的、隐形的力量横亘在两人之间,这个力量就是现实,是现实对虚构的文学作品产生了影响。现实中罗思和彭布罗克无法结合,而罗思对此又无力改变,因此在文学中一直拖延两人各自结婚的结局。此外,罗思在书中虚构的"现在婚姻"这一情节,也折射出罗思想赋予自己和彭布罗克的私情以正当性和合法性的诉求。③而且从长远的现实看,也表达了罗思想让自己的私生子女得到合法身份的渴望。

后来由于小人离间,安菲兰瑟斯误以为潘菲利亚已经结婚,于是另娶他人,此后潘菲利亚也被迫下嫁鞑靼国王。误信谗言这一情节也暗示

---

① Roberts, "'The Knott Never to Bee Untide'," in *Reading Mary Wroth*, ed. Miller and Waller, pp. 114-119, 123-125. 莱瓦尔斯基也提到了"现在婚姻"的不确定性,见:Lewalski, *Writing Women in Jacobean England*, p. 287. 有关"现在婚姻"法律地位的演变还可参见:Peter Lucas, "Common Law Marriage," *The Cambridge Law Journal* 49.1 (March 1990): 117-134.

② 引文分别见:Roberts, Gossett, and Mueller (eds.), *The Second Part of the Countess of Montgomery's Urania*, pp. 381, 323.

③ 但罗伯茨指出,没有证据表明罗思和赫伯特两人在各自婚前曾有过婚姻承诺,见:Roberts, "'The Knott Never to Bee Untide'," in *Reading Mary Wroth*, ed. Miller and Waller, p. 122.

了安菲兰瑟斯并没有完全认知和承认潘菲利亚的忠贞，也象征着潘菲利亚忠贞爱人的自我建构未能完成，因为潘菲利亚的忠贞爱人的身份，必须借助安菲兰瑟斯才能得以完全确立。

《乌拉妮娅》以潘菲利亚与安菲兰瑟斯的爱情故事为主线却没有给他们一个幸福结局，①不过安菲兰瑟斯与潘菲利亚的关系在各自婚后反而豁然开朗。安菲兰瑟斯得知真相后，悔恨之余，更加爱潘菲利亚，他终于认识到了潘菲利亚的忠贞，他此前见异思迁的恶习也在潘菲利亚的感召下被彻底克服。当安菲兰瑟斯真正认知并承认了潘菲利亚的忠贞之后，潘菲利亚的忠贞爱人的建构才得以彻底完成。这也反映了女性的自我建构依赖于男性，其自身缺乏独立主体性。斯皮勒认为，《乌拉妮娅》II 是写给彭布罗克一个人的，而目标读者是否认可直接决定了作者企图建立的身份能否实现。②就像安菲兰瑟斯确认了潘菲利亚一样，只有彭布罗克阅读了罗思的作品，认识到了罗思的忠贞，认可了他们的恋情后，罗思本人的自我建构才能得以彻底完成。在书中，安菲兰瑟斯婚后做的事，也正是罗思期盼彭布罗克做的事，这也印证了诺思罗普·弗莱（Northrop Frye）所说的浪漫传奇所具有的"实现愿望"的功能。③罗思不但在书中虚构和展望了一个美好的未来，而且还期待着她的虚构能够在现实中引发她所期待的结局。

安菲兰瑟斯和潘菲利亚的关系在各自婚后出现了反转，潘菲利亚在婚前因为安菲兰瑟斯移情别恋而伤心欲绝，安菲兰瑟斯在婚后认识到潘菲利亚的忠贞，后悔自己的所作所为，承受着失去爱情和悔恨的双重煎熬。一次在海上航行，安菲兰瑟斯因为承受不了悲痛，欲跳水自尽，幸

---

① 金尼分析了《乌拉妮娅》II 对第一部中提供的解释期待的偏离，见：Clare R. Kinney, "'Beleeve this butt a fiction': Female Authorship, Narrative Undoing, and the Limits of Romance in *The Second Part of The Countess of Montgomery's Urania*," in *Mary Wroth*, ed. Kinney, pp. 153-164. 涉及潘菲利亚和安菲兰瑟斯的爱情的见同书 pp. 160-162.

② Elizabeth Spiller, *Reading and the History of Race in the Renaissance*, p. 162.

③ Northrop Frye, *Anatomy of Criticism* (Shanghai: Shanghai Foreign Language Education Press, 2009), p. 186. 詹姆逊对"实现愿望"的解释是恢复某种失去的伊甸园，或者展望一个能抹掉不完美的未来，以此实现对日常世界的转化，见：Fredric Jameson, *The Political Unconscious: Narrative as a Socially Symbolic Act* (Ithaca: Cornell University Press, 1981), p. 110.

亏被乌拉妮娅等人拉住手，乌拉妮娅责备他"太软弱，至少看起来是，所以不能控制他的强烈情感"[1]。后来他又因为自己的不忠而求死，幸而被斯特里亚莫斯（Steriamus）救下。[2]萨尔兹曼注意到第二部中安菲兰瑟斯女性化的行为，称其为对僵化的性别模式的反转。[3]软弱和忠贞同样都是女性的特质，安菲兰瑟斯此时表现出的软弱，恰恰是与他的忠贞相伴而生的，也是他最终实现忠贞所要克服的，就像潘菲利亚因为忠贞而承受折磨一样。而安菲兰瑟斯在承受情伤的痛苦时甚至比潘菲利亚表现得更加极端和激烈，这也反衬出潘菲利亚沉默地承受痛苦的忠贞形象的高贵。

潘菲利亚和安菲兰瑟斯重返塞浦路斯岛的一幕标志着安菲兰瑟斯与潘菲利亚对忠贞爱情的真谛达成共识。在第一部中潘菲利亚和安菲兰瑟斯到该岛解救被困在爱神宫殿中的人，这次历险证明了潘菲利亚的忠贞。而第二部中两人故地重游时潘菲利亚没能认出塞浦路斯岛，安菲兰瑟斯对她说："现在这里不会再有魔法试验你的善，因为这里是塞浦路斯。"潘菲利亚回答道："我刚才没认出来。距我上次到这里已经太久了，当然我们现在可以不必受魔法威胁了。"[4]"不必受魔法威胁"表示潘菲利亚的忠贞已经获得了安菲兰瑟斯的认可，不必再受考验。罗思借助潘菲利亚所建构的忠贞爱人的形象，最终得以成功确立。潘菲利亚成为安菲兰瑟斯的示范，"又一次给他生命"，而安菲兰瑟斯也因此成为"重生的、重新塑造的新人"。[5]潘菲利亚在爱情中不但确立了自我，而且还感化、提升、重塑了她的爱人，这也详细阐释了十四行组诗中表现出的忠贞的精神性的内涵。[6]在第一部中无论潘菲利亚表现得多么忠贞，安菲兰瑟

---

[1] Roberts, Gossett, and Mueller (eds.), *The Second Part of the Countess of Montgomery's Urania*, p. 172.

[2] Roberts, Gossett, and Mueller (eds.), *The Second Part of the Countess of Montgomery's Urania*, p. 384.

[3] Salzman, "The Strang[e] Constructions of Mary Wroth's *Urania*," in *Mary Wroth*, ed. Kinney, p. 283.

[4] Roberts, Gossett, and Mueller (eds.), *The Second Part of the Countess of Montgomery's Urania*, p. 407.

[5] Roberts, Gossett, and Mueller (eds.), *The Second Part of the Countess of Montgomery's Urania*, pp. 389, 384.

[6] 见本书第二章第四节的相关论述。

斯都没能真正地认同，而在第二部中安菲兰瑟斯认识到她的忠贞以后，她才最终确立了自我，才不再经受爱情折磨之苦，并进而能给爱人以新生。这一历程说明，罗思的自我建构极大地依赖于男性，同时她也渴望具备一定的主体性地位，希望能够至少部分地影响和改变男性，而不仅仅是被动地接受。

重返塞浦路斯岛的并不只是潘菲利亚和安菲兰瑟斯，同行的还有鞑靼国王。在潘菲利亚与安菲兰瑟斯关于爱情宫殿的对话中，鞑靼国王因为不知内情，做出了不明所以的应答，这使他明显成为那个无足轻重的第三者，他的存在只是为了表示对社会规范的遵守。但是潘菲利亚和安菲兰瑟斯各自拥有婚姻却是无法改变的事实，他们的爱情如何继续，也就是说潘菲利亚的忠贞爱人的身份如何维持成为必须面对的问题。在第一部中罗思就展现了贞洁和忠贞两种生活，贞洁是狄安娜式的对爱情、婚姻和性的拒绝，而忠贞则是拥有爱情、婚姻和性的唯一正确途径。现在潘菲利亚和安菲兰瑟斯如果继续维持忠贞的爱情，则身体的结合就变成了社会规范所不容许的奸情，因此作者又借用了贞洁的概念，将两人的忠贞爱情修正为贞洁之爱。

第二部中，罗思塑造了路提西亚（Leutissia），作为潘菲利亚的预表（type）。路提西亚的情人被他父亲杀害，她则被变成林泽仙女而幸免于难。虽然她不能再见到她的爱人，但她此后仍然能够保有"最纯洁的爱的最珍贵的遗存，并因此怀着无瑕的信念生活，直至死亡"。潘菲利亚本来以为"她自己是爱情的唯一典范"，听了路提西亚的故事后，也称赞她，认为后者"在爱的贞洁中可能看起来神圣"。[1]可见潘菲利亚对忠贞地相互拥有的爱情模式已经不再那么坚持。后来路提西亚也劝潘菲利亚："两情相悦，在贞洁的爱中更加幸福。"[2]"因为爱情是幸福的，用贞洁和纯粹、单纯的感情去爱就是十倍的幸福。"[3]贞洁和忠贞本来是有矛盾的，选择了狄安娜式的贞洁就意味着放弃了爱情。潘菲利亚一向认为忠贞在

---

[1] Roberts, Gossett, and Mueller (eds.), *The Second Part of the Countess of Montgomery's Urania*, p. 313.

[2] Roberts, Gossett, and Mueller (eds.), *The Second Part of the Countess of Montgomery's Urania*, p. 379.

[3] Roberts, Gossett, and Mueller (eds.), *The Second Part of the Countess of Montgomery's Urania*, p. 378.

贞洁之上，如今贞洁的地位获得了修正，贞洁和忠贞不再对立，而是集合于爱情的麾下。"贞洁的爱"在罗思的语境中本是矛盾修饰语，现在演化成为更高级的爱情。罗思为她的忠贞找到了合适的结局，而"神圣"是对这种爱的最高评价，就像作者曾经赋予忠贞以宗教般的崇高地位。因为肉体的结合不被许可，最终潘菲利亚和安菲兰瑟斯的爱情升华为精神之爱，忠贞与贞洁因而汇合。弗莱在对传奇中的女主角的研究中说："传奇中通常有两个女主角，一个坚守贞操，一个拥有爱情和婚姻。"他还举出《仙后》第三卷中同时出现的贝尔弗碧（Belphoebe）和布瑞特马忒（Britomart）作为两者的代表。[1]那么《乌拉妮娅》I中追求爱情和婚姻的潘菲利亚，在第二部中将弗莱所说的两个女主角合二为一了。此外，"贞洁的爱"的构建，不但使得潘菲利亚与安菲兰瑟斯免于世俗的指责，还有一个作用是给予两人的私生子以更合法的地位。因为两人坚守贞洁，私生子显然不会是两人婚外偷情的产物，只能诞生于两人婚前。如前所述，两人曾经举行过一个"现在婚礼"，合乎逻辑的判断就是两人在"现在婚礼"后结合，生下了孩子。罗思无法改变两人的婚姻状况，但借助"现在婚礼"和"贞洁之爱"尽力赋予了私生子以最大的合法性。这也是现实中罗思无法实现的期望，她与赫伯特的结合是在婚后，塑造这一情节也反映了罗思赋予自己子女以合法性的渴求心理。

　　潘菲利亚忠贞爱人的确立也与十四行组诗中的最后一首相呼应，即她用忠贞证明了荣誉，[2]因此她可以不必纠缠于"维纳斯和她儿子的话语"[3]。那么《乌拉妮娅》II告诉我们，在离开"维纳斯和她儿子的话语"之后，作者转向了其他方式的自我建构。有学者认为，罗思在第一部中是以"女儿和侄女"的身份在写作，到了第二部则是以"母亲和姑姑"的身份在写作，第一部侧重文类和家族渊源，第二部则更能面向现实，这种转变被归结为第二部对自传的强调。[4]而无论是作为"女儿和侄女"，还是作为"母亲和姑姑"，都是罗思在努力将潘菲利亚（和罗思自己）嵌

---

[1] Northrop Frye, *The Secular Scripture: A Study of the Structure of Romance* (Cambridge, MA: Harvard University Press, 1978), p. 83.

[2] Roberts (ed.), *The Poems of Lady Mary Wroth*, p. 142, P103, l.14.

[3] Roberts (ed.), *The Poems of Lady Mary Wroth*, p. 142, P103, l.9.

[4] Alexander, *Writing After Sidney*, p. 294.

入莫雷亚-那不勒斯（锡德尼-赫伯特）家族关系的自我建构。确切地说，作者在第一部中主要建构的是忠贞爱人的身份，而在第二部中则兼顾了家族成员身份，除了她作为姑（姨）母的身份得到表现之外，更主要的身份是安菲兰瑟斯的私生子的母亲。这也就是兰姆所说的，罗思在第二部中是母亲形式的作者身份。①

潘菲利亚和安菲兰瑟斯的爱情故事之外，《乌拉妮娅》II 新添了一个重要的主题，就是对私生子问题的关注。书中描写了一些私生子获得生父承认的故事，最重要的当数费尔·德赞的故事，而他的生父很有可能就是安菲兰瑟斯。②出版于 1621 年的《乌拉妮娅》I 并没有涉及私生子的问题，很可能那时罗思与彭布罗克的私生子女还没有出生。③他们的孩子在亲友圈中不是个秘密，彻伯里的赫伯特勋爵（Lord Herbert of Cherbury）就曾写诗祝贺罗思和彭布罗克的孩子出生，诗的题目中就提到了孩子的父亲彭布罗克。④但彭布罗克却迟迟没有承认孩子的身份，也没有在经济和社会地位上为他们做出安排。当时的法律是不承认私生子的继承权的，例如有条文规定"私生子不能自动继承田产"，"不能成为任何人的继承人"，因而私生子的权益要靠父母的特别安排来保障，例如有条文规定说"私生子的父母可以于生前通过契约或死后的遗嘱将田产赠予他们的私生子"⑤。在现实生活中，罗思本人境况不佳，可能非常希望彭布罗克能够承认他们的孩子，或者至少为孩子做出合适的安排，以保障他们未来的生活和发展。在现实中，私生子获得生父承认的先例比比

---

① Lamb, "The Biopolitics of Romance in Mary Wroth's *The Countess of Montgomery's Urania*," in *Mary Wroth*, ed. Kinney, p. 316.

② 学者大都持此观点，见：Roberts, Gossett, and Mueller, "Textual Introduction," in *The Second Part of the Countess of Montgomery's Urania*, p. xxii; Lewalski, *Writing Women in Jacobean England*, p. 289.

③ 罗伯茨等认为，他们的孩子是双胞胎，大约生于 1623 年，见：Roberts, Gossett, and Mueller, "Textual Introduction," in *The Second Part of the Countess of Montgomery's Urania*, p. xxi.

④ Roberts (ed.), *The Poems of Lady Mary Wroth*, p. 26.

⑤ Alan Macfarlane, "Illegitimacy and Illegitimates in English History," in *Bastardy and Its Comparative History: Studies in the History of Illegitimacy and Marital Nonconformism in Britain, France, Germany, Sweden, North America, Jamaica and Japan*, ed. Peter Laslett, Karla Oosterveen, and Richard M. Smith (Cambridge, MA: Harvard University Press, 1980), p. 73.

皆是，沃尔特·罗利就承认了自己的私生子，[①]锡德尼创作的斯特拉的原型——佩内洛普·德弗罗，为芒乔伊勋爵查尔斯·布朗特（Charles Blount, Lord Mountjoy）生了几个私生儿女，芒乔伊勋爵也公开承认了他们。[②]

生下私生子对于女人来讲是一种耻辱，[③]即便在受习俗约束相对较少的贵族阶层中也是如此，私生子的诞生对女性名誉和利益的损害远远大于男性。同时，私生子受到宗教和法律的双重歧视，未来的前途也非常暗淡。而一旦私生子得到了父亲的承认，上述问题都不复存在，[④]不但生活有了保障，而且能够取得相应的社会身份，名正言顺地进入社交圈，其前途自然不言而喻。因此，我们可以推测，罗思很有可能是在通过写作敦促赫伯特承认他们的孩子，为子女的未来而努力争取。[⑤]对于罗思本人来讲，自己的孩子如果能够获得承认，那么她生育私生子的耻辱便在一定程度上得到了洗刷。而且更进一步地，孩子作为锡德尼家族大小姐和赫伯特家族男主人的后代，能够大大地加强罗思魂牵梦萦的锡德尼家族圈身份，这将标志着罗思自我建构的成功。前文所引述的弗莱所说的浪漫传奇所具有的"实现愿望"的功能，在私生子这一主题上再次得到了深刻的体现。

私生子不但在现实生活中被歧视，在早期现代文学中也经常是被丑化的，如莎士比亚《李尔王》（King Lear）中的埃德蒙德（Edmund）。而罗思却违背社会习俗和文学传统，刻意美化私生子。故事中出现的几个私生子，都获得了父亲的承认。费尔·德赞的故事虽然还未写完，但有几对私生子认亲成功的故事作为铺垫，我们完全有理由推测，罗思是要安排费尔·德赞被安菲兰瑟斯承认的结局。

---

① Roberts, "Critical Introduction," in *The First Part of the Countess of Montgomery's Urania*, ed. Roberts, p. lxvi.

② Hannay, *Philip's Phoenix*, pp. 69-70.

③ Macfarlane, "Illegitimacy and Illegitimates in English History," in *Bastardy and Its Comparative History*, ed. Laslett, Oosterveen, and Smith, p. 76.

④ 只要私生子有人认养，就不会遭到强烈反对。见：Macfarlane, "Illegitimacy and Illegitimates in English History," in *Bastardy and Its Comparative History*, ed. Laslett, Oosterveen, and Smith, p. 75.

⑤ 许多学者认为，罗思可能以费尔·德赞与安菲兰瑟斯的关系暗示其私生子与彭布罗克的关系，相关论述如：Roberts, Gossett, and Mueller, "Textual Introduction," in *The Second Part of the Countess of Montgomery's Urania*, p. xxii.

　　费尔·德赞一出现就是无父无母无身份的人，他在书中一直寻找自己的身份。他甚至没有名字，只在胸口有串密码，为他的爱人名字的缩写，他的爱人也有一个同样的密码，等到他完成若干历险后，便能以此找到爱人，从而知道自己的名字。[1]这不禁让人想到安菲兰瑟斯和潘菲利亚，此两人是书中唯一用过密码的人。在第一部中安菲兰瑟斯曾经化装成"密码骑士"（"Knight of the Cipher"），盾牌的图案就是他的情人的名字字母打乱顺序后的排列。[2]潘菲利亚也曾经在橡树上刻上一个密码，也是情人名字字母颠倒顺序的排列。[3]同时，费尔·德赞也受到安菲兰瑟斯的喜爱，被后者封为骑士，并与其有亲密互动，安菲兰瑟斯曾安排他在自己的房间休息。莱瓦尔斯基认为，罗思在书中暗示费尔·德赞是安菲兰瑟斯和潘菲利亚的"现在婚姻"的孩子。[4]私生子被承认的难度在书中被刻意淡化，几个类似的故事里私生子似乎轻易就能获得父亲的承认。而且由于潘菲利亚和安菲兰瑟斯有个非正式的"现在婚礼"，两人的孩子比一般的私生子貌似多了一点若有若无的合法性。对私生子的承认亦包含着对其母亲一定程度的承认，其他私生子的故事也证明了这一点。当伯拉克斯（Polarchos）承认安德罗玛可（Andromarko）的时候，作者写道："比起当初对那个女子本人的喜爱，他现在应该更爱对她的纪念，但当他不得不离开她的时候，他可能已经意识到，要不是因为怕丢人，他早已哭泣……"[5]伯拉克斯从对安德罗玛可的承认，很自然地过渡到了对安德罗玛可母亲的爱和追忆。最极端的例子是萨拉瑞纳斯（Selarinus），他被女妖蛊惑，与其生了两个孩子，女妖后来对他厌倦，企图杀害他未遂。尽管孩子的母亲行此恶事，萨拉瑞纳斯仍然承认并养育了女妖所生的两个孩子。

① Roberts, Gossett, and Mueller (eds.), *The Second Part of the Countess of Montgomery's Urania*, p. 297.

② Roberts (ed.), *The First Part of the Countess of Montgomery's Urania*, p. 339. 兰姆也举证安菲兰瑟斯曾化身"密码骑士"，并推测他是费尔·德赞的生父，见：Lamb, "The Biopolitics of Romance in Mary Wroth's *The Countess of Montgomery's Urania*," in *Mary Wroth*, ed. Kinney, p. 316.

③ Roberts (ed.), *The First Part of the Countess of Montgomery's Urania*, p. 325. 橡树让人想起狄安娜，橡树林是狄安娜的圣地，罗思以此比喻潘菲利亚的贞洁。

④ Lewalski, *Writing Women in Jacobean England*, p. 408, n99.

⑤ Roberts, Gossett, and Mueller (eds.), *The Second Part of the Countess of Montgomery's Urania*, p. 289.

私生子问题反映的实质上还是个人身份的问题，与此问题混杂在一起的是王子和公主们丢失的事件。第二代王子和公主们在被送往那不勒斯王后处接受教养的路上失踪，第二部便以此开篇。整部书的一个历时很长的重要线索是寻找失踪的孩子。多年后这些孩子长大成人，一些化身为牧羊人（女）或林泽仙女，与父母相遇，却互不相识，如特雷比桑德（Trebisound）就认不出父亲帕斯琉斯（Parselius）。一些孩子自己亮出真实身份，讲述遭遇，得以与父母相认，如塞拉敏达（Sellaminda）就来到阿尔巴尼亚宫廷，与母亲乌拉妮娅相认。最终这些失踪的王子和公主们都获得了父母的承认。这一情节安排不能不让人想起彭布罗克迟迟不肯承认与罗思的私生子女，书中安排的众国王寻找子女的历险也代表着作者在敦促彭布罗克认回子女。

书中与父母失去联络的孩子有的是私生子，有的是合法的婚生子女。婚生子女通常在确认身份后自然便能获得承认，而私生子则往往需有英雄行为证明自己的优秀，进而获得承认，例如安德罗玛可是在比武中击败了父亲伯拉克斯之后才被后者承认的，"因为没有其他人能够像他自己一样给他那么精准的击打"[1]。费尔·德赞经历的许多历险也证明了他的出类拔萃，不谈血统，他的素质已经表明他有资格做安菲兰瑟斯的儿子。同时，私生子明显地表现出对于自己身份的不自信，安德罗玛可和费尔·德赞帮助维罗林多（Verolindo）从一个邪恶骑士的城堡解救多利里西奥（Dorilissio）的时候，敌人让他们通报姓名，两人在告知对方姓名之前说："我们没有理由为我们的名字感到羞愧。"[2]这一刻意的宣言，恰恰透露出名字使用权的不可靠性，也反映出两人对自己身份合法性的隐忧。

许多学者都讨论了书的最后一幕，在塞浦路斯岛，安德罗玛可对安菲兰瑟斯说费尔·德赞正在岛上寻找安菲兰瑟斯，并让后者帮他一起拯

---

① Roberts, Gossett, and Mueller (eds.), *The Second Part of the Countess of Montgomery's Urania*, p. 289.

② Roberts, Gossett, and Mueller (eds.), *The Second Part of the Countess of Montgomery's Urania*, p. 340.

救被魔法囚禁的波斯苏菲（Sophy of Persia）。[1]"大人，您的费尔·德赞现在已经抛下一切，……他寻找的是您，决心一旦找到就不再离开您。他现在正在岛上历险，只等那个幸福时刻到来；最美好最幸福的时刻，我敢肯定，将会是找到您的时刻。"[2]兰姆认为，"您的费尔·德赞"指出了费尔·德赞和安菲兰瑟斯的特殊关系，成为后者为前者生父的证据之一。[3]安德罗玛可的叙述似乎预示着父子两人相认的时刻即将到来，可故事却没能讲完，而是停在了"安菲兰瑟斯极度地"（"Amphilanthus wa[s] extreamly"）这一残句上。[4]兰姆认为，最后这句被打断的话让费尔·德赞永远都在寻找安菲兰瑟斯，而那个"最美好最幸福的"相认时刻被推迟了，因为它从未发生。[5]斯皮勒认为，"当被合适的读者正确地阅读的时候"，《乌拉妮娅》就是"罗思或者她的孩子的身份的族谱记录"。[6]可惜罗思期待的合适的读者彭布罗克，没能与私生子相认，因而罗思企图借助私生子进行的自我建构最终未能完成。

　　无论是爱情生活还是子女的身份确认，书中的潘菲利亚和书外的罗思都依赖于男性的认可和支持，在她们的自我建构过程中，男性起到了决定性的作用。所以第二部虽然在文学主题上与第一部有所不同，但自我建构的性质和方式却一脉相承。此外，私生子问题像罗思的写作行为本身一样，是罗思将自己纳入锡德尼家族的自我建构的一部分。从这个角度来看，第二部是在第一部基础上的持续探索。但由于第一部出版后引起的风波，罗思作为女性作家的身份受到了强烈挑战，巨大的社会压力使得罗思在进行自我建构的同时，产生了严重的自我分裂，因此她塑

---

[1] Hackett, *Women and Romance Fiction in the English Renaissance*, p. 165；Lamb, "The Biopolitics of Romance in Mary Wroth's *The Countess of Montgomery's Urania*," in *Mary Wroth*, ed. Kinney, pp. 318-319.

[2] Roberts, Gossett, and Mueller (eds.), *The Second Part of the Countess of Montgomery's Urania*, p. 418.

[3] Lamb, "The Biopolitics of Romance in Mary Wroth's *The Countess of Montgomery's Urania*," in *Mary Wroth*, ed. Kinney, p. 316.

[4] Roberts, Gossett, and Mueller (eds.), *The Second Part of the Countess of Montgomery's Urania*, p. 418.

[5] Lamb, "The Biopolitics of Romance in Mary Wroth's *The Countess of Montgomery's Urania*," in *Mary Wroth*, ed. Kinney, p. 318.

[6] Elizabeth Spiller, *Reading and the History of Race in the Renaissance*, p. 160.

造了安提西亚这个海边的疯女人，作为潘菲利亚的一个扭曲的镜像，也借此曲折地抒发了自身的压抑和愤怒。

第二节 海边的疯女人

罗思在《乌拉妮娅》I 中所极力树立的核心理念就是爱情中的忠贞原则，为此，她创作了众多的小故事，故事的原型大量汲取自罗思身边的人和事，罗思改头换面后将之公开，因此，《乌拉妮娅》I 带有影射故事的性质。圈内人不难看出故事的来历，被泄露不光彩隐私的人因此可能会对作者产生不满。表现得最激烈的当属丹尼爵士，他与罗思的骂战也直接影响了罗思对《乌拉妮娅》II 的创作。

对于丹尼的诸多指责，无论是在诗中还是在信里，罗思都针锋相对地予以回应和还击。唯有对其写作题材的指控，罗思始终默不作声。丹尼在给罗思的一封信中写道："我祈祷你将为自己在一本无用的书上白白浪费了这么多年而后悔，并将以写作一部宗教作品歌颂神爱来赎回那些时间，这作品与你已经写成的淫荡的故事和色情的小玩意儿部头相当，如此最终你将接受你那德才兼备的姑姑优异又虔诚的垂范，她翻译了那么多宗教书籍，尤其是大卫王的赞美诗……"[①]丹尼利用时下通行的女性宜创作宗教题材作品的观念来攻击罗思，并以彭布罗克伯爵夫人为范例，令一向标榜锡德尼家族传统的罗思无言以对。的确，女性以爱情为主题进行创作是有违社会主流规范的，罗思无疑深知这一点。

丹尼爵士还写了一首名为《塞拉琉斯的岳父致潘菲利亚》（"To Pamphilia from the Father-in-law of Seralius"）的诗，表达对罗思暴露其阴私的不满，是恶评的最激烈的代表。这首诗是这样写的：

> 表面的阴阳人，内里的大怪物，
>   从你的言语和作品所有人都作此解释。
> 你愤怒的怨恨孕育了一部无聊的书，
>   产生了一个傻瓜，尽管看上去像夫人。

---

① Roberts (ed.), *The Poems of Lady Mary Wroth*, p. 239.

书中你攻击了一些人的高贵的血统，

　　如果你的血统也被认为高贵，他们也与你沾亲带故。

由于缺少智慧，你的无用的比较

　　像拿起了牡蛎玩耍。

但像你的一样普通的牡蛎大开其口，

　　每次潮汐收进珍珠或者更糟的东西。

朋友和敌人你一视同仁，

　　你的头脑变得疯狂，不在乎它攻击的是何人。

这些毁谤的火焰从锅中飞出，

　　因为装在锅里的理智一旦点燃便灼热地狂怒。

要想以其人之道还治其人之身是多么容易，

　　将你自己扔出的东西归还给你，

至少要写关于你的一千个谎言，

　　并用你的方法描绘一个醉醺醺的野兽。

即便如此也不及你

　　自己杜撰的故事的三分之一，

以此你在自己的镜子里只看到

　　说出一个谎言是多么容易。

因此你把自己变成一个满嘴谎言的奇人，

　　傻瓜和他们的胡言乱语很少分离。

做正事，将无聊的书丢在一旁，

　　因为明智而更加尊贵的女人从不写一个字。[①]

Hermophradite in show, in deed a monster

　　As by thy words and works all men may conster

Thy wrathful spite conceived an idell book

　　Brought forth a foole which like the damme doth look

Wherein thou strikes at some mans noble blood

　　Of kinne to thine if thine be counted good

Whose vaine comparison for want of witt

---

① Roberts (ed.), *The Poems of Lady Mary Wroth*, pp. 32-33.

Takes up the oystershell to play with it

Yet common oysters such as thine gape wide

And take in pearles or worse at every tide

Both frind and foe to thee are even alike

Thy witt runs madd not caring who it strike

These slanderous flying f[l]ames rise from the pott

For potted witts inflamd are raging hot

How easy wer't to pay thee with thine owne

Returning that which thou thy self hast throwne

And write a thousand lies of thee at least

And by thy lines describe a drunken beast

This were no more to thee then thou hast donne

A Thrid but of thine owne which thou hast spunn

By which thou plainly seest in thine owne glass

How easy tis to bring a ly to pass

Thus hast thou made thy self a lying wonder

Fooles and their Bables seldom part asunder

Work o th' Workes leave idle books alone

For wise and worthier women have writte none.

　　丹尼的诗，字里行间充满对《乌拉妮娅》的贬斥和愤恨，用充满性别歧视的语言对罗思和她的写作进行了攻击。诗中"阴阳人"点破了罗思写作的性别僭越，"夫人"的原文"damme"既是对已婚妇女的尊称，也可用来辱骂女性。[①]他甚至有失身份地使用了"大开其口"的"牡蛎"这样一个描述女性性器官的下流比喻来恶毒地辱骂罗思。尽管罗思写诗做了针锋相对的还击，并由此引发了两人的笔战，[②]但是丹尼的抨击对《乌拉妮娅》II 的创作还是产生了不小的影响，迫使罗思为洗脱写作的

---

① 英文中有短语"the devil and his dam"，字面意思是"魔鬼和他的夫人"，隐含意思则是"魔鬼和比魔鬼更坏的东西"。

② 罗思还击丹尼的诗见：Roberts (ed.), *The Poems of Lady Mary Wroth*, pp. 34-35. 两人往来书信见同书 pp. 237-241。

罪恶而做出策略性的调整。"无聊的书""傻瓜""缺少智慧""狂怒""醉醺醺的野兽""胡言乱语""明智而更加尊贵的女人从不写一个字"等激烈的人身攻击和对女性写作行为的严苛贬斥，都在第二部中一一得到回应，这些回应基本上都体现在罗思对安提西亚这个人物的塑造上。

两部《乌拉尼娅》对安提西亚和潘菲利亚的诗人形象的塑造大有不同。第一部中潘菲利亚创作了15首诗，以诗人形象示人，但在第二部中则不再写诗，刻意回避诗人身份，而她的情敌安提西亚却在第二部中积极投身于写作。除了安提西亚，《乌拉妮娅》II中的女性都不曾明确展示自己的诗歌创作。莱瓦尔斯基对此的推测是，在第一部中女性诗人的身份已经建立，潘菲利亚本人已经超越了私人化的爱情诗学，而且罗思也不再想对潘菲利亚那么紧密地认同。[1]这个推测有合理性，但无法解释潘菲利亚及其他女性角色何以如此剧烈地转向。事实上，书中人物在写作行为上的种种变化很可能是丹尼对罗思的攻击所产生的结果。罗思的诗人身份是她最重要的自我建构之一，写诗也是作者打破沉默、言说自我的方式，潘菲利亚在第二部中不曾公布一首诗，可见罗思的自我认同受到了以丹尼为代表的社会规范的极大挑战，借助写诗来表达自我、建构自我的方式也窒碍难行。由于在第二部中罗思依然以主人公潘菲利亚为自己的代言人，且爱情依然是潘菲利亚进行自我建构的中心之一，因此潘菲利亚建构自我、展示自我的重要手段之一——写作被作者完全隐讳，这一点显得非常醒目。而同时安提西亚作为唯一积极写诗的女性，其形象又被塑造成负面的，所以很可能像兰姆所说，这反映了作者因为出版遭受恶评所感受到的越来越强烈的焦虑。[2]

安提西亚与潘菲利亚同样爱恋安菲兰瑟斯，但在《乌拉妮娅》I中，安提西亚最终也没能得到安菲兰瑟斯，而是嫁给了内格罗蓬特国王多洛林德斯（Dolorindus, King of Negroponte）。两人虽是旧情敌，但随着岁月流逝，特别是安提西亚嫁人后，两人之间的敌意也渐渐降低，安提西亚后来还劝告安菲兰瑟斯，告知他离开潘菲利亚是错的，并称自己不嫉妒她，最终促使安菲兰瑟斯决定去看望潘菲利亚。[3]虽然在第一部中安

---

① Lewalski, *Writing Women Writing Women in Jacobean England*, p. 296.

② Lamb, *Gender and Authorship in the Sidney Circle*, p. 162.

③ Roberts (ed.), *The First Part of the Countess of Montgomery's Urania*, p. 496.

提西亚因为得不到安菲兰瑟斯而企图杀害他作为报复，但在书的结尾她已经趋于理智；而到了第二部开头，安提西亚却再次陷入了疯狂，这次不是复仇，而是变身为疯狂的女诗人，在公众面前夸张地表演。

对安提西亚疯狂的描述最初出现在罗辛迪（Rosindy）的叙述中，当时潘菲利亚、安菲兰瑟斯等一众国王、女王、王后正在花园中闲话，罗辛迪首先打破沉默并讲述了他最近偶然去内格罗蓬特，在海边遇到安提西亚的情景：

> ……可怜的欣喜若狂的夫人，我发现她身处多么不堪的状态啊！我断言那几乎是被称作诗人的狂暴（poeticall furies）的迷幻状态。她在沙滩上，也不走，也不跑，也不是站立不动，而是从某种程度上说，又走又跑又不动。她也不唱，也不说，也不哭，也不笑，而是上述这些的奇怪的混合，……她既非穿戴齐整，也不是不着片缕，而是披着一块奇怪的面纱，头戴草帽，帽子上插着根羽毛。①

安提西亚的疯癫状态与写诗有关，这回应了丹尼对罗思写作的指控（"头脑变得疯狂"）。接下来对安提西亚这一疯癫诗人形象的描述，一一对应于丹尼的指责。②安提西亚用长篇大段的讲话迎接罗辛迪，她的话被称为"一阵阵空洞无意义的话语攻击""胡言乱语""舞台表演式的讲话"等。为招待客人，她夸张地指挥仆人表演节目，这也被称为"愚行"。③安提修斯（Antissius）在追述安提西亚疯狂的来龙去脉时说道：

> 她的邪恶的内心让她不愿再与人交往。那时她的头脑一定很活跃，于是她投身学习，并找到了一位老师（……他已经疯狂，因钻

---

① Roberts, Gossett, and Mueller (eds.), *The Second Part of the Countess of Montgomery's Urania*, pp. 33-34.

② 兰姆也认为，丹尼诗中对罗思写作的指控规范了安提西亚作为作者的形象，见：Lamb, *Gender and Authorship in the Sidney Circle*, pp. 161-162.

③ Roberts, Gossett, and Mueller (eds.), *The Second Part of the Countess of Montgomery's Urania*, p. 35.

研如何写出超过奥维德的诗，并比他更受人崇拜）。[1]

写诗和疯狂互为因果，安提西亚因为学习写诗而疯狂，疯狂的表现之一则是更多地表达。她因此又犯下了在公共场合过度展现自我的错误，如兰姆所说，她"缺少矜持"[2]。而她最初写诗是因为无所事事，正暗中呼应了丹尼谴责《乌拉妮娅》为一本"无聊的书"，并规劝罗思"做正事"。卡罗尔·托马斯·尼利（Carol Thomas Neely）在谈及对早期现代社会中疯狂现象的理解时总结出歇斯底里与上流社会的女性尤其相关，她引用罗伯特·伯顿（Robert Burton）《忧郁的解剖》（*Anatomy of Melancholy*）中的论述，指出这与她们无所事事有关。[3]可见丹尼和罗思都主张的无所事事与疯狂的关联在当时有一定的共识。女性不事妇职、无所事事已属不该，投身于写作更是不被赞同，"因为明智而更加尊贵的女人从不写一个字"。罗思也因此给安提西亚安排了一个疯狂的诗人老师，"将她变得和他自己一样疯狂"[4]。值得注意的是，罗思特意点明了老师疯狂的原因——"钻研如何写出超过奥维德的诗，并比他更受人崇拜"。奥维德作为最伟大的古罗马诗人之一，为诗家不桃之祖，妄图超越奥维德，就犯下了狂妄的僭越之罪，如同女性研习诗歌创作，都是妄图超越自己的身份，做出不守本分的事情。此外，奥维德写出了关于爱情的千古名作《爱经》并因之被流放，安提西亚向精研奥维德的老师所学的，想必也是如何创作关于爱情和情欲的诗歌。如此，师徒两人的结局，也必然是一起陷入疯狂的境地。由此可见，罗思虽然对丹尼的责难反唇相讥，但丹尼对女性写作的指责引发了罗思对其性别的深深自卑感以及对其写作行为和写作主题的罪恶感和不安情绪，她塑造了安提西亚这个因智识不足、心怀妄念，进而写诗，最终导致疯狂的女子，表达对

---

[1] Roberts, Gossett, and Mueller (eds.), *The Second Part of the Countess of Montgomery's Urania*, p. 40.

[2] Lamb, *Gender and Authorship in the Sidney Circle*, p. 162.

[3] Carol Thomas Neely, "'Documents in Madness': Reading Madness and Gender in Shakespeare's Tragedies and Early Modern Culture," *Shakespeare Quarterly* 42.3 (Autumn 1991): 320-321.

[4] Roberts, Gossett, and Mueller (eds.), *The Second Part of the Countess of Montgomery's Urania*, p. 41.

主流价值观的认同，并自我救赎。

丹尼的诗作，开篇就以"阴阳人"和"怪物"来攻击罗思。"阴阳人"在文艺复兴早期本来就被归入"怪物"的门类之下。[①]罗思也把丹尼的指责转嫁到了安提西亚的身上：她的"狂怒、咆哮、夸张的言语显然是明白无误的疯狂；那样的动作和粗野的举止，更适合一个穿着女人衣服扮演女巫的男人，而不是一个女人"[②]。使用"狂怒、咆哮、夸张的言语"不是正常女人应有的行为，"穿着女人衣服扮演女巫的男人"不正是"阴阳同体"的"怪物"吗？文艺复兴时期戏剧舞台上的女性大都是男扮女装表演的，安提西亚作为女性自己表演（舞台表演式的讲话）时都会被联想成男性穿着女性服装在表演，可见当时的女性是被男性代表的，她不能自己代表自己。

珍妮·C. 曼（Jenny C. Mann）进一步指出，"阴阳人"的形象模糊了男女两性的界限，有"含糊不清"（"ambiguous"）的意思，而"含糊不清"在乔治·帕特纳姆（George Puttenham）的《英语诗歌技艺》（*The Arte of English Poesie*）里面的修辞学定义是"当我们不确定地说话或写作而使得意思可以有两种理解方式的时候"[③]。从这个角度上讲，丹尼的指控可谓一针见血，因为罗思的写作恰恰具有模棱两可、含糊不明的特点。"阴阳同体"源自赫尔玛芙罗狄特斯（Hermaphroditus）和萨尔玛奇斯（Salmacis）的故事，最为家喻户晓的记载见于奥维德的《变形记》。林泽仙女萨尔玛奇斯被赫尔玛芙罗狄特斯的美貌打动，主动追求未遂，趁他在泉水中沐浴之时，跳进去用尽全力抱紧他，并祈求神让他俩永不分离，两人从此合成一个身体。[④]在这个故事中，是女性，而不是男性，主动展现了极为强烈的欲望，那么丹尼用赫尔玛芙罗狄特斯来形容罗思也意在谴责她对自身欲望的过度展露。

① Jenny C. Mann, "How to Look at a Hermaphrodite in Early Modern England," *Studies in English Literature, 1500—1900* 46.1, The English Renaissance (Winter 2006): 70.

② Roberts, Gossett, and Mueller (eds.), *The Second Part of the Countess of Montgomery's Urania*, p. 47.

③ Mann, "How to Look at a Hermaphrodite in Early Modern England," pp. 74-75. 引文原文是"when we speak or write doubtfully and that the sence may be taken two ways".

④ Ovid, *Ovid's Metamorphoses*, ed. Nims, Book IV, ll.229—481.

　　罗思的含混性在安提西亚的塑造上得到了最充分的展现，写诗的疯女人可以是怪物，也可以是吴尔夫所说的雌雄同体的女性写作先驱。最初在罗辛迪的描述中，安提西亚在海边出神地载歌载舞，让人不由想起酒神侍女（Maenads），她们同样失去理智，同样因狂喜而手舞足蹈。[①]在后来的叙述中，作者也不动声色地流露出两者的关联。[②]多洛林德斯接受了安提修斯的建议，要带安提西亚去圣莫拉（St. Maura）治病，而疯狂的妻子是不可能同意丈夫理智的决定的，于是他谎称是去寻访诸神的古代遗迹，"告诉她巴克斯的行迹，以及酒神节诞生并最早举行于那些地方"。安提西亚的老师闻言也饶有兴趣，这样他们才得以成行。[③]作者主要叙述的是带安提西亚治病的经过，寻仙访圣作为借口只是顺带一提，不是重点，但酒神巴克斯（Bacchus）引起了师徒两人的兴趣，并最终成为出行的原因，这就将安提西亚的疯狂与酒神侍女的疯狂联系在了一起，也间接应和了丹尼所说的"醉醺醺"。酒神与女人一直有千丝万缕的联系，他受女人抚育，其信众也主要是女人。[④]他对女人有天然的蛊惑力，古希腊时期对酒神狄奥尼索斯（Dionysus）的抵制也与统治者企图加强对女人的控制有关。《酒神的女信徒》中，忒拜（Thebes）国王彭特斯（Pentheus）将狄奥尼索斯贬黜出自己的诞生地，一个重要原因是他的宗教令忒拜的女人不务正业，行差踏错。[⑤]狄氏还与爱神阿芙洛狄忒密切相关，后者被视为前者的伙伴。[⑥]彭特斯也指出，女人借追随酒神之名，行信奉爱神

---

① 跳舞的酒神侍女形象经常见于古希腊陶器。欧里庇得斯（Euripides）的悲剧《酒神的女信徒》（*Bacchae*）中有对酒神侍女疯狂举止的描述，见：Euripides, *Bacchae,* trans. Henry Hart Milman (Mineola, NY: Dover Publications, 1997), pp. 3-7, 26-29.

② 兰姆说安提西亚不是丹尼指责的醉鬼，是忽略了安提西亚与酒神侍女的联系，见：Lamb, *Gender and Authorship in the Sidney Circle*, p. 160.

③ Roberts, Gossett, and Mueller (eds.), *The Second Part of the Countess of Montgomery's Urania*, p. 49.

④ 沃尔特·F. 奥托（Walter F. Otto）对酒神神话和宗教的研究中对此有详细介绍，详见：Walter F. Otto, *Dionysus, Myth and Cult*, trans. Robert B. Palmer (Bloomington: Indiana University Press, 1965), chs. 11, 15.

⑤ Euripides, *Bacchae*, pp. 8-10.

⑥ Otto, *Dionysus, Myth and Cult*, p. 176.

之实。①她们意乱情迷，逆情悖理，甚至破坏、毁灭，与其说是受酒神迷惑，不如说是受自身欲望的驱使，酒神崇拜因此也代表了女人被压抑的情欲的释放。安提西亚的疯狂虽因拜师学艺而加剧，其根源实则是自身情欲煎熬的表现，这一点与酒神侍女殊无二致。在前往圣莫拉的船上，安提西亚写诗呼唤维纳斯，便是例证。②罗思打定主意要将安提西亚树为情欲泛滥的典型，后文她还将面临性侵犯的危险。③而安提西亚以写诗作为宣泄和表现情欲的手段，也成为女人写诗受到谴责的根本原因。

安提西亚在第一部中也写诗。莱瓦尔斯基说，《乌拉妮娅》中作者塑造的诗人形象有好诗人和坏诗人的区别，好诗人无论是在生活中还是在诗作中都能控制情感，而坏诗人则不能。她认为安提西亚是坏诗人，而潘菲利亚是好诗人，并指出第二部中安提西亚成为潘菲利亚和罗思的更明显的衬托。④安提西亚缺乏自我控制在第一部里就得到过展现，莱瓦尔斯基举证她知道安菲兰瑟斯爱潘菲利亚之后因为愤怒而写了一首诗。⑤虽然如此，安提西亚并没有发疯，她对情感也有一定控制，在因愤怒写完诗后，她还是把诗烧了，并祈求爱神原谅。⑥第一部中，安提西亚写诗的场景也是在私下，没有人看到。在写第一首诗的时候，她也像潘菲利亚一样"来到花园树林"，"坐在同一棵白蜡树下"。⑦此时的安提西亚没有公开写诗，也没有公开作者身份。而在第二部中，她却公开标榜自己是作者，公开写诗，甚至公开表达情欲。

同样是在海上航行的时候抒发诗情，安提西亚与第一部中潘菲利亚及欧丽莱娜的表现恰成对照。潘菲利亚和欧丽莱娜在去往莫里亚的航行

---

① 原文是 "serving Aphrodite more than Bacchus"，另有对酒神侍女的描述 "Eyes moist with Aphrodite's melting fire"，见：Euripides, *Bacchae*, p. 9.

② Roberts, Gossett, and Mueller (eds.), *The Second Part of the Countess of Montgomery's Urania*, pp. 50-51.

③ Roberts, Gossett, and Mueller (eds.), *The Second Part of the Countess of Montgomery's Urania*, pp. 54-55.

④ Lewalski, *Writing Women in Jacobean England*, pp. 280, 294. 兰姆也持相似观点，见：Lamb, *Gender and Authorship in the Sidney Circle*, pp. 162, 167, 168.

⑤ Lewalski, *Writing Women in Jacobean England*, p. 281.

⑥ Lamb, *Gender and Authorship in the Sidney Circle*, p. 167.

⑦ Roberts (ed.), *The First Part of the Countess of Montgomery's Urania*, p. 114.

中触景伤情，感怀各自爱人的缺场，写诗抒发相思之苦。^①而第二部中，安提西亚出行时有丈夫在身边，却仍然写出充满情欲的诗：

> 不要让狄安娜统治你的精神，
> 她苍白的脸逃避所有快乐，
> ……
> 维纳斯，我亲爱的海中诞生的女王，
> 给我总是看不到的快乐。^②
> Let nott Dian rule your sprites,
> Her pale face shuns all delights,
> …
> Venus, my deere sea-borne Queene,
> Gives mee pleasures still unseen.

对比潘菲利亚写第一首时呼唤狄安娜，安提西亚正好相反，排斥贞洁女神狄安娜而呼唤爱神维纳斯，这是在公开表达情欲。虽然她粉饰说，这是在表达对丈夫的爱，但实际上大家都知道她爱的不是丈夫，而是安菲兰瑟斯。因此，多洛林德斯说："……如果你要写，写点有意义和有节制的，而不是这些少女听了会脸红的东西。"^③这一批评不但再次暗中呼应了丹尼爵士的指责，而且揭示了潘菲利亚写诗与安提西亚写诗的不同之处，前者尽量将写诗变成私人事件，而后者疯狂的表达却变成了社会行为，并可能产生社会影响。作者暗示女性写作应在一定范围内，无论是写作内容还是写作行为本身。潘菲利亚是压抑了无法言说的痛苦，借助写诗来表达感情。潘菲利亚虽然写诗但并不公开展示，写诗对于她是纾解情伤的个人行为。而安提西亚则是由于无所事事的不安分才开始写诗，她对情欲的表达毫无节制，并将疯狂的写诗行为展示于人前。可见

---

① Roberts (ed.), *The First Part of the Countess of Montgomery's Urania*, pp. 363-364.
② Roberts, Gossett, and Mueller (eds.), *The Second Part of the Countess of Montgomery's Urania*, p. 50.
③ Roberts, Gossett, and Mueller (eds.), *The Second Part of the Countess of Montgomery's Urania*, p. 51.

安提西亚的错不仅仅在写诗，还在于将自己的写作行为变成了公开的表演。作者在此巧妙地将沉默与写作的对立偷换成沉默与表演的对立，以此微弱地为自己的写作行为做辩护。

　　尽管如此，罗思对安提西亚还是抱有同情的，即便在对其无情的描述中偶尔也夹杂着兔死狐悲的复杂情感。安提西亚与内格罗蓬特民众的趣味形成鲜明对比，后者"非常粗鲁"，蒙昧无知，而安提西亚写的诗虽然是"陈腐的、病态的东西"，但毕竟属于风雅的艺文之道。尽管书中一直贬低安提西亚的疯狂，但作者更是一贯厌憎粗鲁。虽然作者说"那个可怜的海岛……不能理解她（安提西亚）所有的怪诞和愚行"，但她也说"诗歌好像得了痨病，至少在那个可怜的、贫瘠的地方，那里不会产生智者，也不能滋养朋友"。[1]所以，安提西亚只能在海边活动，海一方面是回应丹尼诗中"牡蛎"的比喻，另一方面也是她被边缘化的表现。[2]作者在叙述安提西亚的疯狂的同时，情不自禁地流露出了对她不能见容于社会的同情。此时的罗思也未必没有联想到自己同样隐居在乡村的边缘化处境，以及《乌拉妮娅》I 出版后遭受的冷遇甚至无情攻击，对内格罗蓬特粗鄙民风的描写可能也在暗示以丹尼为首的批评者其实是不懂得欣赏诗歌艺术的粗鄙无文之徒。在无法被社会接纳这一点上，罗思与安提西亚是一样的。可能也是出于同情，罗思最终令梅里西亚（Melissea）治愈了安提西亚的疯狂。

　　罗思将安提西亚塑造成发疯的诗人，贬低其疯狂的写诗行为，附和了丹尼的指控，使自己的化身潘菲利亚的行为与安提西亚的行为有了明显的区别，企图以此洗脱自己写作的罪名。但她利用写作的方式攻击写作本身却是一个令人困惑的悖论，也许正应了约翰·张伯伦（John Chamberlain）对她的描述，她以为自己"在网中跳舞"（"dance in a net"）[3]，实际上早已暴露于人前。此外，对安提西亚的负面描绘并不等同于否定诗艺本身。对于安提西亚学习写诗，安提修斯是这样评论的，

---

① 以上引文皆出自：Roberts, Gossett, and Mueller (eds.), *The Second Part of the Countess of Montgomery's Urania*, p. 34.

② 安提修斯指出，安提西亚靠近海边可看出其不被当地人接受，见：Roberts, Gossett, and Mueller (eds.), *The Second Part of the Countess of Montgomery's Urania*, p. 34.

③ 意思是玩弄障眼法，见：Roberts (ed.), *The Poems of Lady Mary Wroth*, p. 36.

"一个弱女子去学习她能力所不及的高级的知识"是"一件危险的事"。在将诗歌贬为"精神错乱"（"frency"）之后，他接着说：

> 然而在恋人身上它却是最获嘉许的好品质，因为它用罕有的隐蔽的方式最好地表达了珍贵的情思（当我谴责诗歌的时候，我说的是单纯的诗人），这一点让我喜爱。①

以"精神错乱"为特征的诗歌如果被恋人所用，便找到了恰当的位置，诗人身份与恋人身份显然被罗思绑定在了一起。"单纯的诗人"指的是不恋爱而写作的诗人，他们不具备诗人–爱人的双重身份。作者此语，一方面表明安提西亚不是真正的恋人，她对安菲兰瑟斯的爱不是真正的爱情，作为潘菲利亚的情敌，其价值被再次贬低；另一方面，由于第一部中潘菲利亚就确立了诗人–爱人的形象，这也是在为潘菲利亚的写诗行为开脱，尽管潘菲利亚在《乌拉妮娅》Ⅱ中不再写诗，读者无法看到好诗人的典范，但作者并未否认潘菲利亚在第一部中的诗人形象。"单纯的诗人"还让人想起在第一部中安提西亚写第一首诗时的场景。安提西亚来到潘菲利亚写诗的花园，来到同一棵树下，看到潘菲利亚刻在树上的十四行诗，也写了一首十四行诗。作者说安提西亚要么是被情感驱动，要么是在模仿潘菲利亚，认为自己也被爱情困扰。②虽然作者并未下定论，但从安提西亚写诗的情景看，作者是在暗示她写诗是在模仿潘菲利亚，而非被真实情感所驱动。③诗人亦是恋人的观点让人想起菲利普·锡德尼对抒情诗的评价："许多属于所谓不可抗拒的爱情的作品，如果我是个情妇，我是不会相信他们真在恋爱的。"④锡德尼的本意是说在写情诗时诗人的辞章技巧不是最重要的，感受到的真情更能打动人。罗思的推

---

① 这里的引文都出自：Roberts, Gossett, and Mueller (eds.), *The Second Part of the Countess of Montgomery's Urania*, p. 41.

② Roberts (ed.), *The First Part of the Countess of Montgomery's Urania*, p. 114.

③ 拉罗什认为，安提西亚不仅效仿潘菲利亚，而且受《爱星人与星》中的诗人的影响，见：Laroche, "Pamphilia Across a Crowded Room," in *Literature Criticism from 1400 to 1800,* ed. Schoenberg and Trudeau, p. 272.

④ 锡德尼，《为诗辩护》，第 67 页。

论却是如果诗人同时也是恋人的话，就能写出最动人的诗，这是有利于自己的解读。模仿他人与依据真情实感写诗的对立也是《爱星人与星》里反复出现的话题，诗人主张依据"内心感受"（"inward touch"）①写诗，反对当"他人智慧的扒手"（"pick-purse of another's wit"）②。"当我谴责诗歌的时候，我说的是单纯的诗人"，这句也让人联想起《为诗辩护》中的著名观点：蹩脚诗人败坏了诗歌的名声。③罗思甚至采取了与伯父同样的策略，将人们对诗歌的贬低转嫁给不合格的诗人，因此，她既是在隐隐地为诗歌辩护，也是为自己的写诗行为正名。于是，好诗人与坏诗人的区别，除了莱瓦尔斯基等人所说的情感控制之外，还有重要的一点是写诗究竟靠模仿还是靠真情实感。

事实上，作者并没有把安提西亚和诗人画等号，也不认为写诗的人都能为诗歌代言。安提西亚的形象与其说是诗人，不如说是酒神的侍女。酒神精神可以被尼采（Nietzsche）用来定义希腊悲剧以对抗基督教，④当然也可以被罗思用来描绘女性写作以反抗男权社会。酒神精神所代表的本能和非理性与理性的统治秩序相对立，因此也可为那些被主流价值和规则压制的人代言。女性经常与非理性相关联，安提西亚的疯狂就是女性体内的非理性受到压抑后的爆发。尽管罗思对安提西亚的刻画意在贬抑，但隐藏在罗思本人潜意识里的颠覆性情绪如同汹涌的暗潮，是她写作的最大能量来源，正如菲利普·锡德尼所言："审视你的内心，然后再写。"⑤在罗思的写作中，代表主流意识形态的意识力量强大，但从罗思的创作特征和情节安排上看，她对自己的潜意识也有朦胧的感知。早期现代男权社会已将女性的内心挤压得几无立锥之地，女作家要付出巨大努力，重新找回和发现内心，并以此作为自我建构的起点。酒神精神恰恰以其勃勃生机催动了女性被窒息得奄奄一息的生命，唤醒了沉睡的原始力量，促使了女性从无意识的客体向有意识的主体转化。

---

① 出自 *Astrophel and Stella* "Sonnet 15, 1.10"，见：Philip Sidney, *Sir Philip Sidney*, p. 171.

② 出自 *Astrophel and Stella* "Sonnet 74, 1.8"，见：Philip Sidney, *Sir Philip Sidney*, p. 205.

③ Philip Sidney, "The Defence of Poesy," in *Sir Philip Sidney*, pp. 102-158.

④ 见：尼采，《悲剧的诞生》，刘崎译，作家出版社，1986。

⑤ 出自 *Astrophel and Stella* "Sonnet 1, 1.14"，原文是"Look in thy heart and write"，见：Philip Sidney, *Sir Philip Sidney*, p. 163.

　　如巴克斯侍女般疯狂的安提西亚，传递了酒神的颠覆性力量，而罗思自己的写作行为又何尝不是以弱者之身企图颠覆当权者的秩序呢？在《阁楼上的疯女人》对 19 世纪女作家的研究中，关于女作家创作疯癫角色有如下的心理剖析："女作家将她们的反抗冲动不是投射到她们的女主角身上，而是疯癫的或者怪物似的女人身上……借由此她们戏剧性地表达了她们自己的自我分裂，她们既想接受又想拒绝男权社会的束缚的欲望。……女性文学中的疯女人，不仅仅是男性文学中的女主角的反面或者衬托。更确切地说，在某种意义上她通常是作者的替身，是她自己的焦虑和愤怒的一个形象。"①如同伯莎·梅森（Bertha Mason）之于简·爱（Jane Eyre），②安提西亚对于潘菲利亚不仅仅是情敌，也是另一个自我。

　　这一点在第一部中体现得尚不明显，但在创作第二部时，罗思刻意将自己所受的攻击转嫁到了安提西亚的身上。圈内人皆知潘菲利亚就是罗思的化身（丹尼爵士的诗题即以"致潘菲利亚"为名），因此罗思在第二部中极力淡化了潘菲利亚的写作行为，使得潘菲利亚贞静自持的淑女形象近乎无懈可击。同时，她浓墨重彩地刻画了安提西亚由写作进而疯狂的历程，将外界对自己的恶评几乎一丝不差地呼应到了安提西亚的身上，这种没有必要的近乎刻板的屈从反映了罗思的弱势地位，因为她虽然能对丹尼爵士反唇相讥，但更怕引起彭布罗克伯爵对自己德行的怀疑和鄙薄。屈从的结果是罗思自我的分裂，也就是将自身受到责难的部分剥离，转移到他者，即安提西亚的身上。这个他者也就是格林布拉特所说的自我建构时要攻击的他者。罗思通过对这个他者的攻击表示了对于丹尼为代表的男性权威的屈从，同时她也是在不幸地进行自我攻击。格林布拉特还指出，他者总是被建构为权威的扭曲的镜像。③安提西亚正是罗思依据男性价值观自我塑造的一个扭曲的镜像，她承受了罗思的全部困苦，如情场的失意、不如意的婚姻、无法纾解的欲情、与世不谐的边缘化境况等，也替罗思承受了同样的世俗的指责甚至迫害。就连安提

---

① Gilbert and Gubar, *The Madwoman in the Attic*, p. 78.

② 简·爱与伯莎·梅森关系的论述见：Gilbert and Gubar, *The Madwoman in the Attic*, pp. 336-371.

③ Greenblatt, *Renaissance Self-Fashioning*, p. 9.

西亚在海边"又走又跑又不动","也不唱,也不说,也不哭,也不笑"的举动也像极了潘菲利亚在迷宫中不知所措的彷徨。但罗思站在主流立场上贬斥安提西亚时,依然流露出对她的同情和开脱,这也是分裂的自我依然藕断丝连的体现。自然,安提西亚也代替罗思充分表达了焦虑、痛苦和反抗的情绪。潘菲利亚作为忠贞美德的典范必须静默隐忍,这个行为端庄的淑女实际上充满仇恨,压抑的愤怒如同火山,随时都有可能引起毁灭性的喷发。但也像后世的女作家夏洛特·勃朗特(Charlotte Brontë)等人一样,罗思将内心的愤怒疏导到反面角色身上,避免了自身的毁灭。与后世女作家不同的是,由于早期现代社会对女性写作的指责声更强烈,罗思更多地是以防卫的姿态洗脱写作行为的罪恶,但反抗的种子已孕育其中,到了19世纪诸多的女性作者笔下便发展成女性写作的独有特点,"纵酒狂欢和疯癫同样预言未来"[①]。

---

① 特雷西亚斯(Tiresias)的话见:Euripides, *Bacchae*, pp. 10-12.

结　论

　　吴尔夫在名作《一间自己的房间及其他》里说过："女人要想写小说，必须有钱，再加一间自己的房间。"①20世纪初的女性尚且奢望的物质条件，生活在17世纪初的玛丽·罗思夫人早已具备，她不但出身显贵，无生计之虞，而且受过良好的教育，还拥有自己的书房，这在当时也是很罕见的。但物质的优渥并不是女性写作的充分条件，早期现代英国社会对女性写作的苛刻态度，令罗思举步维艰。为了化解社会压力，罗思首先利用了自己作为文化世家锡德尼家族一员的身份，借助家族传统使自己的写作获得了一种合法性，进而替代或掩盖了女性写作的非法性。在写作中她也使用了类似的手法。为了突破女作家写作爱情题材的禁忌，她将女主角塑造成忠贞爱人的形象，符合了男权社会文化对女性的期待和要求，同时也为自己经历的婚外情谋求了合法性，这是利用女性忠贞的合法性来掩盖婚外情的非法性。为了打破社会要求女性保持沉默这一规则，罗思以写诗和讲故事作为间接表达自我的方式，自创了一个文学迷宫，迂回婉转地寻找发声的出口。但女性写作面临的障碍毕竟也令罗思的写作受到了负面影响，为了应对、解决这些困难，她的文风晦涩、作品结构庞杂、表达委婉曲折。罗思的写作表现出对男性世界的隔膜，对女性深层欲望的言说禁忌。没有写出来的是不能写的，没有说出来的是不能说的。而她只能凭借一腔热情和一厢情愿去安排潘菲利亚的命运，她的愿望缺少行动的支撑，声嘶力竭的哭喊多过了理性果敢的行为。女性书写的禁忌令罗思难以直抒胸臆，她经常在符合意识形态的故事中，间或点缀一两句旁逸斜出的论述，看似漫不经心，其蕴含的深意却常常

---

① 吴尔夫，《一间自己的房间及其他》，第2页。

与故事主旨相悖，这成为文本阐释的关键所在。这样的写作特点也反映了早期现代女性与男权社会规范的关系，在男权社会里女性只是男性编织的宏大叙事的卑微注脚，她们被忽视、被边缘化，而她们努力试探谋求的改变也不可能是直接掘断社会意识形态的根基，只能从制度和文化的边缘部分点滴修正，积少成多，以期最终实现革命性的颠覆。罗思的写作正肇始了这样的趋势。

在突破了重重障碍之后，罗思呈现给世人的是她对自己婚恋生活的书写，在恋爱中以及家族关系中的自我建构。罗思的自我建构是在男权社会中进行的，是在与男性的关系中进行的。男性与女性的基本权力关系体现在她的自我建构中，也无时无刻不影响着她的自我建构。一般说来，早期现代社会的性别意识形态中，男性是主体，女性是客体。罗思不满足于自身的客体地位，对男性的主体地位提出了挑战，对父权制的某些规定提出了质疑。她的自我建构蕴含了从客体到主体的转变。在彼特拉克体十四行组诗中，作者以女性诗人-爱人的身份在英国文学史上第一次发出了声音。尽管诗人还未能完全摆脱被动的状态，但却是对文类中性别规定的颠覆，表明女性可以爱，也可以写诗表达爱。贝兰在评价伊丽莎白时代的浪漫传奇时说："作者已将大多数精力投注到展现男人的历险上，限制了女性活动的范围，将女人规定在从属的、被动的或者象征性的角色上。少有作家围绕积极的女性美德展开叙事。"[1]罗思一反浪漫传奇的传统，以女性作为主角，围绕由女性代表的忠贞美德展开故事，男性的历险反而只作为满足文类需要的附属物而保留下来。《乌拉妮娅》将浪漫传奇对战争、历险等主题的侧重转移到男女爱情上，把以往僵化的女性形象转变成渴望和追求爱情的欲望主体，潘菲利亚被赋予的忠贞美德使得她能够合理合法地抒发情欲，[2]在道德上立于不败之地的同时，对男性爱人也提出了对等的要求。罗思在《乌拉妮娅》中表达了男女平等的爱情观，努力改变恋爱中女性的被动地位。潘菲利亚既主动付出爱，同时也要求得到爱的回馈。爱神宫殿的核心情节中，能打开爱情宫殿大门的人是最勇敢的骑士和最忠贞的女士，单独任何一方都不能

---

[1]　Beilin, *Redeeming Eve*, p. 213.

[2]　Kim Walker, *Women Writers of the English Renaissance* (New York: Twayne Publishers, 1996), p. 188.

完成任务。勇敢这一品质被赋予了男性，而忠贞则成为女性的标识。虽然作者没有给潘菲利亚安排更多的行动，但以上的情节设计已经体现出女作者参与男性世界、发挥自身能动作用的渴望。浪漫传奇的世界原本是勇敢的男性世界，男性凭借勇敢和力量成为世界的主宰。而作者将女性的忠贞与男性的勇敢并置，认为前者与后者同样不可或缺，也只有两者联合才能祛除魔法。这样就在浪漫传奇的阳刚世界中融入了阴柔的女性品德，并将后者提升到更高的地位。安菲兰瑟斯的勇敢在爱神宫殿的历险中并没有充分体现出来，这个历险考验的主要不是男性的勇敢，而是爱人的忠贞。魔法解除后，宫殿消失，众人都来到潘菲利亚面前表达谢意，安菲兰瑟斯也向她低首行礼。[①]可见潘菲利亚才是此次历险的英雄，安菲兰瑟斯成了潘菲利亚的配角，男性从现实和文学传统中的主导地位降到了从属地位。由此，罗思事实上建立了一种不同于主流价值观（也就是男权价值体系）的女性价值体系。在这个体系中，性别不再是区别地位高下的标准，忠贞美德被奉为最高的价值标准。而在《乌拉妮娅》中具备忠贞美德这一最高品质的大多数是女性，男性只有极少数次要角色表现出了忠贞。[②]因此，事实上罗思将女性这一性别与忠贞这一美德捆绑起来，通过这种暗度陈仓的手法，将女性置于男性之上。在现实的婚姻和爱情里，罗思无法与男性相抗，于是她在文学作品中虚构了一套爱情准则，作为书中占统治地位的制度，其中女性站在了比男性更高的地位上，性别等级因此被颠倒，现实中女性的弱势地位因此被改写。这是罗思进行自我建构的一个最重要的手段。

《乌拉妮娅》中的婚姻问题在本书中未及更多地探讨，但这一问题与恋爱密切相关，也是女作家感受颇深之处。因为个人婚姻的失败经历，罗思对父母包办的婚姻制度颇多怨言。作者指出，女儿尤其遵从父命，表明她感受到了婚恋中的性别差异，以及女性作为弱势群体，可能受到父权制更大的管制。尽管潘菲利亚的故事中作者一再强调潘菲利亚在婚姻决定上的主动权，但书中还讲述了其他女子的爱情婚姻故事，她们的不幸很大程度上源自专制的父亲（或兄长）迫使她们和不爱的人结婚。

---

① Roberts (ed.), *The First Part of the Countess of Montgomery's Urania*, pp. 168-170.

② 罗伯茨对书中男性和女性对忠贞的不同看法做了简要概括，见：Roberts, "Critical Introduction," in *The First Part of the Countess of Montgomery's Urania*, pp. lxiii-lix.

女儿对父亲也是尊重多于亲密，甚至有时伴随畏惧。一个极端的例子是莉迪亚（Lydia），她的父亲迪蒙纳罗斯（Demonarus）引诱她未遂，进而迫害她，最终将她杀害。[①]这是女儿对父亲的恐惧与对身体被占有和自我被剥夺的恐惧的结合。事实上，父亲和丈夫一样，扮演了侵害女性身体和威胁女性自我的角色。莱米娜的丈夫在得知她和佩里瑟斯（Perissus）的恋情后，把她绑起来鞭打，再用海水洗濯伤口，最后企图将其投入大海。[②]无论父亲还是丈夫，都是女人的占有者甚至是毁灭者。这种被物化的恐惧是罗思自我建构所要突破的障碍，被毁灭的威胁促使她寻觅新生。罗思的自我建构已经体现出女性对未嫁从父、嫁后从夫的客体地位的反抗。

　　格林布拉特考察男作家的自我建构时所总结的规律同样适用于罗思，她在自我建构中也树立了独立于自我之外的权威，其中之一是爱神。她同样也攻击了他者，与爱神相对的他者是安菲兰瑟斯。从社会主流价值观来看，安菲兰瑟斯作为文韬武略的神圣罗马帝国皇帝、英武的骑士典范，理应雄踞金字塔的顶端。但在这两部作品中，安菲兰瑟斯却成了女性价值体系中被贬斥的他者，一个有待悔悟，从而得到救赎的迷途浪子。这样的安排无疑体现了罗思对男权社会的反抗。但在另一方面，她对男权社会的规则又有妥协。爱情宫殿仍然体现了女性对男性的依赖，潘菲利亚并不能独自拯救受困的人，而是需要和男性一起共同完成拯救。无论是对忠贞爱人形象的塑造，还是在私生子问题上的经营，罗思的自我建构都呈现出对男性的依赖、对以父权为中心的家族关系的依赖。在作品中，罗思偶尔也表达出独立的愿望，企图尝试做自己的主人，但总体而言，她缺乏足够的独立性。忠贞爱人和私生子，在书内需要安菲兰瑟斯的承认，在书外需要赫伯特的认可，女主角和女作家的命运必须由男主角和男性情人来决定。不幸的是，无论书内书外，女性的期待都没有变成现实，因此罗思的自我建构最终未能完成。

　　格林布拉特指出，总是有不止一个权威和不止一个他者同时存在。[③]在罗思的创作中，至少存在三对"权威"与"他者"，一对是爱神与安菲

---

① Roberts, Gossett, and Mueller (eds.), *The Second Part of the Countess of Montgomery's Urania*, pp. 310-312.

② Roberts (ed.), *The First Part of the Countess of Montgomery's Urania*, pp. 87-88.

③ Greenblatt, *Renaissance Self-Fashioning*, p. 9.

兰瑟斯，一对是安菲兰瑟斯与鞑靼国王，还有一对是主流男性价值观与安提西亚。第一对是为了建构忠贞的女性主体，反映了罗思对男性社会规则的反抗；第二对是源自罗思对自己婚姻的反抗，通过对作为他者的丈夫的排斥确立锡德尼家族成员的身份；而第三对却代表着罗思迫于现实，对男尊女卑这一社会准则的认可。后两对出现在《乌拉妮娅》II中。反抗与屈从之间的矛盾，既反映了罗思进行自我建构的努力，也表明在既有的社会规则和压力之下，女作家的自我建构最终未能完成。这三对权威与他者的矛盾体现在作品中，使得无论是男主人公安菲兰瑟斯，还是女主角潘菲利亚，都处在一种尴尬的境地。

尽管树立了一个新权威爱神，但男性作为早期现代社会的统治者这一事实也渗透在罗思的写作中。安菲兰瑟斯既是隐性的权威，也是显在的他者，既是勇敢无畏的男主人公，又是用情不专的反派。在批判安菲兰瑟斯不忠的同时，罗思又将潘菲利亚的忠贞交付给安菲兰瑟斯做判断，而无法将潘菲利亚树立到一个毋庸置疑的高度上去。承认男性的主体地位，就等于承认了女性在男权社会的他者地位。罗思在自己的写作遭受指责之后，甚至站到了与男性同谋的立场上，将安提西亚树立为他者进行攻击，将社会压力和敌意转移给她。尽管她细心地将潘菲利亚与安提西亚区分开，但安提西亚疯癫诗人形象的塑造，却是对丹尼爵士对罗思的指责的巨细无遗的借用和详细演绎。事实上，如果排除了书中对安提西亚行为的刻意夸张和丑化，我们会发现，安提西亚的行为与潘菲利亚并无二致。因此，对安提西亚的攻击就是对潘菲利亚的攻击，罗思借潘菲利亚进行的自我建构也受到了严重侵害。权威与他者的交叠与冲突令罗思的自我建构包含了重重内在矛盾，这也是罗思对待两性关系的矛盾态度的反映。不同于男作家的自我建构，身处男权社会中的女作家罗思，无可奈何地顺从于男性权威，将女性作为他者，无异于进行自我攻击，在此过程中女作家的自我建构被自我攻击深深削弱了。

本书的主旨就是通过对罗思生平和创作历程，以及她的主要作品《潘菲利亚致安菲兰瑟斯》和《乌拉妮娅》I、II的详细考察与解读，揭示罗思自我建构的历程和在此过程中她的种种努力与尝试，及其最终失败的结局。需要说明的是，限于时间和资料，本书没有将罗思的戏剧《爱之胜利》列入研究，留下了一个小小的遗憾，日后有机会再做弥补。

　　吴尔夫基于深受女性身份束缚的个人体验，和对社会历史的合理推演，得出了一个令人伤感的结论："十六世纪时，女子天赋过人，必然会发疯，或射杀自己，或离群索居，在村外的草舍中度过残生……即使她活下来，精神的紧张和病态，也会令她写出的东西发生扭曲和畸变。"①罗思归隐的余生、晦涩痴怨的诗风、一生压抑而纠结的心路历程，与吴尔夫的天才预言若合符契。作为英国文学史上第一个创作彼特拉克体十四行组诗和散文体浪漫传奇的女作家，罗思的创作经历已经昭示出后世女作家面临的共同困境，其文风也揭示了女性写作特征的来源。对罗思的研究，不但可以使我们更深入地认识女性写作的历史和现状，或许还可以启迪未来的女性写作。诚然，罗思的写作只是女作家自我建构的开端，很难归入肖瓦尔特划分的女性写作的三个阶段，但罗思已经具备了朦胧的女性意识，做出了轻微的反抗的尝试。巉岩的缝隙中既已播下种子，成长为参天巨树只是时间问题。

　　没有证据表明 1630 年以后罗思仍然继续写作。汉内认为，虽然罗思对赫伯特的爱引发了她的写作，但她对写作和对赫伯特同样喜爱，所以很可能会继续写作。汉内进一步推断，罗思很可能会尝试自传、政治史、史诗等文类的写作。②如果这是真的，罗思在自传中会如何继续她的自我建构呢？因为 1630 年后没有任何作品保留下来，所以我们只能猜测，在经历了个人生活的不幸和自我建构的失败之后，在独自抚养子女的艰辛中，她也许会更加依赖自身而非他人，更加贴近现实而非幻想。而"面对现实"正是吴尔夫极力倡导的女作家所应采取的态度。吴尔夫说："假如我们惯于自由地、无所畏惧地如实写下我们的想法；……假如我们不是从人与人之间的相互关系，而是从他们与现实的关系出发去观察人；……假如我们面对事实，只因为它是事实，没有臂膊可让我们依靠，我们独自前行，我们的关系是与现实世界的关系，而不仅仅是与男人和女人的关系，那么机会就将来临，莎士比亚的死去的妹妹就将恢复她一再失去的本来面目。"③这段话既是我们希望罗思在 1630 年后所能做到的，也是近四百年后的我们，依然要努力做到的。女性的真正解放，即

---

① 吴尔夫，《一间自己的房间及其他》，第 42—43 页。

② Hannay, *Mary Sidney, Lady Wroth*, p. 306.

③ 吴尔夫，《一间自己的房间及其他》，第 100 页。

使在今天，从全球范围看，也是任重而道远。法国女性主义批评家埃莱娜·西苏（Hélène Cixous）在其著名论文《美杜莎的笑声》（"The Laugh of the Medusa"）中一开篇就指出女性写作的重要性，她说道："妇女必须参加写作，必须写自己，必须写妇女。就如同被驱离她们自己的身体那样，妇女一直被暴虐地驱逐出写作领域，这是由于同样的原因，依据同样的法律，出于同样致命的目的。妇女必须把自己写进文本①——就像通过自己的奋斗嵌入世界和历史一样。"②罗思就是这样一位勇敢地书写自己的女性，她的写作和探索，是历代女性前辈留给我们的精神遗产的一部分，她们以自己艰苦卓绝的探索，教育我们葆有坚忍、奋斗，而终能战胜困难的自由灵魂。

---

① 原文为"text"，原译者将其译为"本文"，但目前通行的翻译应为"文本"，所以笔者在引用时做了改动。

② 埃莱娜·西苏，《美杜莎的笑声》，载张京媛主编《当代女性主义文学批评》，北京大学出版社，1992，第 188 页。

参考文献

I. 玛丽·罗思著作

Brennan, Michael G., ed. *Lady Mary Wroth's* Love's Victory. London: The Roxburghe Club, 1988.

Cerasano, S. P., and Marion Wynne-Davies, eds. *Renaissance Drama by Women: Texts and Documents*. London: Routledge, 1996.

Lamb, Mary Allen, ed. *The Countess of Montgomery's Urania (Abridged)*. Tempe: Arizona Center for Medieval and Renaissance Studies, 2011.

Pritchard, R. E., ed. *Lady Mary Wroth Poems: A Modernized Edition*. Bodmin, Staffordshire: Keele University Press, 1996.

Roberts, Josephine A., ed. *The First Part of the Countess of Montgomery's Urania*. Binghamton: State University of New York, Center for Medieval and Early Renaissance Studies, 1995.

---, ed. *The Poems of Lady Mary Wroth*. Baton Rouge: Louisiana State University Press, 1983.

Roberts, Josephine A., Suzanne Gossett, and Janel Mueller, eds. *The Second Part of The Countess of Montgomery's Urania*. Tempe: Arizona Center for Medieval and Renaissance Studies, 1999.

Salzman, Paul, ed. *Mary Wroth's Poetry: An Electronic Edition*. June 15, 2012. La Trobe University. May 12, 2014. http://wroth.latrobe.edu.au/.

Waller, Gary F., ed. *Pamphilia to Amphilanthus*. Salzburg: Institut für Englische Sprache und Literatur, 1977.

II. 其他作家作品

Alighieri, Dante. *Inferno*. Trans. Allen Mandelbaum. New York: Bantam Books, 1980.

Dickinson, Emily. *The Poems of Emily Dickinson.* Reading ed. Ed. R. W. Franklin. Cambridge, MA: Belknap Press of Harvard University Press, 1999.

Donne, John. "Song." In *The Norton Anthology of English Literature.* Vol. 1B. 7th ed. Gen. ed. M. H. Abrams. New York: Norton, 2000. 1237-1238.

Euripides. *Bacchae.* Trans. Henry Hart Milman. Mineola, NY: Dover Publications, 1997.

Jonson, Ben. *Ben Jonson.* Ed. Ian Donaldson. Oxford: Oxford University Press, 1985.

---. *The Cambridge Edition of the Works of Ben Jonson.* Vol. 2. Ed. David M. Bevington, Matin Butler, and Ian Donaldson. Cambridge: Cambridge University Press, 2012.

---. *The Cambridge Edition of the Works of Ben Jonson.* Vol. 3. Ed. David M. Bevington, Matin Butler, and Ian Donaldson. Cambridge: Cambridge University Press, 2012.

---. *The Cambridge Edition of the Works of Ben Jonson.* Vol. 5. Ed. David M. Bevington, Matin Butler, and Ian Donaldson. Cambridge: Cambridge University Press, 2012.

Lovelace, Richard. "To Lucasta, Going to the Wars." In *The Norton Anthology of English Literature.* Vol. 1B. 7th ed. Gen. ed. M. H. Abrams. New York: Norton, 2000. 1670-1671.

Malory, Thomas. *Le Morte d'Arthur.* Ed. Stephen H. A. Shepherd. New York: Norton, 2004.

Ovid. *Ovid's Metamorphoses: The Arthur Golding Translation (1567).* Ed. John Frederick Nims. New York: The Macmillan Company, 1965.

Petrarca, Francesco. *Petrarch's Lyric Poems: The Rime Sparse and Other Lyrics.* Trans. and ed. Robert M. Durling. Cambridge, MA: Harvard University Press, 1976.

Rossetti, Christina Georgina. *The Complete Poems of Christina Rossetti.* Vol. II. Ed. R. W. Crump. Baton Rouge: Louisiana State University Press, 1986.

Shakespeare, William. *Othello: Authoritative Text, Sources and Criticism.* Ed. Edward Pechter. London: Norton, 2004.

---. *Romeo and Juliet.* Ed. G. Blakemore Evans. Cambridge: Cambridge University Press, 1984.

---. "Sonnet 20." In *The Norton Shakespeare.* Ed. Stephen Greenblatt et al. New York:

Norton, 1997. 1929-1930.

Sidney, Philip. *The Countess of Pembroke's Arcadia*. Ed. Maurice Evans. London: Penguin Books, 1977.

---. *Sir Philip Sidney: Selected Prose and Poetry*. Ed. Robert Kimbrough. New York: Holt, Rinehart and Winston, 1969.

Sidney, Robert. *Domestic Politics and Family Absence: The Correspondence (1588—1621) of Robert Sidney, First Earl of Leicester, and Barbara Gamage Sidney, Countess of Leicester*. Ed. Margaret P. Hannay, Noel J. Kinnamon, and Michael G. Brennan. Aldershot: Ashgate, 2005.

Spenser, Edmund. *Edmund Spenser's Poetry: Authoritative Texts, Criticism*. 3rd ed. Ed. Hugh Maclean and Anne Lake Prescott. New York: Norton, 1993.

---. *The Faerie Queene*. Ed. Thomas P. Roche, Jr. London: Penguin Books, 1978.

奥维德，《变形记》，杨周翰译，北京：人民文学出版社，2000。

但丁，《神曲1·地狱篇》，黄国彬译注，北京：外语教学与研究出版社，2009。

杰弗雷·乔叟，《坎特伯雷故事集》，方重译，上海：上海译文出版社，1983。

莎士比亚，《莎士比亚全集》（五），朱生豪等译，北京：人民文学出版社，1995。

锡德尼，《为诗辩护》，钱学熙译，北京：人民文学出版社，1964。

III. 论著、论文等其他文献

Aasand, Hardin. "'To Blanch an Ethiop, and Revive a Corse': Queen Anne and *The Masque of Blackness*." *Studies in English Literature, 1500—1900* 32.2, Elizabethan and Jacobean Drama (Spring 1992): 271-285.

Abrams, M. H., gen. ed. *The Norton Anthology of English Literature*. 5th ed. New York: Norton, 1986.

---, gen. ed. *The Norton Anthology of English Literature*. 6th ed. New York: Norton, 1993.

---, gen. ed. *The Norton Anthology of English Literature*. 7th ed. New York: Norton, 2000.

Alexander, Gavin. *Writing after Sidney: The Literary Response to Sir Philip Sidney, 1586—1640*. New York: Oxford University Press, 2006.

Allibone, Samuel Austin. *A Critical Dictionary of English Literature and British and American Authors*. Vol. VIII. Philadelphia: J. B. Lippincott & Co., 1871.

Andrea, Bernadette. "Persia, Tartaria, and Pamphilia: Ideas of Asia in Mary Wroth's
    The Countess of Montgomery's Urania, Part II." Johanyak and Lim 23-50.

Baker, Ernest A. *The History of the English Novel.* New York: Barnes & Noble, 1929.

Bayer, Gerd, and Ebbe Klitgard, eds. *Narrative Developments from Chaucer to
    Defoe.* New York: Routledge, 2011.

Beilin, Elaine V. "'The Onely Perfect Vertue': Constancy in Mary Wroth's *Pamphilia to
    Amphilanthus.*" *Spenser Studies: A Renaissance Poetry Annual* 2 (1981): 229-245.

---. *Redeeming Eve: Women Writers of the English Renaissance.* Princeton: Princeton
    University Press, 1987.

Berkeley, Kathleen C. *The Women's Liberation Movement in America.* Westport, Conn.:
    Greenwood Press, 1999.

Bloom, Harold. *The Anxiety of Influence: A Theory of Poetry.* London: Oxford
    University Press, 1973.

Bond, Garth. "Expanding the Canon of Lady Mary Wroth's Poetry." *Notes and Queries*
    55.3 (June 2008): 283-286.

Braden, Gordon. "Gaspara Stampa and the Gender of Petrarchism." *Texas Studies in
    Literature and Language* 38.2, Revising Renaissance Eroticism (Summer 1996):
    115-139.

Brennan, Michael G. *Literary Patronage in the English Renaissance: The Pembroke
    Family.* London: Routledge, 1988.

---. *The Sidneys of Penshurst and the Monarchy, 1500—1700.* Aldershot: Ashgate,
    2006.

Burgess, Irene Stephanie. "The Sidneys: Family, Writing, and Subjectivity." Diss.,
    State University of New York at Binghamton, 1994.

Carrell, Jennifer Lee. "A Pack of Lies in a Looking Glass: Lady Mary Wroth's *Urania*
    and the Magic Mirror of Romance." Kinney, *Mary Wroth* 105-133.

Cavanagh, Sheila T. "'The Great Cham': East Meets West in Lady Mary Wroth's
    Urania." Kinney, *Mary Wroth* 136-151.

Cipolla, Gaetano. "Labyrinthine Imagery in Petrarch." *Italica* 54.2, Dante-Petrarca
    (Summer 1977): 263-289.

Dubrow, Heather. *Echoes of Desire: English Petrarchism and Its Counterdiscourses.*
    Ithaca: Cornell University Press, 1995.

Fienberg, Nona. "Mary Wroth and the Invention of Female Poetic Subjectivity." Miller and Waller 175-190.

---. "Mary Wroth's Poetics of the Self." Schoenberg and Trudeau 350-357.

Fitzmaurice, James et al., eds. *Major Women Writers of Seventeenth-Century England.* Ann Arbor: University of Michigan Press, 1997.

Foucault, Michel. "What Is an Author?" In *Critical Theory since Plato.* 3rd ed. Ed. Hazard Adams and Leroy Searle. Beijing: Peking University Press, 2006. 1260-1269.

Frye, Northrop. *Anatomy of Criticism.* Shanghai: Shanghai Foreign Language Education Press, 2009.

---. *The Secular Scripture: A Study of the Structure of Romance.* Cambridge, MA: Harvard University Press, 1978.

Fumerton, Patricia. "'Secret' Arts: Elizabethan Miniatures and Sonnets." *Representations* 15 (Summer 1986): 57-97.

Gil, Daniel Juan. "The Currency of the Beloved and the Authority of Lady Mary Wroth." Schoenberg and Trudeau 301-309.

Gilbert, Sandra M., and Susan Gubar. *The Madwoman in the Attic: The Woman Writer and the Nineteenth-Century Literary Imagination.* 2nd ed. New Haven: Yale Nota Bene, 2000.

---, eds. *The Norton Anthology of Literature by Women: The Traditions in English.* 2nd ed. New York: Norton, 1996.

Greenblatt, Stephen, gen. ed. *The Norton Anthology of English Literature.* 8th ed. New York: Norton, 2006.

---, gen. ed. *The Norton Anthology of English Literature.* 9th ed. New York: Norton, 2012.

---. *Renaissance Self-Fashioning: From More to Shakespeare.* Chicago: The University of Chicago Press, 1980.

Hackett, Helen. *Women and Romance Fiction in the English Renaissance.* Cambridge: Cambridge University Press, 2000.

---. "Wroth's *Urania* and the 'Femininity' of Romance." Kinney, *Mary Wroth* 359-388.

Hall, Kim F. *Things of Darkness: Economies of Race and Gender in Early Modern England.* Ithaca: Cornell University Press, 1995.

Hannay, Margaret P. *Mary Sidney, Lady Wroth.* Farnham: Ashgate, 2010.

---. *Philip's Phoenix: Mary Sidney, Countess of Pembroke*. New York: Oxford University Press, 1990.

---, ed. *Silent But for the Word: Tudor Women as Patrons, Translators, and Writers of Religious Works*. Kent: Kent State University Press, 1985.

---. "'Your Vertuous and Learned Aunt': The Countess of Pembroke as a Mentor to Mary Wroth." Miller and Waller 15-34.

Hao, Tianhu. "'Hesperides, or the Muses' Garden': Commonplace Reading and Writing in Early Modern England." Diss., Columbia University, 2006.

Henderson, Katherine Usher, and Barbara F. McManus, eds. *Half Humankind: Contexts and Texts of the Controversy about Women in England, 1540—1640*. Urbana: University of Illinois Press, 1985.

Howard, Skiles. *The Politics of Courtly Dancing in Early Modern England*. Amherst: University of Massachusetts Press, 1998.

Jameson, Fredric. "Magical Narratives: Romance as Genre." *New Literary History* 7.1, Critical Challenges: The Bellagio Symposium (Autumn 1975): 135-163.

---. *The Political Unconscious: Narrative as a Socially Symbolic Act*. Ithaca: Cornell University Press, 1981.

Johanyak, Debra, and Walter S. H. Lim, eds. *The English Renaissance, Orientalism, and the Idea of Asia*. New York: Palgrave Macmillan, 2010.

Jones, Ann Rosalind. "The Self as Spectacle in Mary Wroth and Veronica France." Miller and Waller 136-153.

Jusserand, J. J. *The English Novel in the Time of Shakespeare*. Trans. Elizabeth Lee. London: T. F. Unwin, 1890.

Kastan, David Scott, ed. *The Oxford Encyclopedia of British Literature*. Vol. 5. Oxford: Oxford University Press, 2006.

Kennedy, Gwynne Aylesworth. "Feminine Subjectivity in the Renaissance: The Writings of Elizabeth Cary, Lady Falkland, and Lady Mary Wroth." Diss., University of Pennsylvania, 1989.

Kinney, Clare R. "'Beleeve this butt a fiction': Female Authorship, Narrative Undoing, and the Limits of Romance in *The Second Part of the Countess of Montgomery's Urania*," Kinney, *Mary Wroth* 153-164.

---, ed. *Mary Wroth*. Farnham: Ashgate, 2009.

Kohler, Charlotte. "The Elizabethan Woman of Letters: The Extent of Her Literary Activities." Diss., University of Virginia, 1936.

Kreilkamp, Ivan. *Voice and the Victorian Storyteller*. Cambridge: Cambridge University Press, 2005.

Krontiris, Tina. *Oppositional Voices: Women as Writers and Translators of Literature in the English Renaissance*. London: Routledge, 1992.

Kuin, Roger. "More I Still Undoe: Louise Labé, Mary Wroth, and the Petrarchan Discourse." Kinney, *Mary Wroth* 437-452.

Lamb, Mary Allen. "The Biopolitics of Romance in Mary Wroth's *The Countess of Montgomery's Urania*." Kinney, *Mary Wroth* 165-188.

---. *Gender and Authorship in the Sidney Circle*. Madison, WI: University of Wisconsin Press, 1990.

---. "Women Readers in Mary Wroth's *Urania*." Miller and Waller 210-227.

Laroche, Rebecca. "Pamphilia Across a Crowded Room: Mary Wroth's Entry into Literary History." Schoenberg and Trudeau 269-279.

Laslett, Peter, Karla Oosterveen, and Richard M. Smith, eds. *Bastardy and Its Comparative History: Studies in the History of Illegitimacy and Marital Nonconformism in Britain, France, Germany, Sweden, North America, Jamaica and Japan*. Cambridge, MA: Harvard University Press, 1980.

Lewalski, Barbara Kiefer. *Writing Women in Jacobean England*. Cambridge, MA: Harvard University Press, 1993.

Lewis, C. S. *The Allegory of Love: A Study in Medieval Tradition*. New York: Galaxy Book, 1958.

Lips, Hilary M. *Sex & Gender: An Introduction*. 5th ed. Boston: McGrow-Hill, 2005.

Loewenstein, David, and Janel Mueller, eds. *The Cambridge History of Early Modern English Literature*. Cambridge: Cambridge University Press, 2002.

Lucas, Peter. "Common Law Marriage." *The Cambridge Law Journal* 49.1 (March 1990): 117-134.

Luckyj, Christina. "The Politics of Genre in Early Women's Writing: The Case of Lady Mary Wroth." Schoenberg and Trudeau 321-332.

MacCarthy, Bridget G. *The Female Pen*. 2 vols. Cork: Cork University Press, 1944, 1947.

Macfarlane, Alan. "Illegitimacy and Illegitimates in English History." Laslett, Oosterveen and Smith 71-85.

Mann, Jenny C. "How to Look at a Hermaphrodite in Early Modern England." *Studies in English Literature, 1500—1900* 46.1, The English Renaissance (Winter 2006): 67-91.

Marotti, Arthur F. "'Love Is Not Love': Elizabethan Sonnet Sequences and the Social Order." *English Literary History* 49.2 (Summer 1982): 396-428.

Masten, Jeff. "'Shall I turne blabb?': Circulation, Gender and Subjectivity in Mary Wroth's Sonnets." Miller and Waller 67-87.

McGurr, Melanie Jolynn. "Falling into Place: Lady Mary Wroth's 'Urania' and the History of the Female Novel." Diss., Kent State University, 2002.

Miller, Jacqueline T. "The Passion Signified: Imitation and the Construction of Emotions in Sidney and Wroth." Schoenberg and Trudeau 334-341.

Miller, Naomi J. *Changing the Subject: Mary Wroth and Figurations of Gender in Early Modern England.* Lexington: University Press of Kentucky, 1996.

---. "Rewriting Lyric Fictions: The Role of the Lady in Lady Mary Wroth's *Pamphilia to Amphilanthus.*" Kinney, *Mary Wroth* 45-60.

Miller, Naomi J., and Gary Waller, eds. *Reading Mary Wroth: Representing Alternatives in Early Modern England.* Knoxville: University of Tennessee Press, 1991.

Moore, Mary. "The Labyrinth as Style in *Pamphilia to Amphilanthus.*" Kinney, *Mary Wroth* 61-77.

Morton, Lynn Moorhead. "Vertue Cladde in Constant Love's Attire': The Countess of Pembroke as a Model for Renaissance Women Writers." Diss., University of South Carolina, 1993.

Neely, Carol Thomas. "'Documents in Madness': Reading Madness and Gender in Shakespeare's Tragedies and Early Modern Culture." *Shakespeare Quarterly* 42.3 (Autumn 1991): 315-338.

Newcomb, Lori Humphrey. "Gendering Prose Romance in Renaissance England." Saunders 121-139.

O'Conner, John J. "James Hay and 'The Countess of Montgomerie's Urania'." *Notes and Queries* 2 (1955): 150-152.

Orgis, Rahel. "Telling Tales: The Artistry of Lady Mary Wroth's *Urania.*" Bayer and

Klitgard 116-135.

Otto, Walter F. *Dionysus, Myth and Cult*. Trans. Robert B. Palmer. Bloomington: Indiana University Press, 1965.

The Oxford English Dictionary. 2nd ed. CD-ROM (v.4.0). Oxford: Oxford University Press, 2009.

Parry, Graham. "Lady Mary Wroth's *Urania*." *Proceedings of the Leeds Philosophical and Literary Society, Literary & Historical Section* 16 (1975): 51-60.

Paulissen, May Nelson. "The Love Sonnets of Lady Mary Wroth: A Critical Introduction." Diss., University of Houston, 1976.

---. *The Love Sonnets of Lady Mary Wroth: A Critical Introduction*. Salzburg: Institut für Anglistik und Amerikanistik, 1982.

Quilligan, Maureen. "The Constant Subject: Instability and Female Authority in Wroth's *Urania* Poems." Kinney, *Mary Wroth* 241-270.

Reynolds, Myra. *The Learned Lady in England: 1650—1760*. Boston: Houghton Mifflin Co., 1920.

Roberts, Josephine A. "The Biographical Problem of *Pamphilia to Amphilanthus*." *Tulsa Studies in Women's Literature* 1.1 (Spring 1982): 43-53.

---. "Critical Introduction." In *The First Part of The Countess of Montgomery's Urania*. Binghamton: State University of New York, Center for Medieval and Early Renaissance Studies, 1995. xv-civ.

---. "The Huntington Manuscript of Lady Mary Wroth's Play, *Loves Victorie*." *Huntington Library Quarterly: Studies in English and American History and Literature* 46.2 (Spring 1983): 156-174.

---. "'The Knott Never to Bee Untide': The Controversy Regarding Marriage in Mary Wroth's *Urania*." Miller and Waller 109-134.

---. "Lady Mary Wroth's Sonnets: A Labyrinth of the Mind." *Journal of Women's Studies in Literature* 1 (1979): 319-329.

---. "An Unpublished Literary Quarrel Concerning the Suppression of Mary Wroth's *Urania* (1621)." *Notes and Queries* 24 (1977): 532-535.

Roberts, Josephine A., Suzanne Gossett, and Janel Mueller. "Textual Introduction." In *The Second Part of The Countess of Montgomery's Urania*. Tempe: Arizona Center for Medieval and Renaissance Studies, 1999. xvii-xlii.

Rowton, Frederic. *The Female Poets of Great Britain*. Philadelphia: Henry C. Baird, 1856.

Salzman, Paul, ed. *An Anthology of Seventeenth-Century Fiction*. Oxford: Oxford University Press, 1991.

---. "Contemporary References in Mary Wroth's *Urania*." *Review of English Studies: A Quarterly Journal of English Literature and the English Language* 29.114 (May 1978): 178-181.

---. "The Strang[e] Constructions of Mary Wroth's *Urania*: Arcadian Romance and the Public Realm." Kinney, *Mary Wroth* 277-286.

Saunders, Corinne, ed. *A Companion to Romance: From Classical to Contemporary*. Malden, MA: Blackwell Publishing, 2004.

Saunders, J. W. "The Stigma of Print: A Note on the Social Bases of Tudor Poetry." *Essays in Criticism* 1.2 (1951): 139-164.

Scaglione, Aldo. "Petrarchan Love and the Pleasures of Frustration." *Journal of the History of Ideas* 58.4 (Oct. 1997): 557-572.

Schoenberg, Thomas J., and Lawrence J. Trudeau, eds. *Literature Criticism from 1400 to 1800*. Vol. 139. Farmington Hills, MI: Gale, 2007.

Shaver, Anne. "Agency and Marriage in the Fictions of Lady Mary Wroth and Margaret Cavendish, Duchess of Newcastle." Kinney, *Mary Wroth* 493-506.

Smith, Rosalind. "Lady Mary Wroth's *Pamphilia to Amphilanthus*: The Politics of Withdrawal." Kinney, *Mary Wroth* 79-102.

Spiller, Elizabeth. *Reading and the History of Race in the Renaissance*. Cambridge: Cambridge University Press, 2011.

Spiller, Michael R. G. *The Development of the Sonnet: An Introduction*. London: Routledge, 1992.

Stone, Lawrence. *The Family, Sex and Marriage in England 1500—1800*. New York: Harper & Row, 1977.

Stump, Donald, and Susan M. Felch, eds. "First Speech before Parliament (1559)." In *Elizabeth I and Her Age: Authoritative Texts, Criticism*. New York: Norton, 2009. 125-127.

Swetnam, Joseph. "The Arraignment of Lewd, Idle, Froward, and Unconstant Women." Herderson and McManus 189-216.

Thomson, Patricia. "The First English Petrarchans." *Huntington Library Quarterly* 22.2 (Feb. 1959): 85-105.

Vikers, Nancy J. "Diana Described: Scattered Woman and Scattered Rhyme." *Critical Inquiry* 8.2, Writing and Sexual Difference (Winter 1981): 265-279.

Walker, Kim. *Women Writers of the English Renaissance*. New York: Twayne Publishers, 1996.

Wall, Wendy. *The Imprint of Gender: Authorship and Publication in the English Renaissance*. Ithaca: Cornell University Press, 1993.

Waller, Gary F. *The Sidney Family Romance: Mary Wroth, William Herbert, and the Early Modern Construction of Gender*. Detroit: Wayne State University Press, 1993.

---. "Struggling into Discourse: The Emergence of Renaissance Women's Writing." In *Silent But for the Word: Tudor Women as Patrons, Translators, and Writers of Religious Works*. Ed. Margaret Patterson Hannay. Kent: Kent State University Press, 1985. 238-256.

Warton, Thomas. *The History of English Poetry: From the Eleventh to the Seventeenth Century*. New York: G. P. Putnam & Sons, 1870.

Weidemann, Heather L. "Theatricality and Female Identity in Mary Wroth's *Urania*." Miller and Waller 191-209.

Williams, Jane. *The Literary Women of England: Including a Biographical Epitome of the Most Emminent to the Year 1700*. London: Saunders, Otley, and Co., 1861.

Wilson, Scott. "Elizabethan Subjectivity and Sonnet Sequences." Diss., The University of Wales (United Kingdom), 1990.

Witten-Hannah, Margaret Anne. "Lady Mary Wroth's *Urania*: The Work and the Tradition." Diss., University of Auckland, 1978.

波伏瓦，《第二性》II，郑克鲁译，上海：上海译文出版社，2011。

米歇尔·福柯，《词与物：人文科学考古学》，莫伟民译，上海：上海三联书店，2002。

郭慧珍，"A Feminine Crevice in the Male Genre: Lady Mary Wroth's *Pamphilia to Amphilanthus* vs. Sir Philip Sidney's *Astrophil and Stella*，"《东华人文学报》2009 年第 15 期，第 263—301 页。

郝田虎，《简论斯宾塞的诗歌与微型画》，载罗芃主编《欧美文学论丛（第 8 辑）：

文学与艺术》，北京：人民文学出版社，2013，第 109—124 页。

———,《〈缪斯的花园〉：早期现代英国札记书研究》，北京：北京大学出版社，2014。

戴维·斯科特·卡斯顿，《莎士比亚与书》，郝田虎、冯伟译，北京：商务印书馆，2012。

李维屏等，《英国女性小说史》，上海：上海外语教育出版社，2011。

李耀宗，《"宫廷爱情"与欧洲中世纪研究的现代性》，《外国文学评论》2012 年第 3 期，第 5—18 页。

尼采，《悲剧的诞生》，刘崎译，北京：作家出版社，1986。

申丹，《叙事、文体与潜文本：重读英美经典短篇小说》，北京：北京大学出版社，2009。

吴尔夫，《一间自己的房间及其他》，贾辉丰译，北京：人民文学出版社，2003。

吴建毅，《变奏的传统商赖：论潘菲莉雅致安菲蓝塞斯书中的模仿，拟态与变异》，硕士学位论文，辅仁大学，2003。

埃莱娜·西苏，《美杜莎的笑声》，载张京媛主编《当代女性主义文学批评》，北京：北京大学出版社，1992，第 188—211 页。

肖瓦尔特，《她们自己的文学：英国女小说家：从勃朗特到莱辛》，韩敏中译，杭州：浙江大学出版社，2012。

伊曼纽尔，《拉丁法律词典》，魏玉娃译，北京：商务印书馆，2012。

周美丽，《有关玛丽·罗思夫人之书目研究》，《文山评论》1995 年第 1 卷第 1 期（页码不详）。

朱秀娟、陈才宇，《关于几个欧洲文学术语的翻译》，《西南政法大学学报》2003 年第 5 卷第 4 期，第 90—92 页。

人名索引

后　记

　　本书的主体是笔者的博士论文，完成于 2014 年。论文杀青时即颇留遗憾，本欲待学识稍丰再行增订，无奈时移世易，对重拾旧题渐渐意兴阑珊。只好自我安慰道，博士论文如同初恋，只能回忆，不能回头。如今重审旧文，自不难发现思想和文笔的稚嫩之处，但强欲增补时，则贯穿于原作的感情和文气顿时滞涩起来，就像原本浑然一体的瓷器，因外物的楔入而出现了不祥的裂纹，除非有击碎重塑的勇气，否则还是罢手吧。"事随云去身难到，梦逐烟销水自流"，既然不能两次踏进同一条河流，那就任其自流也罢。

　　孟子曰："颂其诗，读其书，不知其人，可乎？是以论其世也。"一句话便指出了文艺批评四要素中的三个，愚以为此言实可为文学研究之圭臬。济慈说诗人应该没有个性，其实好的研究者，也理应秉性如水，无色无味，随物赋形，盈科后进，方能真正跨越时间和空间的阻碍，最大限度地理解、还原作家的本来面目，否则难免"意、必、固、我"之私，将古人涂抹装扮，与真相咫尺千里。笔者自入学术之门，即将前述原则奉行不辍，研究四百年前英国斯图亚特王朝的贵族女子，疏解其晦涩诗文，勾勒其幽微心事。今日能有此一得之见奉献于读者座前，惴惴中尚存几分自信，正因多年以临深履薄之心，苦守治学原则而已。亦借此文勉励在路上的自己：道阻且长，永矢弗谖！

辛丑初夏于自牧斋

致　谢

本书得以完成，首先要感谢笔者博士期间的导师郝田虎教授。郝教授不但促成了笔者与罗思夫人的异代因缘，更在论文撰写期间殷殷指点、节节把关，使论文得以顺利完成。

其次要感谢笔者的第二导师程朝翔教授，程老师不但在学术上对笔者多有教诲，其山包海容的风范更令笔者低首心折。

论文在构思和写作过程中还得到了周小仪教授、韩加明教授、申丹教授等师长的点拨指教，北京大学英语系的众位学长、同窗亦有砥砺切磋之功，在此一并致谢！

在北大英语系就读的五年，是笔者学术生涯中进步最快的幸福时光，这里有最纯粹的学术风气，空气中弥漫着传统的人文主义气息，以至于笔者毕业离校多年，仍存留恋追忆之心。在此，深深地感激英文系的历代老前辈，留此一方学术净土，嘉惠后辈无穷。

本书的出版承蒙"浙江大学文科高水平学术著作出版基金"的慷慨资助，在此深表感谢！

本书的责任编辑张颖琪老师，细心审读书稿，帮助笔者纠正错漏若干，其专业态度令人敬佩，笔者深表谢意。

图书在版编目(CIP)数据

玛丽·罗思的写作与自我建构 / 王珊珊著. —杭州：
浙江大学出版社，2021.6

（文艺复兴论丛 / 郝田虎主编）

ISBN 978-7-308-21393-6

I. ①玛… II. ①王… III. ①玛丽·罗思—文学研究
IV. ①I561.06

中国版本图书馆 CIP 数据核字(2021)第 094938 号

玛丽·罗思的写作与自我建构

王珊珊 著

策　　划	张　琛　包灵灵	
责任编辑	张颖琪	
责任校对	徐　旸	
封面设计	周　灵	
出版发行	浙江大学出版社	
	（杭州天目山路 148 号　邮政编码 310007）	
	（网址：http://www.zjupress.com）	
排　　版	浙江时代出版服务有限公司	
印　　刷	杭州高腾印务有限公司	
开　　本	710 mm×1000 mm　1/16	
印　　张	11.25	
字　　数	208 千	
版 印 次	2021 年 6 月第 1 版　2021 年 6 月第 1 次印刷	
书　　号	ISBN 978-7-308-21393-6	
定　　价	42.00 元	